陈物 著

# 无罪

湖南文艺出版社

© 中南博集天卷文化传媒有限公司。本书版权受法律保护。未经权利人许可，任何人不得以任何方式使用本书包括正文、插图、封面、版式等任何部分内容，违者将受到法律制裁。

图书在版编目（CIP）数据

无罪 / 陈物著 . -- 长沙：湖南文艺出版社，2024.
7. -- ISBN 978-7-5726-1937-3
Ⅰ. I247.5
中国国家版本馆 CIP 数据核字第 20242QK586 号

上架建议：畅销·悬疑

WUZUI
无罪

| 著　者： | 陈　物 |
| --- | --- |
| 出 版 人： | 陈新文 |
| 责任编辑： | 匡杨乐 |
| 监　　制： | 邢越超 |
| 策划编辑： | 郭妙霞 |
| 特约编辑： | 彭诗雨 |
| 营销支持： | 李美怡 |
| 封面设计： | 梁秋晨 |
| 版式设计： | 马睿君 |
| 插图绘制： | Daehyun |
| 内文排版： | 百朗文化 |
| 出　　版： | 湖南文艺出版社 |
| | （长沙市雨花区东二环一段 508 号　邮编：410014） |
| 网　　址： | www.hnwy.net |
| 印　　刷： | 三河市鑫金马印装有限公司 |
| 经　　销： | 新华书店 |
| 开　　本： | 640 mm×915 mm　1/16 |
| 字　　数： | 237 千字 |
| 印　　张： | 18.5 |
| 版　　次： | 2024 年 7 月第 1 版 |
| 印　　次： | 2024 年 7 月第 1 次印刷 |
| 书　　号： | ISBN 978-7-5726-1937-3 |
| 定　　价： | 49.80 元 |

若有质量问题，请致电质量监督电话：010-59096394
团购电话：010-59320018

# 目录
C O N T E N T S

序 `1`

`001` 八月二十三日

八月二十四日 `075`

`089` 七月二十三日

八月二十四日 `109`

`121` 八月四日

八月二十五日 `141`

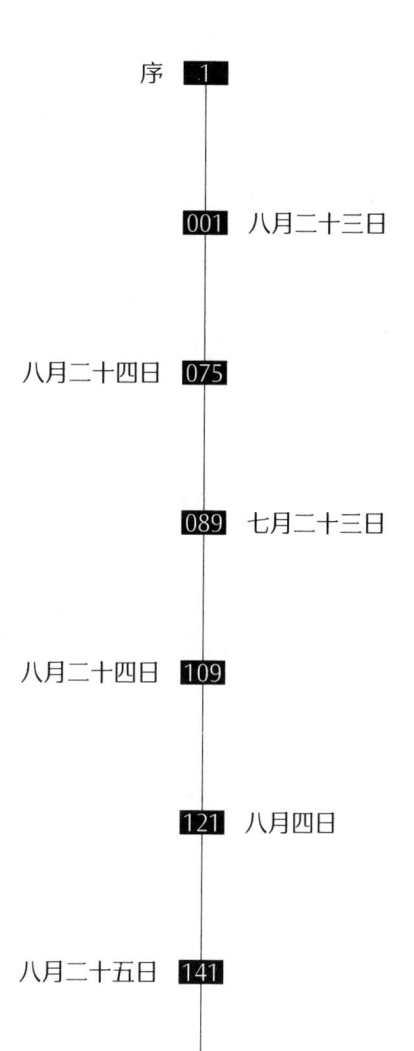

1

**147** 八月十四日

八月二十五日 **175**

**193** 八月二十六日

八月十六日 **215**

**235** 八月二十六日

八月二十七日 **257**

**269** 九月三日

## ·序·

风很大，快下大雨了。关情很想快些解决这件事情，便催着小木快些往隧道里走。他的理由是："快点考察完，我们早点回去，这是要下大雨的天气，真要遇上台风那就麻烦了。"

为了突出时间的紧迫，他还特意用力嗅了嗅，进一步说明："你闻，到处都是铁锈味，铁锈风一吹，大暴雨就要来啦。"

说完这句话，他又解释了一遍选在今天出行的原因："出门的时候我看天气还好好的，阳光普照，就想台风应该没这么快来；而且已经放台风假了，大家都在家躲台风，我们才好避开人行动。"

这话在出门的时候、在来的路上他已经说过好几次了，小木还附和过，也表示了想来南山隧道这里看看的意愿，于是他接着说道："你自己也说了想来这里看看，还有，我和你可再不能被人发现我们认识了，还是得注意避人耳目。"

小木没接话，一味往前走，机械地摆动着手臂。

关情心下忐忑，先前他们还在有一搭没一搭地闲聊，怎么一说起刚才那话题，小木就突然一言不发了？难道小木忽然意识到了他前后言行中的混乱和矛盾——明知台风将至，还要上山，还要往离家这么远的地方来，来了又催着说要早些回去——正试图搞清楚他的真实目的？

可他能不前后矛盾吗？他就是要用各种借口把小木骗来这么个人迹罕至的地方，现在，台风真的快来了，他当然希望能快些进隧道，他好赶紧完事，趁台风还没刮起来平安下山，平安回家。

小木还是很安静。他的背影好像一堵高墙，直挺挺地竖在关情眼前。

关情暗暗捏了把汗，又想大讲一番，合理化自己的矛盾言行，可转念一想，小木极有可能正暗自琢磨他说过的每一句话呢，现在这个情况，说多错多，说得越多，小木的疑心说不定会越重，还不如暂时闭嘴，等小木说些什么，透露出些什么心思，他再接话。总之，他不会轻易放过今天这个大好机会。反正，他今天肯定要把小木在这里解决了。他和小木的关系已经彻底暴露了，已经有一个人意识到他们认识，而且这人还主动接近了他们，甚至追溯起了小木的身世，天知道这人到底抱着什么企图……说不定很快就会有第二个、第三个这样的人出现……而且，小木知道他太多的秘密了。绝不能再拖了！

想到这里，关情抬头看了眼小木的背影，他们两人正在爬坡，一前一后地这么走着。小木走在他前头，小木的影子好大，好黑的一块，占据着他的视野，盯着看久了实在让人有些喘不过气，他便稍往外偏了些，抬头望天。

天色白黄掺杂，太阳成了团团浓云间一个模糊的光点，散发出极高的热量，阳光并不灼人，只是无所不在，加上湿气作祟，天地间仿佛盖上了一张又厚又重，浸饱了滚水的毛毯子。连绵的青山被这张毯子压得全矮了半头，失去了往日起伏的曲线，随便往哪个方向眺望，望见的都只是勒着地平线的一抹细腰带似的绿。

树也都弯下了腰，花啊，蔫头耷脑地站着；草啊，筋疲力尽地瘫在山野间。连蝉都在这里断了气。

天气一下变了，比起昨天单纯的燥热，今天显得闷湿异常，确实会下大雨。这一点关情没乱说，他出门前特意查了两遍天气预报，一遍问的百度，一遍看的气象台官网。台风真的要来了。

"铁锈风？"

沉默了近六分钟，小木终于回过头看了关情一眼，开了口。

小木的影子又跑到关情前面去了，还是那么黑，那么巨大的一片，他那双眼珠同样漆黑，不见波澜，神色冷漠。即便是他有问于他人，需要个答案，看上去也是那么高高在上。关情心下忽然一阵不痛快，嘴上扯出一个笑，说道："是我们这里的一个说法。"

这个说法完全是他胡诌的，为的只是让自己的话听上去更有说服力。

小木并没多问什么，扭过头去，继续往上走。他这时的沉默可谓反常，平时遇到没听过的词，他早就逮住关情打破砂锅问到底了。关情仔细回忆，自打进了山，小木一路上实在寡言得有些诡异了，就算闲聊，小木的态度也很敷衍。小木到底在想什么？难不成真的在提防着他，搞得自己神经紧张，以至没心思和他东拉西扯？难道小木已经猜到自己今天带他来南山隧道的真实目的了？

关情自信在动了杀小木的心思之后的这几天里，他绝对没对小木透露出过半点杀意，和小木之间的相处一切如常，凶器入手之后就没离开过他的视线，做了些试验也是趁小木不在的时候，事后也收拾得干干净净的。可是百密难免一疏，小木真的没察觉到什么异常吗？他有着野兽一样的直觉，对生死之事嗅觉敏锐，但是，事已至此——凶器带在了身上，人也到了这荒郊野外了，台风就要来了，箭在弦上，不得不发了！

不过关情不得不承认，这次行动确实计划得仓促了些，是昨晚他从銮县回家后才决定的。主要是因为昨晚路过南山时，他发现入山的地方已经拉上了坚固的围栏，堵上了防洪的沙包，还贴上了写有"泥石流多发地段，注意绕行"的警示牌，他一下就想到了山里那条知名的废墟隧道，那隧道平时就因为闹鬼的传言和不易靠近的地形人迹罕至，入山的路一封，绝对是个杀人灭口的好地方。而且今天从停车的地方一直走过来，确实没见到什么村民或是爬野山的驴友。台风几十年没到过灵城了，上一回那得是四十年前闹出来的大洪灾了，可把这座中部城市折腾得够呛，光是南山这里就因为泥石流结结实实淹了三座村子，死的、失踪的得有几百号人，到现在南山公园里还竖着那密密麻麻的、写着人名的纪念碑。台风在这里可不是闹着玩的。

狂风暴雨会横扫一切：

狂风会破坏现场，暴雨会冲刷掉所有足迹，雨水会加速尸体的腐烂，要是遇上泥石流，再把隧道给封住了，那有人发现小木的尸体时，说不定已经是一具白骨了……

这是老天爷给他的机会！一切都是天意！

关情越发想快些解决小木了。

可急归急，关情的脑子还算清醒，没被急火攻了心，乱了阵脚。他和小木还没进隧道，他绝对不能在山道上就贸然下手：一来，虽然他们爬了一路一个人影都没见着，可光天化日的，谨慎为上，指不定哪里就有一双眼睛会看到他动手，要是小木死了，有人看到过他们一块爬了山，回头要和谁解释那也很好解释，就是一起爬个山呗，可要是有目击证人看到他对小木下了杀招或者两人缠斗在一块，那就很难凭他的三寸不烂之舌脱身了；二来，他现在正处在下坡，而且他原本就比小木矮半个头，无论用他带着的哪一样工具，要一下就置小木于死地，概率不高；三来，这周围荒草丛生，岔路纷杂，地上还遍布硬邦邦的石头，路两边也是随手就能扯下一根树枝，这些可都是能拿来当武器的玩意，他出了手，即便击中了小木的要害，可万一小木命大，肾上腺素瞬间飙升，不光没断气，还凭借着运气或是什么顽强的生存意志找到了反抗或者逃跑的可能，那最坏的结果就是他被警察以涉嫌故意谋杀的罪名逮捕了，去蹲号子……最最坏的结果就是他直接"交待"在这荒郊野外了。

想来想去，关情决定还是得等进了隧道再动手。于是，那股杀人的冲动被勉强按了下去，可能不能得手的焦虑情绪又一波波出现。关情再度打量稳步走在他前面的小木，这么热的天，树荫时有时无，从他们停车的地方走过来走了得有一个小时了。本来车能停得更近的，因为防护栏的关系，他们只好爬坡。关情本来还因为杳无人烟，很难出现目击证人而高兴了一阵，可如今走了这么久，他又有些后悔了。他看小木一口水都没喝过，小木的身上出了些汗，可仅仅是薄薄的一层，只是使得他那露在短袖和短裤外的黝黑且结实的四肢泛出健康的光泽。他的步子轻快，穿的还是那双人字拖，他好像一点都不累，可反观自己，早就汗流浃背，气喘吁吁，已经喝掉了两瓶矿泉水了，这会儿又有些口渴了。脸上和身上也都晒得发烫，亏自己穿的还是长袖长裤，还戴了遮阳帽。

关情不禁自问，等到了隧道，他还有没有力气干掉小木？

心中因没把握而焦虑难安，加上小木今天不寻常地沉默，关情的忧思越来越重，盘算半天，他决定要进一步使小木放松警惕，探一探小木的口风，就又和小木讲起了闲话，话题仍是"铁锈风"。

"就是铁锈味的风啊。

"之前不是和你说过嘛，灵城以前有好多乱葬岗，这里自古是做殡葬生意的，帮人刻刻墓碑啊，打打棺材什么的。后来嘛，有什么人说这里风水好，死人葬在这里，能为后代敛财聚宝，依据就是……你看这里四面都是山,是个典型的盆地,从风水上来说,就是典型的聚宝盆的地形。"

他絮絮叨叨地说着,时刻留意着小木的一举一动——小木认认真真地听,没有任何疑问,十分信服的样子。但他还是没提出任何问题。

关情继续道:"大家就都把坟头安在了那些山上。

"还有啊,上山的时候,就是刚才拐角处那个登高望远的亭子那儿,你不是还看到了那个烧了的度假村嘛,那是五六年前的事了吧,死了好多人,有的挖出来了,有的烧得没个全尸。大火之后,还起了几次小火,附近本来有个村子的,都说那几次小火灾是鬼火闹的,一村子的人都搬走了,那儿成了个没人住的村子。"

他嘿嘿一笑,道:"我考考你,原本有人住,现在没人住的地方,我和你说过的,人都喜欢冠以一个什么叫法?"

"鬼镇,鬼市,鬼村。"小木道。

关情满意地点了点头,夸了小木几句,见他的反应不大,便接着说:"反正吧,没人敢靠近那个度假村了,据说好些尸体没人挖,枉死后也没个落脚的地方,就那么埋在地下,久了吧,那附近的土就沾了人的味了,就变得很腥,很浊,风一吹,土里的味道就出来了。盆地只要有风,那就说明雨在路上了,地理常识啊。"

小木问:"地理?"

"就是上学的时候学的一门课,我没和你说过吗?"关情看着地上,小木的影子不见了,是云朵完全把太阳包裹了起来,满世界只剩下潮湿,人吸进去的是充满湿度和热度的空气。关情的喉咙湿润,接着说:"但是也有很多人说是鬼的味道。"

"鬼?"小木果然很感兴趣,"有人见过?"

这话题确实成功吸引了小木的注意力,关情难免有些得意,又有些口渴了，手上也是汗津津的。

他知道小木自从植物园那遭后，就对死人和鬼特别感兴趣。他即兴编这么一个故事，不过是投其所好。

编故事可是他赖以生存的本领。

这时，他们走进了那条隧道。

一下就凉快了不少。关情摸出手电筒往小木前头照，他们还是一前一后地走着。关情问了句："我这儿还有个手电筒，你真的不要啊？"

"看得清。"小木说。

"你是猫头鹰啊？"关情笑着说。隧道里响起了他的笑声引起的回音。

小木说："我听人说过，猫头鹰吃鬼。"

"因为猫头鹰是夜间动物吧，希腊神话里猫头鹰是雅典娜的圣鸟，是它目击珀耳塞福涅吞吃了来自冥界的石榴子，从此坠入冥界。"

小木点了点头："我记得你说过这个故事，后来这个珀耳什么的成了冥王的老婆。"

关情说得更起劲了："在中国古代神话里，它是黄帝的象征，也代表了夏至，人们相信在这一天出生的孩子生来暴虐，甚至有可能成为弑父者。"

"师父者？拜师学艺的师父？"

"就是杀父亲的人。"关情顿了下，他的心绪在这些交谈中逐渐平静了下来，"铁匠和铸剑的人视猫头鹰为神圣之物。因为铁器和剑都是用来夺人性命的。"

小木看上去很放松了。看来只有暴力、死亡和鬼魂的话题能让他放松。

这时，关情发现，小木的影子又出现了，从他的角度看过去，那影子很像一只缩着肩膀，蹲在暗处的小猴子。

其实小木本身就具备很多动物才有的本领，比如晚上不用灯光就能看路，不说能看多远吧，但也不至于走到沟里去，小木说，他常年走夜路，习惯了。比如他能靠气味分辨出一摊血是动物的还是人的，是属于男人的还是女人的，是老人家的还是仍在牙牙学语的黄毛小童的。小木说，他经常闻血的味道，闻久了就能辨别了。又比如他不挑食，什么都吃，关键在于他的身体什么都能消化，他吃鸟食，能消化，吃狗粮，吃得也很香，屁事没有，吃泥巴，吃树根……这些关情都是做过试验的，他还学着书上的法子切牛皮带煮给小木吃，小木一口口吃下去，不皱眉，不反胃，摸摸肚子，又是一餐了。关情觉得这绝对是一种罕见的，只有野生野长的人才能练就的本领。小木说过，人不吃东西就会死。

关情看了看小木，问道："要喝水吗？"

"不用。"

"要吃什么吗？我带了零食。"

"不饿。"

关情摸了下单肩包，说："那行，我喝点水。"

他把手伸向了挎在身侧的单肩包，拉开了拉链。这声音在寂静的隧道里十分明显。关情在单肩包里摸索，嘀嘀咕咕："水呢？还带了一瓶的啊。"

他们的脚步声交替响着。

隔着手套——出门前，关情和小木说，他头一回爬野山，得戴双手套，还问小木要不要，小木没要——关情摸到了他早就预备好的榔头和水果刀。

他们的脚步声一重一轻。

根据他的研究，再结合小木所提供的信息，这两样东西杀人最方便快捷，难分优劣，他出门前就把它们都带着了。可是临到要动手，他倒有些不确定到底该用什么要小木的命了。

关情知道法医尸检时能根据创面判断出凶器，而且现在还有一种新技术，他在一本刑侦期刊上读到过的，说什么刑技科研工作人员能通过分析创口残留的各类金属元素的含量，再结合市场上现有的各类刀具的金属成分含量，圈定凶器。

不过买这把水果刀的时候关情用的是现金，还是在距离他家三个街区，开在菜市场里的一间灯光昏暗，没有安装任何监控摄像头的杂货店里随便挑中的一把，很难追查到他的身上，况且这还是把新刀，并没有切过什么特殊的水果和肉、菜，因此不会留下蛛丝马迹。水果刀虽然不是顶锋利，可只要割对位置，比如颈动脉、大腿动脉，让被捅的人失血过多死去就是一分钟以内的事情。小木穿的是短袖短裤，他持刀扑过去，即便一下没能扎准动脉，也能扎个八九不离十。

至于榔头，小木时常说，人的脑壳还没椰子壳硬，特别脆。他们在家敲核桃时，小木还说过，脑壳就和纸皮核桃的壳似的。关情听了这话后将信将疑，还是最近盘算着要解决小木的事，他才又想起了这番话。赶巧他那天去溪流街垃圾场走访的时候，有个老人跳楼，听说是久病难医，不想再拖累子女，自寻了短见。那时，他趁人不注意，捡了一片飞进草丛的脑壳摸了摸，确实没他想象中那么硬。他还特意拿西瓜和椰子练过，只要铆足了劲，一榔头下去，小木再结实，肯定也会晕过去。况且，没听说过小木练过铁头功，再加上榔头另外一头还有两个起钉子的倒钩，也能用来伤人。

这把榔头是他从一个收破烂的人的筐子里顺的，和任何普通的、用了好久的榔头没有任何区别。

杀人最好选一些随处可见的凶器，至于步骤，上手了再说。杀人不能太讲究，这是关情从小木身上学到的。

眼前更黑了，甚至有了些寒意，关情起了层鸡皮疙瘩，他发现自己的影子落在了小木身前，这时候他要是抬起胳膊挥榔头，或许会被小木看到。

关情的手便落在了水果刀的刀把上，试着将手电筒光往右边偏移了些——影子铺开来了些，他就又稍稍往左边移动，他的影子逐渐和小木的影子重合了。可他还是很小心，为了不让小木发现他的可疑举动，他就又起了个话头："我和你说啊……"

嗒嗒，嗒嗒。

两人的脚步都有些重了。

关情说："这里以前是打算节约去温泉度假村的时间挖的，从这边的隧道过去，能省半个小时呢，可惜开发商造得太急了，就是度假村那同一个开发商啊，偷工减料，结果隧道启用没多久就塌方了。"

这件事关情倒没有胡编乱造。南山隧道塌方的事是上过新闻的。

小木道："这就是温泉的味道？"

就是在这时候，关情说话引起的回音和小木正说着话的声音有了一瞬间的重叠。尽管他们的嗓音大相径庭，可两人说的话在隧道岩壁碰碰撞撞，听上去竟像一个人在自问自答，嘟嘟囔囔着什么。

他们的脚步也踩在了同一个频率上。

嗒。

嗒。

像一个人拖着很沉很沉的身体在走着。

就是这个时候了！

关情暗暗攥紧了手里的水果刀。他已经走到小木身后很近的地方了，他也已经调整好了手电筒的角度，使光线照着小木前方，而自己的影子彻底融入了周围的黑暗中。为了继续分散小木的注意力，他道："对，臭鸡蛋味，这属于硫质温泉，你看，地上那些黄黄的痕迹，就是长年累月被这硫质温泉冲刷出来的。"

小木停下了脚步，跟着关情的指示去看隧道的墙壁，甚至还伸手去摸了。他对这条隧道表现出了极大的兴趣。

关情见状，侃侃而谈，且语速越来越快。"我研究过了，这里进山下山的监控很少，我们这次是因为那些围栏和沙包什么的没办法，只能把车停在那里，其实车子可以开到隧道入口来的。而且因为这条隧道塌方过，很少有人会来这里，只要趁着下雨天来，雨就会把轮胎痕迹啊，我们的足迹啊什么的都冲刷掉，不说冲得很干净，也能冲个七七八八吧，我们穿的又是底纹很没特色的鞋子，恰好又都是大众尺码，随处可见……"他舒了口气，带着询问的口吻道，"你说，这里是不是一个绝佳的抛尸地点？"他跃跃欲试，姿态始终放得很低："就算直接扔在这里，也不会很快被人发现，我们还可以挖坑埋尸，你的经验比我丰富多了，依你的看法，这里是不是个绝佳的抛尸地点？"

小木似乎对那面被温泉水腐蚀的墙壁很是着迷，完全没把关情的话放在心上，完全不在乎他的存在似的。这正是关情想要的。他敢肯定自己能在这里要了小木的命！他把握着水果刀的手从单肩包里抽了出来。

就在这时，小木突然笑了下，还目不转睛地看着那面发黄的墙壁。

隧道中隐约能听到汩汩的流水声。小木说："你刚才说弑父者，我还以为你是在说师父什么的，我想，那不就是你嘛，你是我的师父啊，是我的老师，教我认了那么多字，教了我不少东西，我真的挺感谢你的，从来没有人教我那么多东西。"

他的语气十分诚恳，发白的手电筒光照得他的眼睛更黑，照出他眉宇间难得的少年气。

关情猛地意识到，小木还那么年轻。小木称自己为老师，那言辞中还充满了感激。从前别人称他为"老师"，他时常觉得这称呼刺耳，他就是个写小说的，又不是真的老师，他的小说能教别人什么呢？少年时他写的故事被人诟病为"无病呻吟"，现在他写的是"不入流"的猎奇故事，人们又能从这些故事里学到什么呢？可在这不到一个月的时间里，他是真正教了小木好些知识，语文、数学、英文，连物理化学都有涉猎。小木称自己一声"老师"是没错的。

关情还是第一次听到有人这么发自真心地感谢他。

小木轻轻说着："你那篇小说的结尾想好了吗？"

他听上去还那么关心自己，又那么温和。

关情犹豫了。天下哪个老师会手刃对他充满感激之情的学生啊？

而且没有了小木，他那篇未完的小说还写得下去吗……他还能写完那即将到来的尾声吗？

这当口，小木瞥了他一眼，在裤子上擦了擦手，转过身，又背朝着他了，说道："昨天那个男的，就是姓柳的那个，他……"小木停顿了下，煞为苦恼："这事说起来实在有点奇怪，一时间我也想不好该怎么说，我得好好想想。"他的声音宛如叹息般："关于他，关于你的小说，关于我自己，我都得好好想想……"

关情急道："你觉得他有什么古怪？那和我的小说又有什么关系啊？你以前可不这样啊，以前想到什么就说什么。"

小木说："你不也一直有事瞒着我嘛。"

"你倒说说看,我对你一向开诚布公,我什么事情你不知道啊,不像你,有时候我是真搞不清楚你是真的不知道你的身世还是故意瞒着我什么,学生对老师可不该这样。"关情决定诈一诈他。小木呢,真的中了他的激将法,着急忙慌地辩解:"我瞒着你什么了?我是真想不起来了,什么都不记得了,你那个仓库的事你怎么说?"

关情的眉心一跳,嘻嘻哈哈地岔开了话题:"我没别的意思,就是想,你既然拿我当老师看,那你遇到什么想不明白的事情,我可以给你出出主意啊。"

小木却执拗地表示:"不行,我得先自己想通透了,我不能全仰仗着你啊,你以后不在了可怎么办?"

什么意思,他怎么会不在?他可没有要离开灵城的意思啊,而且他身体好好的,没什么大病,小木的言外之意是要对付他啰?怎么对付?报警还是杀他?找警察,那小木自己也落不着什么好处,再说了,小木素来不喜欢和警察打交道,那就是要杀他啰?关情这会儿倒松了口气,小木到底年轻,还是自己从言谈中露了马脚。看来他要是再不动手,先遭殃的肯定会是他!于是,先前的那一丝犹豫已经烟消云散,他笑了笑:"行啊,那你自己先想吧,想好了再和我说吧,你也算是有进步了,不是什么话都往外说的人了。"

也正是因此,他知道,今天无论如何都不能留小木的命了。

小木感激自己又如何?关心自己又如何?他是个不折不扣的杀人魔!杀了他那是为社会做贡献!

再说了,他是个作家,写了十几年文章了,还愁完结不了一本小说,写不出一个故事的结尾?故事写到现在,人物早就不属于他了,人物早就会按照自己的命运书写自己的故事了。

他不需要小木了。不仅不需要，他还必须摆脱小木！让小木这个双手沾满鲜血的暴徒带着他那些已经腐烂、发臭、容易引发社会恐慌的秘密在这个人世间彻底消失！他杀小木既是逼不得已，也是为民除害！

小木说话了："等会儿我们去看看那个什么温泉度假村吧。"

关情赶紧把手背到了身后，干笑了两声，气息颤抖，允诺着："好啊，没问题。"他说："仓库的事，我现在就和你说说吧。"

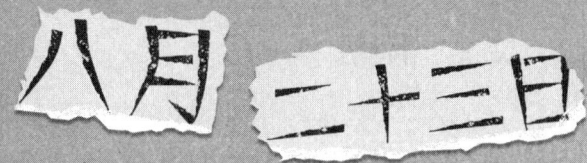

August

23rd

# 八月二十三日
August 23rd

## · 失 忆 的 男 人 ·

男人急喘了一口气,醒了过来。这口气害得他一直咳嗽,眼睛没法完全睁开,光是咳,咳得快喘不过气来了,眼里跟着涌上了泪水,眼前越发蒙眬,他想抬手擦一擦眼睛,可手腕却被什么东西束缚住了,抬不起来,试着抬的时候还疼了一下,被针扎似的一下。他不喜欢疼的感觉,便没再乱动。这时他听到边上的一个女人在喊:"308床醒了! 308,哎呀,你慢点,慢点,别着急!"

紧跟着,一个病恹恹的男人慢条斯理地说起了话:"哎,怎么这么不巧啊,那个实习的才走,哎,你们赶紧去把医生护士什么的叫回来啊,那什么,张姐的儿子是吧?你去帮他按一下铃,我下地不方便,你帮个忙嘛……"

先前喊话的女人催促道:"还愣着干吗呀?去啊。"女人还说:"308,你别乱动啊,你手上还扎着针头呢,你这手绑着也没法动啊,去,你赶紧给人按住,别扎出血来了。"

男人咳得头晕眼花,大脑一片空白,眼前仍是雾蒙蒙的一片,什么也看不清。不一会儿,他感觉一道模糊的人影压了过来,他的手被人按住了,一股陌生的气息将他团团包围,他也不喜欢这种感觉,下意识地挣扎起来,这时就听到有人不耐烦地呵斥了:"你别乱动!别瞎折腾了!人家就是怕你不清醒的时候这么瞎折腾弄伤了自己!"

好些人一齐说起了话:"据气象台预测,下一轮台风金丽或将于三天后登陆我市,这一次的台风较上一回17号登陆的,影响了我市近一星期才彻底离开的台风浩翔会有什么样的变化呢?让我们联系一下气象专家……"

"好了,好了,妈,你赶紧躺下吧,你歇着吧,小心你那腿!"

"你给他倒杯水啊……"

"护士!护士!我们这屋的308醒啦!快来看看吧!就是一直昏迷的那个!"

17号的那一波台风已经过去了,而他人正在医院里,边上还有不少人,意识到这些,男人那口怎么也匀不过来的气终于缓缓地放松了,他不再乱动了,不一会儿,他就能自己睁开眼睛了。他看到一个护士打扮的女人凑在他身前,女人的眼里好多血丝,头发乱糟糟的,护士帽歪在一边,女人周围白花花的一片,一个男人背对着他们往门口走,嘀嘀咕咕地扭动手腕:"力气还挺大……"

"来,308,看着我啊,"护士在男人眼前挥了挥手,皱着眉头指导他,"来,跟着我做,吸气,呼气……慢慢来啊。"护士瞥了眼他边上,问道:"你记得你叫什么吗?有什么我们可以帮你联系的人吗,爸爸妈妈或者其他亲戚朋友?"

男人想说话,喉咙里的气又开始乱窜,张开了嘴却发不出任何声音。他的眼睛逐渐适应了周围的光线,护士周围的景象渐渐清晰起来。她身后是一堵发黄的墙,墙漆斑驳,露出几丝惨白的底色。

护士拍了拍男人,口吻还算温和:"没事,我们慢慢来啊,来,吸气,呼气。吸气,呼气。"

外头忽然闯进来一副利嗓子:"小洁,刚才急诊送过来的那个老太太你推去哪里了啊?人不在急诊室了啊,家属来了,满世界找人呢!"

男人的心又悬了起来,他听到自己喉咙里发出破风箱似的声音,却一个字也说不出来。护士没好气地转过身:"我哪知道啊,登记好了就送去急诊了啊,你看看监控!"她扭过头嘀嘀咕咕地抱怨:"跟打仗似的,可别再闹这么大的台风了!"她低着头不知在忙什么,男人只觉手腕上的束缚感正在逐渐消失。

边上又有人开始议论了。

"可不是嘛。"

"其实也还好,大的也就闹了三天,后面几天都是小打小闹了,我年轻的时候那什么大鹏还是什么金鹏的台风,闹得才厉害呢!"

护士的嗓音沙哑:"现在帮你解开束缚带啊。"

男人的呼吸逐渐平稳了,终于能说出话了。

"水……"

护士做了个安抚的动作,接着边上便有人递了个保温杯过来,是个男的,面黄肌瘦,长脸,穿着病号服,坐在他自己的病床上,他们两人的病床离得很近,这长脸男人一伸手就能够到他这儿的床头柜了。

长脸男人把水杯在柜子上放下,露齿一笑,很客气:"喝我的吧,别麻烦护士小姐姐了,来,温的。"

这屋子实在很小，一眼就能看尽。黄白交错的墙上挂了台液晶电视，尺寸不大，和护士的帽子似的，也歪了，画面不是很清晰，时不时还会出现卡顿。一共四张床，除了并排放着的三张外，他和长脸男人的床尾还放了一张，把屋里挤得满满当当的。那床上的铺盖半掀开，床空着。他的床最靠近窗。最靠近门的病床上面躺着个富态的女人，右腿打上了石膏，高高吊起，短鬈发，先前嘀嘀咕咕的年轻男人窝在富态女人这边的墙角，捧着手机盯着屏幕。他瞥了男人一眼，又叮嘱右腿打着石膏的富态女人："你就别多管闲事了！"

消毒水的气味飘了进来，男人打了个不小的喷嚏。

护士拿起了挂在他床尾的一本小本子，唰唰地在上面写着什么。

长脸男人朝他使了个眼色，指了指那张空床，说："拍片子去啦，昨天才送进来的，一根钉子搞得一条小腿都烂啦……"说到这里，男人又扭头看向电视，上下摇晃着手，指着电视和那富态的女人搭话："是个好人哪，可惜啊……听说工资都没给员工断过，宁肯自己卖房子卖车。"

富态的女人赶紧接话："对，对，我也听说了，他才发达那阵子就回老家修了路，给全村都通了电。那天还是个星期天，大家都放假了，他不是卖了房子嘛，吃住都在厂里，哎，你说……"

年轻男人嗤了声，视线没离开手机屏幕，抖起了腿："你又知道了？这种大老板说不定有什么见不得光的秘密呢，社会关系复杂得很呢，不然怎么都快一个月了，现在监控那么多，到处都是天眼，科技那么发达，测指纹、测DNA的技术一大堆，还抓不到一个嫌疑人？肯定是仇家很多，警察正一个个排查呢。"

长脸男人说："说是之前闹台风，警察也没法正常上班，歇了好几天呢，那些学校啊，单位啊，不也都歇了一个星期嘛。"他又扭着身子，把视线移回了男人身上，抬了抬下巴："和你躺在这儿的时间差不多呢。"

电视画面闪闪烁烁："备受关注的本地企业家袁天南被害一案仍未取得任何进展，此前因台风延后的袁天南追思会今日将于第三殡仪馆内举行……"

画面忽然没了。

那捧着手机的年轻男人就问护士："这供电还不稳定哪？"

护士说："我哪知道啊，都好好休息吧。"她对着男人道："身上有哪里不舒服吗？"

"小洁！"外头又喊了。

男人受不了这么尖的声音，皱起了眉头，缩起了肩膀。

"哪里不舒服啊？"护士又问他。男人摇了摇头，只要那尖细的声音不出现，他就没什么不舒服的。此时他已经搞清楚先前从手背上传来的针扎似的疼痛是怎么回事了——他的左手手背上扎了输液的针头，右手缠着绷带，之前他的双手手腕被绑在病床上，一乱动，那输液的针头就会扎他。

"来了，来了！"护士小跑着出去了，又回头叮嘱男人："好好躺着别乱动啊，医生马上过来。"

长脸男人来和男人搭讪："你别在意啊，台风天，这附近十里八乡都闹了灾了，附近就这么一个医院还有电有水，就都送这儿来了，他们也不容易，忙得脚不沾地了，我这儿有手机，要不你给你家人打个电话？"

男人摇了摇头。

"没家人啊？"

"家人……"男人喝了一口水，呛着了，又开始咳嗽。长脸男人指着自己的额头："你是不是失忆了啊？"

男人的眉心一跳："失忆？"他摸了下额头，摸到好多绷带，一圈又一圈的。他的后脑勺有些痛。

"你想不起来你有什么家人，你住哪里，是吧？连自己的名字都不记得了，是吧？"

聊到这里，一个穿白大褂的男人进来了，后头跟着一个头戴鸭舌帽，帽檐压得很低，除了唇上两撇薄须，叫人完全看不清长相的男人。男人的肤色偏黑，腋下夹着个小包，穿了件薄薄的黑色夹克衫。

长脸男人马上挺起胸膛和穿白大褂的报告："江医生，308 醒啦。"

江医生点了点头，示意那长脸男人躺好休息，伸手拉上了两床之间的隔帘，和那鸭舌帽男一道挨着失忆的男人的床站着。那长脸男人的侧影紧紧地贴在布帘上。不远处的窗户半开着，外头的天色有些泛红，似乎是黄昏了。

"308 床的这位先生……"江医生清了下嗓子开了腔，他讲起话来轻声细语，语速很慢，男人不等他说下去，就直截了当地问了："我怎么进医院了？"

江医生问他："身上有什么不适的地方吗？"

男人指着脑袋："有时候心会猛地跳一下，气跟不太上来，还会头痛。"

那鸭舌帽男就说："你被送进医院的时候，身上没有任何证件，你登记一下你的基本信息，我们帮你联系下家人吧，家庭住址什么的都还记得吧？"

男人盯着那鸭舌帽男，可碍于角度和光线的限制，男人仍旧看不清他的长相。他试着回忆鸭舌帽男所说的"家人"，但只能想到"爸爸""妈妈"之类的词，要说这爸爸妈妈都长什么样，叫什么，住哪里，他想不出来，再使劲想一想，头就开始痛。他痛苦地抱住了脑袋："不知道，头痛

007

得很。"

他不想想"家人"了。他身体里又涌上了对水的渴望,便喝了大半杯水,忽然又觉得饿,便说:"我饿了。"

鸭舌帽男问道:"你是不知道自己的名字,还是不记得了?"

"有什么区别吗?就是你问我名字,我不知道是啥玩意。"男人说,"有吃的没有?"

鸭舌帽男说:"听口音,你不是本地人吧?"

江医生劝了句:"不然先让他吃点东西吧,这都昏迷了快一个星期了,有胃口是好事。"

鸭舌帽男还是很执着:"你真的什么都不记得了?"

江医生不大乐意了:"王警官,病人才醒过来,我刚才已经和你说过了,他这病情不能着急,得慢慢来,我带他再去做几个检查,先确认下他到底属于哪一类的……"

男人看着王警官,插嘴说:"你是警察?"他好好打量了这个鸭舌帽男一番:这位王警官微微弯着腰,胯部往前顶着站着,因此显得右肩比左肩高出了一些,站着用右腿支撑,看来不是左撇子,腰还不太好,肩膀或许也有些问题。他的右手插在口袋里,左手贴着裤缝,双手也很黑,指甲剪得很短,手指微微蜷曲,窄脸,眉毛和眼睛都看不到。他手上的皮肤并不粗糙,只是黑。

"就你一个人?"男人问王警官。

"什么意思?"

"警察不都是两人一组行动的吗?"男人脱口而出。

"你被送进医院的时候什么证件都没有,医院报了案,我是负责你这案子的,刚才江医生第一时间就打电话告诉我你醒了,我正好下了早班,我家就在附近，就顺道过来了。"王警官莞尔，"两人一组出警那得是有警情，你这顶多算我回访个失踪人口案吧，"王警官又笑了笑，"你对警察怎么干活还挺清楚的，我们不会是同行吧？"

男人说："不知道……"

江医生道："看他的年纪也不像啊，或许还在读警校？"

王警官和江医生说起了话："那您看他这情况，记忆能恢复吗？您以前遇到这样的病例，最快恢复记忆要多久啊？"

男人问道："谁送我来的？"

江医生说："失忆这种事情可不好说。"

王警官道："派出所的一个同事，不是之前说台风要来嘛，我们在山里各个事故多发地段都做了防护。台风临近了，附近派出所又特意派了批人去巡山，看看还有没有什么地方需要加固之类的。南山隧道之前出过塌方事故，附近偶尔会有村民去砍柴什么的，还有喜欢去那里接温泉水泡脚的，说是能治百病，有时候劝也劝不动。那个同事到了南山，专程从山脚下爬到隧道那里去排查，结果在隧道里发现了你。"他挥动手指，对江医生道："您和他说说他的情况吧。"

"是这样的，你的脑部遭受了重创，之前你被送进来的时候，人还昏迷着，我们给你照CT的时候我就怀疑你醒过来后可能会失忆，目前来看，就是这么个情况。"

男人举起胳膊，瞅着右手上的绷带问："我还伤到了手？"

王警官瞥了眼那单薄的布帘，压低了声音，道："我们初步怀疑你在南山隧道里被人打劫了，不过那地方本来就很少有人去，你去那里干吗啊？而且还是台风天，多危险啊，发现你的时候你也没穿登山的装备，不像是去爬山郊游的。"

男人不耐烦了："医生不是都说了我失忆了嘛。"

王警官干笑了一声："行吧，好，你失忆了，什么都不记得了。"他问江医生："刚才您和我说这一类失忆病人如果去以前去过的地方能帮助恢复记忆是吧？"

江医生颔首："研究发现，重新回到以前的住所啦，听以前听过的歌啦，看以前看过的电影啦，进行这种过去的体验和情境的重筑，对患者恢复记忆是有很大帮助的。"

这当口，一道黑影扑在了布帘上，那影子巨大，男人吓了一跳，把手里握着的保温杯毫不犹豫地对着那黑影就掷了出去。黑影"哎哟"惨叫了一声，布帘外头又热闹了起来。

"没事吧？"

"哎，砸脑袋上了吗？"

江医生赶忙扯开布帘，去扶摔在地上的一个男青年，这男青年穿着护士的衣服，正捂着脑袋龇牙咧嘴。江医生对着男人道："你干吗呢？这是我们院的护士！"

那男护士摆着手站了起来，不大在意："我没事，没事。"他着急忙慌地拉着江医生就要往外走："真没人了！江医生快！"直把他往门外拽。

江医生皱起了眉头："我这儿还有病患呢，你们二栋又怎么了？"

邻床的长脸男人伸长了脖子张望失忆的男人，眼里又是笑，又是打探的意味。失忆的男人有些不好意思了，攥着手指轻轻道："我以为他是要干吗呢……"这话说得稀里糊涂的，王警官就问他："什么意思？你觉得他要干吗？"

失忆的男人自己也弄不清楚那话里的意思，摇着头，解释不出来。反正不知为何，他看到不明的黑影就慌张得很，心就猛跳，就感觉自己必须

010

对那影子做些什么，必须先下手为强。

那男护士又火急火燎地说：“先走！赶紧！要出人命的！他这不是醒了嘛！我看也没大碍啊，你让小钱抽个人出来推他再去做个CT嘛！”

"你还指挥上我了……"江医生很是无奈，回头看了看男人，道："你先歇着，我找人来带你去做几个常规检查。"就跟着男护士走了。

王警官伸手把布帘重新拉上，冲失忆的男人笑了笑，道："我觉得你很有自我保护意识，看来你之前生活的环境危机四伏啊。"

失忆的男人陷入了沉思。他想，他先前醒来的时候感觉到"针扎"似的痛，也就是说他记忆的深处埋藏着被针扎过的回忆；他因为疼痛就停止了挣扎，又说明他是个会忍耐和屈服于疼痛的人；还有……就像王警官说的，他有很强的自我保护意识，说明求生保命牢牢刻在他的脑海里，并没有因为他的"家人""姓名"等信息的失踪而跟着消失。他想，他的童年或许不快乐，或许被什么人伤害过，吃过皮肉上的苦。

这个时候，王警官朝失忆的男人走过来，声音更低了，眉眼跟着压低，对他道："南山隧道之前塌方过，那地方很危险，没人会没事去那里，你记得南山隧道的故事吧，有人和你说起过吧？"

他的话音才落下，又一个男人冲了进来，这回是个穿病号服的，也是直奔着他们来的。这回，王警官先有了反应，挡在男人床前，拦腰抱住了那个病人，将他推到了那张空病床上。这瘦高的病人没怎么反抗，只是哭丧着脸不断朝失忆的男人伸手："我的笔呢？把我的笔还给我！"

失忆的男人不明所以，王警官来回扫视他们，眼神狐疑，手上按住人的劲似是放松了不少，那瘦高个就跺了下脚，鼻子里出气，趁机推开了王警官，一个箭步过来，吭哧吭哧地翻起了失忆的男人的床头柜，还要伸手来抓男人。王警官这会儿又有动作了，一把就拽住了瘦高个："你想干吗？"

那瘦高个瘪着嘴，瞪着眼睛，泪眼婆娑地不停嚷嚷："我的笔呢？！还我笔！"

他的语调和动作活脱脱一个闹脾气的小孩。失忆的男人贴着墙，警惕地缩着肩膀，问他："我们认识？我是谁你知道吗？"

瘦高个啐了他一口："小偷！骗子！大坏蛋！"

末了，他"哇"的一声就哭了出来，挣开了王警官的手，一屁股坐在地上，不停地用手捶地，两条腿胡乱地踢着。王警官傻眼了，失忆的男人更不知道该怎么办，瘦高个哭得他心烦意乱，耳朵嗡嗡响，脑袋又开始痛，好在没一会儿一个女护士跑了进来，手里拿着一支笔道："小白，小白，你的笔在这儿呢！"

瘦高个见了那支圆珠笔，眼睛都亮了，跟着护士就走了。那护士朝王警官和失忆的男人打眼神示意抱歉。

邻床的长脸男人这时面朝着失忆的男人这床坐着了，他脸上带着笑，晃着麻秆似的小腿看着他们，指着门口说："大水冲了精神病院，都送到这儿来了。"他戳戳脑门，一边的嘴角勾了起来："都是这里有问题的。"

坐在门口的年轻人和他的母亲默不作声地玩着手机。

王警官冲长脸男人笑了笑，试着再去拉布帘，没承想因先前那一顿折腾，这布帘被扯坏了。王警官只好挡在两床中间，悄声和男人说："现场我们都勘查过了，也没发现你的证件什么的，我们呢，本来想登记一下你的指纹，结果发现你……"

王警官朝男人的双手努了努下巴。男人摊开双手一看，他的两手十指上是光滑的一片。他没有指纹。

王警官很为难："没有指纹，我们也不好搞啊，不过你放心，我们已经在排查市内和周边几个城镇符合你的体貌特征的失踪人口了。"说到这里,他转身看了眼长脸男人。长脸男人嘿嘿笑了笑,仍旧盯着他们。王警官不太自在了,低了低头,把帽檐压得更低了。

失忆的男人问他:"谁帮我出钱看的病?"

王警官若有所思:"什么人会没有指纹呢?"

失忆的男人说:"天生的?"

王警官抓着他的手指看了会儿:"我找医生看过了,说像是被酸之类的东西腐蚀掉的。"

失忆的男人歪着脑袋犯嘀咕:"不知道,不记得……我什么都不记得了……"

王警官就笑了两声,拍了下失忆的男人的肩膀,道:"你先休息吧,配合医生做检查,看看这失忆的毛病到底得怎么治,放心,政府不会不管你的。"王警官清了清喉咙,重新直起腰,从他带来的小包里翻出一部手机:"你先用着,打发打发时间也好,我的号码存在里面了,想起什么了记得联系我。"

那是一部四角都有磕碰痕迹的智能手机。失忆的男人点了点头,王警官便离开了。江医生久久没再出现,外面倒是越来越热闹了,甚至能隐约听到敲锣打鼓的声音,不时仍有尖锐的说话声响起,失忆的男人实在无法习惯,越听头越痛,他拔掉手背上的针头,下了床。他想离开这里。

也不管什么检查不检查的了,他现在就想走,一刻都待不下去了。

长脸男人凝视着他,一动不动,也没说话,坐在门口的富态女人问了声:"你是不是要去上厕所啊?"她关切地问道:"小伙子,你穿个鞋啊,就在你床底下。"

她的儿子拍了她一下,语气很重:"你能不能少管点闲事?"

长脸男人朝失忆的男人露出个笑脸，冲他点了点头，一副知道他会这么干的模样，还做了个噤声的动作，仿佛是在告诉他，自己会为他保守秘密。

　　失忆的男人摇晃着脑袋，脚落了地，地面冰凉，他适应了一下，想起身，脚下却一软，扶着床头才勉强稳住了身子。外头的锣鼓声更夸张了，失忆的男人头痛欲裂，不禁问长脸男人："这里到底是什么地方？"

　　医院里怎么会有敲锣打鼓声呢？又不是戏台剧院，又不是殡仪馆……

　　长脸男人指着病号服上的字样："灵城青郊区南山二院啊。"

　　失忆的男人低头看去，他的病号服和长脸男人身上穿的一模一样，他在那一排扭曲的蚂蚁似的东西里认出了"灵城"和"青"字，"南山"和"二"字，他嘀咕道："不认识……"

　　"你不认识字？你这个年纪……不应该啊。"长脸男人咂咂嘴巴，若有所思，"不过我听说啊，有的人虽然看上去看不出来啊，但是其实内心里对一件事情顶讨厌，所以失忆之后呢，就会完全忘记那件事。比如说一个厨子，烧菜技术好得很，顶呱呱，有一天，脑瓜被人敲开了，后来救活了，什么都记得，就是不记得自己会做菜了，连怎么用菜刀都不知道了！医生就分析说，他可能以前就特别讨厌做菜，你说神奇不神奇？你该不会也是这种情况吧？"

　　"我问你，南山隧道你知道吗？"失忆的男人这时感觉自己能不靠扶着什么东西站稳了，他小腿上的肌肉恢复了足以支撑他的力道了。他试着慢慢松开手，光靠脚站着。

　　"知道啊，以前塌方，死过人的！"

　　"你知道怎么过去吗？"失忆的男人还没找到重心，左摇右摆地站在病床边，问道。

"你不等警察帮你找家人啊？你头上还有伤呢，就别乱跑了吧。"

那靠门坐着的女人又喊了："你就好好休息嘛！"

女人的儿子霍地站起来，用力咂了下嘴，走了出去。

失忆的男人往前挪了两步，也往外走去，嘀嘀咕咕："医生说了去去过的地方能帮助恢复记忆。"

反正这敲锣打鼓的医院，他实在待不下去了！待不下去的地方，就走！

外头的走廊两边全是躺着人的病床，那些人里有男有女，有老有小，有嗷嗷喊痛的，有低声苦吟的，有腿跷得老高，躺着玩手机的，好几个护士旋风似的经过他身边，一个女人尖叫了一声，一个男人抱着痰盂想吐。地上有口罩，有塑料袋子，有矿泉水瓶子，有泥巴，有拖把，有蟑螂。护工打扮的女人在拖地，一下，一下，又一下，一张病床从电梯里被推出来，一个女人从一间办公室里走出来，她的身上全是血，她被好几个医生拦住。

"床！来张床！"

地上全红了。

满眼都是红色。

世界摇摇晃晃，所有人都跌跌撞撞。

"我要回家！我要回家！妈！"

一声唢呐响刺破了所有的喧闹，众人寂静了一瞬。

一支穿白孝服的队伍正从走廊的另外一端走过来。一道红色的细流在地上蜿蜒，被瓷砖缝隙分成了好几股，每一股都像一条小蛇，迅速地朝失忆的男人游过来，这些蛇都张开了嘴，喷出腐败的血腥气味。失忆的男人一阵眩晕，就在他摇摇欲坠之际，一个女人拉住了他，笑着拍打他的肩膀："308的吧？你醒啦？"

"我认识你？"

"叫魂啊，去庙里叫个魂就好啦，我认识人，我和你说，你跟我走，我认识人！"女人瞪大了眼睛，发黄的眼里射出两道逼人的精光。失忆的男人一阵反胃，落荒而逃。模模糊糊地，他听到有人喊了他一声，仿佛是那个刚才为他看病的江医生。他没有理会。

室外也好不到哪里去，奏乐声还在响着，一点也没减弱。人倒是少了，可满地都是泥水，他光着脚踩着水走了几步就踩到了好些石头和树枝。停车场的一角堆着好些树枝，一些树被拦腰截断了，断口扎向灰蓝的天空，停车位不少，稀稀拉拉地停着一些车身满是泥浆，和泥巴团没两样的车。医院门口的几个保安正忙着清理沙包袋子。他还是有些害怕，头也是晕乎乎的，走路提不起劲，没走几步已经上气不接下气。他就这么一路走到了医院门口，没有人拦他，甚至没有人注意到他。他出去就看到了马路上的一面路牌：南山隧道。

这几个字他都认得。可他实在走不动了，又想喝水了，还想吃东西，馒头、面条，什么都好，想把肚子塞得满满的。就在这个时候，失忆的男人听到有人喊他，他往旁边一看，边上的巷子里，有人在朝他挥手，正是先前那个戴鸭舌帽的王警官。他还戴着鸭舌帽，失忆的男人仍然只能看到他的下半张脸。

"喂，失忆的，你是不是要去南山隧道啊？我送你一程？"王警官指指后头，"我的车就停在附近。"他瞅着失忆的男人："你没穿鞋啊？"

他笑着问："是没穿鞋的习惯吗？你这习惯有点诡异啊。"

失忆的男人看着他："你也挺诡异的，你的车没停在医院的停车场？那里空车位不少。"

"要收钱啊,我这下班了也不能报销啊,就找了个不用花钱的地方。"

失忆的男人道:"对啊,你不是下班了吗?不会是在这里等我吧?"

"我抽烟啊,你抽吗?"王警官嘻嘻哈哈地递烟,又说,"喀,做我们这一行的,哪有什么上下班的区分啊,你是不是想去看看现场有没有什么能确认自己身份的东西啊?你早一天确认身份,我这案子也能早点结啊。"

失忆的男人没要烟。他摸着肚子,脸色不是很好看。

"你应该不是我的同行。"王警官戏谑道,从小包里摸出个面包递给男人,"不会是那种私家侦探之类的吧?调查什么案子知道了太多,被人偷袭了?"

失忆的男人拆了包装袋就啃面包,一个面包下肚,他和王警官还在路上走着,他就问了:"你的车呢?"

王警官领着他进了条巷子,这巷子很窄,两边都堆放着一袋袋的垃圾,臭味熏天,七拐八绕地才见到了一辆小车。王警官和他道:"我想过了,你失忆了,但是基本的常识还在,人的基本常识呢,属于过去的经验和人生体验的堆叠,也就是说你现在知道的东西,一定和你的身份息息相关,你认识这车的牌子吗?"

"大众啊。"失忆的男人道,"说明我要么以前见过这种车,要么有这种车。"

王警官嘿嘿一笑:"这种车很常见啊,这点信息没什么用。"他从后备厢里翻出一双夹脚拖鞋:"我放在车上去健身房健完身洗澡的时候穿的,你试试。"

尺码偏小了,但因为是拖鞋,挤一挤也能穿。失忆的男人盯着这拖鞋出神,王警官问他:"怎么了吗?这双人字拖有什么问题?还是你想起什么来了?"

"我发现我对穿不穿鞋这件事不太在意,但是你们好像都很在意。"失忆的男人看着王警官,得出一个结论:"所以……我不喜欢穿鞋?"他问王警官:"你有我可以换的衣服吗?这个病号服我不喜欢。"

王警官拉出一个大挎包,翻出一套运动服:"上健身房穿的,你试试。"

失忆的男人直接把外套和裤子套在了病号服外头,拉上了外套的拉链。

"不热啊?"

"不热。"

王警官笑着拍了下他:"先上车吧。"他道:"我知道有一些渔民不太爱穿鞋,不过灵城也不靠海啊,你老家沿海的?"

失忆的男人答不上来,打开了后排的车门,王警官也上了车,从后视镜里看了他一眼,道:"你习惯坐后排?那说不定是什么大老板、公子哥啊,公子哥可能自由惯了,不爱束缚,特立独行,不爱穿鞋。"

失忆的男人拉起安全带系上,王警官又问他:"你不会以前留过学吧?我发现好多留学生坐车都有这个习惯,一坐下就系安全带。"

王警官打了几个手势,憋出个男人听不懂的音。王警官摇晃脑袋:"好吧,你也不说英文,还是说你是去什么小语种国家留的学?"

失忆的男人直摇头。王警官说:"台风的风势一减弱,我们就去现场勘查了,什么也没发现。"

失忆的男人问道:"那个打电话报警的呢?"

"不是和你说了嘛,就是这边派出所的一个警察啊,人家也不认识你啊。"

"你有他的联系方式吗?"

"有是有，就是……"王警官想了想，拍了下方向盘，"这样吧，回头我找他和你见一面。"

失忆的男人点了点头，没什么想问的了，王警官的问题倒是很多："你真的什么都不记得了？"

"我骗你干什么。"

"我不是这个意思。"王警官耐心地说，"你要是想起来什么，就发信息，或者打电话给我，但凡想起来一些以前住过的地方的样子，或者去过的什么街啊之类的，就联系我，我帮你排查排查。"

"你们警察这么闲的吗？"

"你是不知道，这台风过境，我们手头上全是失踪案，队长下了死命令，要赶紧把失踪案的结案率拉高。"

王警官又问："你知道中国有多少失踪人口吗？"

"不知道，不关我的事吧，"失忆的男人顿了会儿，还是有些好奇，"多少人？"

王警官像是正等着他问，早就准备好了答案，一股脑儿说了许多："保守估计一年有几百万人吧，这些人里分为主动失踪和被动失踪的，主动失踪呢，就是我们说的离家出走啊什么的；被动的呢，就包括儿童被拐卖啊，还有被传销组织骗去搞诈骗啊之类的。但是失踪这件事吧，如果关系人不去报案，警察不立案，从户籍档案上来说，这人就还在，户口本上就有他的一席之地。"

"关系人是什么意思？"

"你爸你妈，你老婆。"王警官笑了笑，"看你这年纪估计还没结婚呢吧？"

失忆的男人摇头，说不上来，王警官按下了电台，这会儿在播歌。他道："听过吗？有印象吗？"

失忆的男人打了个哈欠："没听过。"

"哈哈，说明你应该不是00后，00后哪有没听过这首歌的？"王警官思忖着，"我看你应该不至于是90后吧，顶多20岁？"

"不知道。"

王警官又换了个电台，还是听歌，男人对这些乐曲一点兴趣也没有，既没有什么记忆被唤醒，也不想继续听下去，人倒有些乏了，就打起了瞌睡。

男人睡了一会儿，王警官喊他起来，告诉他："到了。"

失忆的男人一看，此时他们停在一条两边长满小树的窄路上，王警官下了车，正在卷裤腿，又指着远处那拉起了路障，支起了挡路的铁栅栏的地方，说："要去南山隧道，现在就只能停在这里，没办法再开车往上面去了，不过你也看到了，里面……"他指着那些用围栏和沙包袋建成的防护堤里面："你看这里的水都漫出来了，现在全市都在清淤，大马路都有好些还不能开车的呢，根本轮不到这荒郊野外的。"

沙包防护堤里头可谓水漫金山，他们所站着的外头也好不到哪里去。水没到了小腿肚，失忆的男人左看右看，蹚着水往山道两边走。

"你干吗？"

"找排水沟。"

"找排水沟干吗啊？"王警官好奇地问道，"你怎么知道这里会有排水沟啊？你想起什么了？"

男人什么也没想起来，但是他很肯定地说："我就是知道有。"

他知道山道两边一定有排水沟，就像他知道他渴了要喝水，饿了要吃东西一样。

"搞森林研究的？怪不得你会来这个鸟不拉屎、无人问津的地方，我去市里的几个大学打听打听有没有失踪的林业学科方面的学生吧。"

男人没吭声，他折了根树枝，在地上戳了半天，戳到地上的某一处时，约莫捅松了一些泥土，混浊的水面出现了一个小小的漩涡，他便用那根树枝在这漩涡的中心继续掏弄。漩涡越来越大，甚至响起了咕噜咕噜的排水声，男人弯腰蹲下，丢开了树枝，把手伸进了黄浊的泥水里。

"找到了？"王警官快步走了过来，弯腰盯着那漩涡，时不时用树枝帮忙扒拉几下，问道，"你找排水沟到底要干吗啊？"

男人说："你说报警的人是在隧道里发现我的是吧？隧道在山上，你们在现场没找到什么，不过台风天刮风下雨的，说不定有什么东西跟着被水冲刷出来了。"

"你以前该不会真是干侦查的吧？"王警官的声音沉了下来，"确实很有可能，那天他们其实也没巡多久的山，因为开始刮台风了，他们差不多3点就收队了，这几天又都是台风天，山路都封了，没人会来这里，要是真冲了什么东西下来，堵在这里，确实还不会被人发现。"

男人越干越起劲，他抓到了一大团泥巴，里面混杂着落叶啊，树枝啊，塑料瓶子之类的东西，什么玩意都有。他右手上的绷带很快就被泥水濡湿了。他用两只手下去抓挖。男人说："那边应该还有一个排水沟，你去那里看看。"

王警官应了一声，却没动，只是用树枝帮着他疏通这边的排水沟："先看看这里的。"

然而大半天过去，除了泥巴和垃圾，两人什么都没发现，排水沟倒是疏通了不少，水位甚至有所下降。他们又去疏通另一侧的排水沟，这次王警官也撩起衣袖上手了。

两人吭哧吭哧忙了好一阵，忽然，男人的眉毛一耸，抓起一大把泥巴，从里面挑出了一张硬硬的卡片。他在水里洗了洗卡片，问王警官："这是身份证吧？"

王警官一看，眼睛亮了："对！身份证！"他拿了那张身份证比在男人的脸旁，更激动了："这不就是你嘛！"

"是我？"男人看着身份证上的照片，回忆着他自己的样子，先前在警察的车上匆匆一瞥，他似乎确实长这个样子，脸瘦瘦的，高鼻梁，薄嘴唇，黑眼珠很大……

"不信你开手机摄像头看啊。"王警官说。

男人摸出了王警官给他的旧手机："怎么看？"

王警官看了他一眼："看你年纪轻轻的，智能手机都不会用？"他拿过男人手里的手机，在裤子上擦了擦——男人刚才是直接用沾满泥巴的手拿的手机，弄得手机上也满是泥巴了。王警官忍不住调侃："看出来你是个不讲究的人了。"

他擦干净手机，调出了前置摄像头，递到男人面前，说："你就当照镜子吧。"

男人在手机屏幕上看到了一张脸。

"我长这个样子……"

那是一张瘦窄的脸，表情严肃，眼睛很黑，确实和那张身份证上的照片一模一样，只是相机镜头下的男人的额头上缠着厚厚的绷带，脸上有些划伤的痕迹，这让他看上去有些狼狈。

"我的名字是……"男人认得那两个字，"关，情。"

"我的住址是……"很多字他都不认识，王警官便凑过来，看着身份证说："哦，原来你是本地人啊，我拍张照，让我的同事帮忙查查你的户口信息。"他便对着身份证拍了张照。男人翻过身份证背面一看:"快过期了。"

"啊?"

"还有三天,这身份证就过期了。"

"那就去派出所弄啊。"王警官一边鼓捣手机一边说,"身份证上的照片看上去倒像是近照,那就不合理啊……按说该年轻很多啊,你还记得办身份证时候的事情吗?"王警官还很疑惑,"出生日期是1997年,我看也不像啊,你已经26了?"

男人摸着自己的脸,沉默了。"派出所"这几个字让他起了一身鸡皮疙瘩。

王警官又问他:"那我问你,你知道人申请身份证是要干吗的吧?"

"到了年龄就要去办,就说明你是个存在于这个社会上的人了。"

"说得还挺文绉绉的,谁教你的啊?"王警官目光灼灼,似乎很期待他能给出一个值得追查下去的答案,"在学校里学的,还是你爸妈,或者什么亲戚和你说的?你家人里不会有做老师的吧?"

"就记得是这么回事……"男人一概没印象,又道,"我还知道办了身份证就能坐火车、坐飞机什么的。"

这些大约全出自他过往的人生体验。可要他回忆一下坐火车和坐飞机的经验,他的脑袋里又是一片空白了。

王警官把证件还给了他:"说的没错,不光如此,有了身份证就说明你是个有刑事能力的人了,一旦违法乱纪,就必须承担法律责任,你不光受社会道德的约束,还受法律的约束,你要为自己的所有行为负责了,监护人监护的那套行不通了。"

男人低头看着右手被泥水弄脏的绷带:"监护人是什么?"

"一般来说就是你爸妈，没有爸妈的话，可能是外公外婆、爷爷奶奶之类的家人。"

男人又因为"家人"而头痛，他说："我想不起来。或许我没有家人。"

"是人就有家人啊，不然你是从哪里来的？"

"孙悟空就没有。"

王警官直瞪眼："你？孙悟空？"

男人说："孤儿也没有。"

王警官叹了一声："你这么一说倒提醒我了，要么你真是个孤儿，要么你家人伤你很深，你的大脑一有机会，干脆就主动选择忘记了他们。"

"大脑还能主动选择记忆的吗？"

"当然啊，你知道人格分裂吗？人格分裂其实也是失忆的一种表现形式。"这时，王警官的手机振了一下，他瞅着手机，告诉男人："查到了，身份证上的地址和户口信息是一样的！"

"走，我带你回家。"王警官说。

· 关 情 ·

"那我就叫你小关吧。"车到了失忆的男人的身份证上所显示的观澜苑，王警官把车停在了路边，和善地和失忆的男人说："你这小区看上去还挺高档的。"

男人往外张望，这是一个矗立着许多高层建筑的小区，小区外围的围栏也建得很高，门口有一个保安室，保安室两边分别是出入口，都设有电子闸门。王警官说:"不然问问保安记不记得你,认不认得出你?"

监控摄像头光在门口就能看到六个,两个对着外头的街道,四个对着小区里面。男人不知怎么一怵,说:"从行人那边的侧门进去吧。"

车道边上就是供行人出入的侧门,时间不早了,天色已由红转蓝,一些老人牵着孩子出来散步。王警官再次和男人确认:"真的不需要去问问保安?"

他看了下手表:"这才4点多,物业应该还没下班,不然先去问问物业?"

男人直接下了车,低着头就往侧门走去。王警官喊了声:"你等等啊。"

他蹲下来系鞋带,这时,一辆灰色奔驰车缓缓从小区里开出来,一些送外卖的正往保安室里放外卖,送快递的也来了不少,挤在保安室和保安登记,一些老头老太太牵着小孩来取快递,保安室里热闹极了。

王警官系好了鞋带,和男人从侧门进了小区,他道:"你们这里的管理还挺严格,外卖都不让进楼的。"

小区里绿化得很好,到处都是树,满眼的绿,满园子的花。还有一些健身设备和供小孩玩乐的秋千和滑梯。远远地还能看到一个喷泉往天上喷水。

男人熟门熟路地在一条分岔路很多、顶部设有葡萄藤架的花园小径里穿梭,他穿过一片树丛时,王警官喊了他一声,说:"这不就是12幢吗?你去哪里啊?"

男人低着头咕哝着:"走这里。"

他下意识地觉得就应该这么走去12幢:得从13幢边上的树丛里钻出来,走到12幢门前。而并非沿着主干道,按照10幢、11幢再到12幢的顺序走过来。

王警官跟着他："这样走比较快吗？"他又很欣喜，拍了下男人："看来你对这里有印象，这里应该就是你家了！"他兀自感慨："习惯真的很奇妙，人可以忘记自己是谁、自己的亲人、自己的经历，却不会忘记回家的路，不会忘记他学到的一些常识，可同时这些常识难道不正是他的人生经历的一部分吗？人们失去记忆，失去的到底是什么？"

王警官说："你知道吗？据说失忆的人是没有办法想象未来的，因为未来是基于过去的一种想象，没有过去的人就没有未来。"

男人说："你这说得好绕脑子。"他看着王警官："你要送我上楼？"

"送佛送到西啊，再说了，你失踪这么多天，我也得和你家人交代下情况啊。"

男人又问他："你查到有人报案说我失踪了？"

"没有啊。"

"那我就还没失踪啊。"

王警官反应了会儿才明白他的意思，笑了两声，拽了他一下，指了指主干道的树枝上挂着的一个摄像头，这个摄像头的位置十分隐蔽，可因为天色将晚，路灯全开了，暴露了它的位置。一点红色闪烁着。

王警官环顾四周："你不会在躲小区里的监控吧？你的习惯就是躲监控？"

男人解释不清，只道："我就觉得该走这条路。"

王警官没再说什么，指着高层的电子门。电子门上有个摄像头，似乎是用人脸识别来开启的。男人站在门前，门却没开。

"可是你要是在躲摄像头，不想自己的行踪被拍到的话，你要进门，也一定要扫人脸啊，那还是会有记录啊。"王警官分析道。

男人厌恶地一甩手："我都说了我什么都想不起来了！"他又说："一

般这种监控和记录都是一个星期覆盖一次。"

王警官啧了啧:"一般人谁会知道这些啊?你不会是租了这地方做什么违法乱纪的事情,所以留了这么个心眼吧?你是专门和物业打听的,还是听保安或是什么人说过的?"

男人摇头。

他什么都想不起来,他的过去发生过什么,他经历过什么,他没有"过去",可这些"过去"又反反复复地通过各种"习惯"呈现在他的面前。他回答不了他是谁的问题,而他的一举一动又无时无刻不在回答他是谁这个问题。他可能是一个多疑,不爱在电子设备上留下自己的行踪,总是刻意回避人群的人。

王警官这时道:"我知道你是失忆了……没事,没事,慢慢来,你别着急,恢复记忆这事急不来。"

这个时候,门开了。屏幕上跳出来一条提示:亲爱的1801住户,欢迎您回家!

王警官吞了口唾沫:"和身份证上的房号是一样的。"

电子门自动打开,他和男人一前一后进了楼。楼里非常干净敞亮,地面铺着瓷砖,还挂着挂画,室内清香浮动。

这香味让男人放松了不少,他深深吸了一口气,心境越发平静,缓步走到了电梯前头。

电梯一排四台,前两台通往1到16楼,后两台通往17到20楼。

王警官琢磨着:"看来17到20楼的房价更高。"说着,他拿出手机打字,电梯到时,他把手机递给男人看,道:"你知道前面6幢的17楼卖多少钱吗?我的天,你不会真的是什么有钱公子哥吧?"

男人只看得懂手机屏幕上的一串数字:七百八十万。

王警官唾沫乱飞："这房价在我们灵城那是数一数二的了，我得干多久才能付得起首付啊！你记得你买的时候是多少钱吗？贷款还是全款啊？"问完，王警官不好意思地笑了笑："抱歉，刚才还让你别着急慢慢来呢。"

王警官的手在裤缝上不自在地上下滑动着，好像在潦草地书写着什么。他放低了声音，道："你说人的记忆和生活经验是不是储存在两个不同的大脑区域里的啊？就算你不记得自己是谁了，也并不影响你的正常生活。"

男人接了一句："生活不需要记忆。"

王警官一愣，电梯恰好到了，他感慨着："这么哲学？你不会是哲学系毕业的吧？"一边和男人一道进了电梯。两人随意地站着，王警官瞟了男人一眼，似乎在用眼睛测量男人和自己之间的距离，想说什么，却欲言又止。电梯里也能看到监控摄像头。男人一时也没什么好说的，他有些口渴了，下意识地闭紧了嘴巴，储存水分。

他忽然意识到，生存似乎是被他摆在最前面的一件事。

到了18楼，两人也是一前一后出的电梯。

这里一层只有两户。

"这难道就是传说中的电梯入户？"

1802门口放了只鞋柜，上面还放有插着鲜花的花瓶。两户人家门口各有监控对着。王警官小声说："不知道你自己有没有注意到，刚才我发现了你的另外一个习惯，在电梯里，尽管我们两个已经认识，而且电梯本身也不大，但是你会下意识地和我保持距离，在监控里看，或许我们就像两个陌生人。"

男人并没有意识到。

王警官说："我觉得你是个很注重隐私和距离感的人，就算和认识的人一起走也会下意识地保持一定距离。"他看着1801的门："你有钥匙吗？"他又指指1802："还是和邻居打听下你的事情？"

他接着说："但以你表现出来的处事方式，我不觉得你是个会和邻居多说话多来往的人。"

男人看了眼1802，那门上是个按指纹的电子锁，不像1801，还是传统的门锁。这时，王警官眼珠一转，一个箭步就去敲1802的门，敲了好几下，没人开门。王警官耸肩摊手，男人没来由地松了口气，伸手去开1801的门。门竟然没锁。他和王警官都吃了一惊。

王警官示意男人快进屋去，道："说不定你家人在家！"

男人进了屋，一扫玄关，屋里静悄悄的，没开灯，他道："或许我家只有我一个人，而不知道什么原因我出门没有关门。"

"对你们小区的安保这么自信？"

"也可能是走得很急。"

"可能是追着什么人出了门？"

王警官跟着失忆的男人进了屋，反手关上了门，在玄关犹豫："要换拖鞋吗？"

他打开了进门处的鞋柜，失忆的男人往里一看，都是男鞋，他拿出几双看了看，有的是40码，还有一双41码的旧皮鞋。

王警官说："你试试看都能不能穿。"

男人试着穿了几双，虽然尺码不一，但竟然都合脚。

王警官就说了："现在做鞋都没个统一的标准。"

男人看着那些鞋，嘟囔着："都有使用痕迹，那应该是我的鞋吧……"

鞋柜里面有不少一次性鞋套，还有一些口罩和消毒水，王警官道："那我套个鞋套？"

他便套上了鞋套。失忆的男人这会儿已经走到了客厅，他没换鞋，也没套鞋套，在地上留下了一串泥巴脚印，王警官道："你家还挺干净的。"

男人问："你有没有闻到一股什么气味？"

他闻到了一股腐烂的气味，循着气味往厨房走去。

王警官喊道："有人在吗？家里有人吗？"

没人应声。

王警官又说："还是我们去查查小区里的监控？说不定拍到了一些什么，比如你几号离开的，离开的时候是一个人还是和谁在一起之类的。"

也许是因为内心深处实在不想和保安或者物业打交道，也许是因为乱窜的腐臭气味，男人感觉一阵反胃，没有理会王警官的提议，径直往厨房走去。

厨房是开放式的，没有门，男人进了厨房后开了灯，说："我应该是早上走的，家里的灯都还没开。"他道："鞋柜里只有男鞋，虽然码数不一样，但是我都能穿，我觉得这地方应该就我一个人住。"

王警官跟在他后面，说："去厕所看看有几把牙刷不就知道了？"

男人不置可否，王警官也就没乱走动了。

天还亮着，窗外的几幢居民楼却已经零星地亮起了灯。还能看到一些窗户上用胶带贴着的大大的"×"。

王警官突然赞叹道："刚才我就想说了，你的观察能力还真不赖，这种能力多半是后天培养出来的。"

话音落下，他也捏起了鼻子，在厨房外探头探脑地一阵看："是不是你很久没回家，冰箱里的东西坏了啊？"

男人打开了冰箱。

一股恶臭扑面而来。王警官赶紧关上了冰箱，拉长衣袖捂住了口鼻，干呕连连:"你到底多久没回来了?"

男人拽开他,把冰箱里的东西一一拿出来。烂掉的番茄、臭了的白菜,还有一些长了毛的蘑菇。腌在一只碗里的猪肉甚至发了霉。

王警官到处找垃圾桶,见了一只脚踩的垃圾桶,一踩开,一群苍蝇蜂拥而出,垃圾桶的盖子上满是扭动的白色蛆虫。他干呕了声,赶紧缩回了脚,盖子合上,他捂住嘴道:"垃圾桶里的东西也好臭啊!"

男人往垃圾桶里瞅着,他已经习惯了这股臭味了,反胃的感觉逐渐消失,王警官拽着他说:"别看了,别看了,怪恶心的。"他没管,瞅着垃圾桶里那团黑乎乎的东西,却也研究不出个所以然来,看不出臭在里头的都是些什么。这会儿王警官已经开了窗户通风了,人站在窗口大口喘气。

男人扎上了垃圾桶里的袋子,之后又找了只垃圾袋开始清理冰箱。王警官在旁就开始分析了:"这里应该就是你家了,你知道垃圾袋在哪里,而且现在可以确定了,你一个人住,不然不至于东西坏成这样也没人扔了吧?"

"而且你还会做饭。"他拿起水槽附近一块已经干瘪的生姜,"不会做饭的人家里不会有姜蒜。"桌上的调料也很齐全,油盐酱醋都备着。

那蒜头发出的绿苗已经蹿得老高了,得有二十几厘米了。

男人若有所思地摸了下蒜头叶子,道:"今天是8月23号,他们说我是刮台风那天被送去的,昏迷了得有一个星期了,新闻上说台风是17号登陆的……"

王警官说:"8月17号正式登陆的,刮得好厉害呢,20号之后稍微好一些,不过好多学校都停了一星期的课,一市的人差不多在家守了一个星期,胆子大的也待了四五天才敢出门,出门也不方便,地上都是淤泥,有的地方到现在马路还淹着呢,也开不了车什么的。"

"政府提前通知了吧？"

"对。"王警官道，"怎么了？"

男人道："看冰箱里和厨房里的东西，我是个平时会自己做饭的人，平时自己做饭的人要是看到蒜头长苗了肯定是不会用的，也就是说，如果我是17号离开的家，去的南山隧道，出门前，这蒜头还没长苗呢，这家里用的是中央空调，我们进来的时候，窗户都是关着的，内循环的空气湿度不会很高，一个星期的时间，这样偏干燥的环境，一颗没长苗的蒜头，是不可能长出这么高的苗的。

"还有，如果我是17号出的门，先不讨论我出门干什么，怎么不锁门，你说了政府提前通知了对吧，学校也停课了，正常人一定会选择在家囤一点粮食，可是冰箱里就只有这些东西，冷藏库里也只有两包速冻水饺，吃三四顿估计就没了……"

王警官说："可能你食量不大？而且你家应该还有干粮吧？"

他四下里寻找起来，找到了放杂粮干货的地方，指着说："你看，有半袋大米，还有些小米、绿豆、香菇……够你一个人吃一阵的了。"

男人却说："厨房是满足欲望的地方，一个会做饭的人潜意识里就是一个希望自己的欲望随时都能被满足的人，而且他会更倾向于体验不同口味的食物，他的冰箱里的食材构成不会这么简单。"

王警官反驳说："也不一定吧，有的会做饭的人也就会做那么几道菜而已，我看你也就会做个番茄炒白菜，不然就是蘑菇炒猪肉？"

男人看着烂掉的番茄又说："番茄这种东西，在冰箱里放两个星期都不会烂成这样，中央空调的温度一直保持在这个温度的话，就算是夏天，垃圾桶里也不至于长这么多蛆虫，除非……"

"除非？"

"除非中间断过电。"

王警官颔首："台风说不定影响了这里的电路，我看新闻说一些小区确实断电了。"

他问男人："要我帮你查查吗？"

男人并不感兴趣，关上了冰箱门，那门上贴了张便笺，写了一行字。不等男人询问，王警官就说："小柳，12点，黑梦咖啡馆。"

王警官还在网上查了下："这个咖啡馆离这里不远，可惜5点就关门了。"他问男人："小柳是谁？你有印象吗？"

男人没印象，却也不在意，把垃圾袋扎好了扔在一边，找到了几包泡面，把冷藏库里的速冻水饺都拿了出来，又找了个锅子，接水，开火，靠在灶台前等水开。男人看着水龙头出神。

王警官很是诧异："你都想起来了？"

"什么？"

"你是谁，你是干吗的，那天去南山隧道要干吗，你都想起来了？"

"没有啊。"

"那你现在煮东西吃？"

"饿了不吃会死，我是谁，想不起来不会死。"男人理直气壮，扬着下巴，反而质疑起了王警官的动机："你都送我回家了，佛都送到西了，还不走？"

王警官两手一拍裤腿，着急解释："可是这里疑点还很多啊，不是吗？你家门怎么开着啊？是不是真的有别人住在这里啊，那人去了哪儿啊？是不是他倒垃圾或是拿快递去了，走得匆忙，走得也不远，所以没锁门？我们要不要等等他，我好和他解释下你的情况啊，那个人和你会是什么关系？你想啊，万一在南山隧道袭击你的人是成心想害你，万一就是这个人呢?"

男人靠在灶台边上,歪着脑袋,把他的话全当耳边风:"你吃不吃?"

男人还记得:"我刚才吃了你一个面包,你吃什么馅的饺子,韭菜的还是三鲜的?我还你一顿。"

王警官哭笑不得,放弃了,摆着手说:"那我帮你找找看有没有什么能证明你身份的东西吧。"

男人还是很无所谓,不知为什么,他进了家门之后就放松了,完全不在意自己失忆,自己的过去是一片空白了,有片瓦遮头,有东西饱腹已经让他心满意足,他全身心都放松下来,他现在就只想吃一顿饱饭,接着踏踏实实地睡上一觉。再没什么比这两件事更重要了。

王警官还是不依不饶地,一再坚持要确认男人的过去,他走到了客厅,翻翻这个,看看那个:"墙上的日历上 8 月 17 号被圈起来了。"

男人没印象。

"起码得搞清楚你是干什么的吧,你要是个普通上班族,无故缺席那么多天,你们老板不得发飙啊?说不定已经把你裁了!那你以后靠什么生活?"

男人无所谓。他打了个哈欠,以后的事情实在超出了他愿意去思考的范畴。他瞥了眼客厅和餐厅的两幅风景画,幽幽地说:"风景画会让人心情放松……"

王警官走到了客厅的转角处,扭头问他:"你在和我说话?"

男人瞅着客厅墙上的日历,忽然问:"你看见笔了吗?"

他在日历周围和附近都没看到笔。

王警官已经消失在了他的视野里,只有声音飘了过来:"干吗?"

水开了,男人下饺子,下面条,准备碗筷和醋碟。

他在抽屉里找到了一把菜刀和一把水果刀。

他关上抽屉:"我真是个怪人。"

王警官的声音响起来了:"一间是浴室!也挺干净的!你还真挺爱干净!我见过这么多单身汉的家,你这儿真的很干净!"

男人低头看了看地上的泥巴脚印,走到餐厅里的那幅油画前,伸手摸了摸画框,又折回厨房摸了摸抽油烟机,不由得感叹:"真是个奇怪的家。"

阳光没有先前那么刺眼了,天色逐渐柔和,露出了黄昏的模样。饺子挺着白胖的肚皮浮了起来,男人捞起饺子,下了泡面的调料包,拌了拌,关了火,又把面条倒进饺子碗里拌了拌,拿去了餐厅,坐下来吃。

餐厅和客厅各挂着一幅风景油画,餐厅的油画下面是个餐边柜,放着一台咖啡机,几瓶红酒,一些报纸。餐桌是张小圆桌,桌上放着些瓶瓶罐罐,好些字映入眼帘,不想再度被过多的文字诱发头痛,男人赶紧移开了视线。

客厅里围摆着一张皮沙发和两张绒布的靠背椅子,地上铺着白色的毛茸茸的地毯。整间屋子铺有黑色木地板。

客厅里的那幅油画正对着皮沙发,油画下面是个唱片架,上面摆着黑胶唱片机、音响、喇叭之类的东西。再过去就是阳台,阳台玻璃窗上用灰胶带贴着很大的"×"。

阳台上晾着一些衣服,有男士的裤子、T恤、袜子。

男人吞下嘴里的一口饺子,去阳台换了身衣服。

晾在阳台上的衣服全没有香味,他在洗衣机边上找到了一盒无香味的洗衣液,用了小半瓶了。

他想,这里就是他的家了。他知道他会喝咖啡,会听黑胶唱片,会买番茄、白菜、蘑菇、泡面,爱干净,用没有香味的洗衣液洗衣服,认识一个叫小柳的人，某天的12点要去黑梦咖啡馆和他会面，8月17号这个日子对他来说很重要。

他又吃了一个饺子，去看挂在墙上的日历。日历很简单，只有数字日期。8月17号是用黑色的马克笔圈起来的。

男人又问了："喂，警察，你找到笔了吗？黑色马克笔，有看到吗？"

那个警察已经安静很久了。

男人沿着走廊找了过去，他在一扇敞开的门后看到了王警官。

这儿大约是一间书房，三面墙前摆了三面顶到天花板的书柜，里面全是书。

王警官正站在一面书柜前认真阅读着什么，注意到他进来了，抬眼招呼他过去："我知道你是干吗的了。"

男人看到了一张电脑桌，桌上放着电脑，堆满了厚薄不一的本子、册子和一些打印纸。

"你是个作家！"王警官说，朝他挥舞了下手里的杂志，"《新作者》，你在上面发表了好多文章啊！你看，都是样刊吧？我知道这本杂志，是很有名的文学杂志，这本杂志我知道！是严肃文学方向的，你年纪轻轻就能在上面发表作品，不简单啊！还有啊，你看！"

王警官指着书架高处的一座奖杯。

"2010年的省城小作者奖，你是1997年生的话，那你13岁就得奖了，你不会是个文学天才吧？！"

王警官像在炫耀什么似的，情绪特别高涨："这些都是你出过的书，发表过文章的杂志，你看，你的原名啊，关情，作家！"

男人对这些东西毫无兴趣，很想回去继续吃饺子，才要走，王警官便兴冲冲地拽过他，把他按在了电脑前："试试密码！"

屏幕亮了，显示需要登录密码。

男人说："我不知道密码。"

"生日？"

男人摸出了身份证，输入了自己的生日0326。

密码错误。

"加上年份？"

19970326。

还是错误。

王警官捏了捏他的肩膀，安慰他："没事……"他的眼珠一转："你要是有名的作家的话，网上一定有你的信息啊！"

他便用"关情""作家"作为关键词搜索，可惜的是，网上只能找到一条字数寥寥的词条：关情，灵城青年作家，在各大刊物上均有作品发表。

但是退出词条后，王警官发现了一条帖子，他立马读了标题给男人听："天青就是那个青年作家关情的马甲吧！文风超级像啊！你们都去看啊！"

"搜到了！网络作家天青最新连载小说《烂苹果》！"

"小说在这个新新网络小说平台上连载，我看看啊，已经入围什么八月新人奖了，长篇助力排名全站第十。"

男人指着外头："我饺子还没吃完呢。"

王警官哑然失笑，拿着手机说："好吧好吧，边吃边看吧。"

男人不解了："现在我知道我是谁了，我是干吗的了，你能结案了吧？你还不走？"

王警官转移了话题，在电脑桌上抓了一把，抓起一堆纸："看样子你最近在调查一起真实案件，2018年的3·18连环失踪儿童绑架被害案……

这个案子我有印象，当年在灵城闹得很大，你是要写相关的小说吗？"

男人起身往外走，他的饺子再不吃就要凉了。王警官在他后头说："当年被抓的凶手叫柳秉真！你便笺上写的那个小柳不会是他的孩子吧？你联系他是要和他聊案子？"

男人置若罔闻，回了餐厅大口吃饺子，吃面条。王警官走出来了。

他看着手机说个没完："网上的评论全是催更的。原来这篇小说上一次更新是8月17号，凌晨更新的，我去，你这篇还在连载啊，现在你失忆了，那连载怎么办？你还记得小说的情节吗？"

王警官又和他说了："还有人猜测作者是在台风天的时候遭遇了意外停更了！你是不是得和粉丝报个平安啊？"

王警官道："我给你读读那些留言？

"有人留言：那个一袖清风不来了之后，本来还以为可以安安静静看小说了，结果停更了，大大什么时候回来啊？哭死！

"大大，你是不是以前在《新作者》上发过很多文的关情啊？"

王警官说："这个《新作者》，我以前在我们那儿的图书室看到过。"

男人看着他，一言不发，王警官似乎意识到了自己的唐突，便也沉默了。

男人说："你好像对我的过去，对我是谁，对我记得什么很感兴趣。"

王警官说："我是要写结案报告的啊……"

男人盯着他，一字一顿地说："那你要怎么写？这个失忆的男人其实是一个不太爱和人打交道，多疑，独居的作家？"

王警官补充道："算是小有名气？"他再次强调："《新作者》这个杂志很有名的。"他的声音轻了许多："可能因为去南山隧道找灵感遇到了什么意外……"

男人不置可否。

王警官又说了："不然很难解释一个人为什么会在台风天去南山隧道，那里明明贴了警示牌，还用沙包堵住了，在这样的情况下去一个人迹罕至的地方，要么是和什么人进行不可告人的交易，要么……只有你们这种疯狂的作家做得出来。去那里是为了体验台风天里被困在隧道里的感觉吗？只有这样才写得出小说是吗？"

男人忽然想起了什么，问王警官："你看小说吗？"

"看啊，看……"

"都看什么小说？"

王警官抓耳挠腮，指了一圈，有些羞怯："和你这种大作家看的那些得诺贝尔奖的小说估计没法比，我就看看网上那些修仙啊，武侠小说之类的。"

男人说："这有什么，修仙小说和得诺贝尔奖的小说不都是用一样的文字写出来的吗？文字没有高低贵贱之分，能给人提供情绪价值就行了。"

王警官讪笑："几百年后就有分别了。"

"几百年后地球还存不存在都是个问题。"男人打了个饱嗝，王警官道："你想得倒很远，不是说失忆的人不具备想象未来的能力吗？"

男人抬起头，一抹嘴，瞅着他身后说："你看这幅画，餐厅离厨房那么近，厨房还是开放式的，我又是会自己在家做饭的，厨房里那个抽油烟机挺油的，看起来经常用，但是功率不高，冰箱里的猪肉是腌过的，大概率是要炒的，也就是说我平时会起油锅炒菜，用功率不高的抽油烟机抽油烟。就算开着窗户，风从这边进来，多多少少会吹一些油烟到挂画的位置，餐边柜摸上去都有些油了，可是你摸那画框，一点油腻，或者油粘住灰尘的感觉都没有，应该是新挂上去的。"

"你新挂上去的?"

男人耸了耸肩。

"你突然和我分析这个干什么?"王警官起身开了餐厅里的顶灯,回来坐下,问男人:"你的卧室,你不进去看看吗?"

男人说:"我在厨房的抽屉里找到了菜刀和水果刀,做饭的人会把这两样东西放在抽屉里?放在外面才方便取用吧。"

王警官道:"个人习惯不一样吧?"

男人又耸肩,吃完了碗里的东西,洗了碗筷后就去客厅的沙发上坐下了。他摸着肚皮打出一个响亮的饱嗝。

他忽然说:"看小说的人什么都想看,希望自己进的是一间自助餐厅,又想吃海鲜,又想吃牛排,又想吃烤鸡,又想吃寿司,他们可以完全不吃,但是你必须提供所有的东西,你必须让他们一口气在你这里逛个二十分钟,甜品最好有上百种,饮料最好有几千种,他们可以什么都不拿,但是你必须什么都有。"这些话像流水一样自然地从他嘴巴里流淌出来,王警官听得十分惊讶:"听上去你恨你的读者……"

男人自己并没有意识到这是一种恨意,他听了就说:"或许我真的很讨厌文字,以至我遗忘了它。"

"那你会羡慕不识字的人吗?"

"不识字的人就不会被任何东西所束缚。"

"他们也会被常识所束缚。"王警官说,"你是想说他们不会循规蹈矩是吗?"

男人无所谓地甩了甩手:"反正我现在回家了,就这样吧。"

他说:"我想把那个柜子换了。"他看着那个餐边柜。

"换柜子?"王警官就坐在餐边柜附近,扭头打量那柜子,不明所以。

"我不喜欢它，你看它的样子，看上去很贵，其实不是实木的，什么来着？华而不实。还有，我不喜欢它的味道。"

王警官眨了眨眼睛，一时很认真地盯着男人，仿佛要从他的眼里看进他的心里去。他问道："你到底失去了多少记忆？"

"什么意思？"

"我就是觉得一个失忆的人分析一些事情能这么头头是道，很神奇，这种分析事情的能力不是先天的，也是后天培养出来的吧，这不也属于记忆的一种吗？"

王警官这时又露出了微笑，手摆在餐桌上，像一座黑色的小山丘一样靠在餐桌边。"不过电影、电视剧里也经常这么演，好像失忆也分很多种，有的人不记得自己的名字，认不出家人，但是学到的知识可一点都没忘。"

男人说："反正我觉得失忆对我来说好像也没什么影响。"

王警官道："小说呢，你还继续写吗？你是不是不喜欢自己在网上写小说这件事？你看不起网络小说。"

"我不喜欢为什么要写？"

"为了赚钱啊，那个小说好像在网上很受欢迎，一定给你赚了不少钱，不然你怎么住得上这么好的房子？"

"也许吧。"

"我刚才在书房里发现了，15年之后你就没在《新作者》上发表过任何小说了，书架上都是一本叫《惊心》的杂志，2019年开始你给他们稿子，我看你是转型了。"

"是吗？"

"你不记得了吗？我看看啊，这是专门刊登悬疑罪案故事的杂志。"

"和那个网络小说是一路的啰？"

"也是为了赚钱吗？"

"不然呢？《新作者》不要我的小说，我只好去给别的杂志写稿？"

"或者你本身就喜欢那种猎奇案件，这种故事最能挖掘人性的阴暗面，很好发挥不是吗？"

"人性"和"阴暗面"这个组合不知为什么让男人很想笑，他就笑了出来，道："罪犯的人性、阴暗面有什么难写的？不幸的童年，酗酒的爸，好赌的妈，不然就是从小就喜欢玩火，喜欢虐待动物，老掉牙的东西，谁没写过，有什么好写的？这么关注变态的生活干吗？"

"那普通人在一瞬间产生的邪念呢？"

"你以为那些末世小说、僵尸小说是写什么的，写的不就是你说的这种情况吗？原本普普通通上班上学的人忽然遭遇了末世，不得不面临人性上的各种考验，到最后必定要来个看到希望，看到光明，真善美大团结，来个在末世出生的小孩什么的，也没意思。"男人一脸嫌恶。

"那什么有意思？"王警官苦笑着问。

"所有文明都会毁灭，人类何必执着于生存，何必执着于克服自身的邪念？天使和魔鬼都会被烧死。"

王警官摇了摇头："这个主题有些大了。"他道："你会不会太悲观了？难道我们生活……我们去创造一些价值，不那么庸俗地只为了一日三餐活着是毫无意义的吗？像你写小说，难道真的只是为了赚那么仨瓜俩枣？难道……"

男人用力拍了下沙发，打断了王警官："不止仨瓜俩枣吧！我看我写小说赚得不少啊！这个小区这么高级，我住的房子还这么大！"

王警官笑了笑，人往后靠去，倚着椅背，说："是啊，你的小说真赚钱，那么多人看，真好，真不错，你真有才华，真厉害……"

他听上去像在叹息，可不知怎么又带着些许嘲讽的意味，男人抚着肚皮，不太在意。

王警官又道："但是人之所以能成为人，而不是什么披着人皮的狗、狼、猫、猪……就是因为人是能克服那些刻在基因里的动物性的，贪婪、懒惰、嗜血……"王警官的双手缓缓收紧，逐渐握成拳，他的声音也越来越低沉，鸭舌帽的帽檐在他的脸上投下一大片阴影，完全盖住了他的下半张脸，他很坚定地说道："人是能克服这些邪念的，我们是能克服这些，做一些更有意义的事情的。"

男人摸着下巴，捕捉到了一个让他觉得有些奇怪的字眼："我们？"

王警官摸了下桌子，道："泛指啊，泛指，不然你说说，人和动物有啥区别？大作家，你说说啊。"

男人耸了耸肩，不置可否。他坐在没有开灯的客厅里，看着那光亮的餐厅和厨房，看着那完全看不清模样的王警官。两人都沉默了，但很快，王警官就稍微抬起了头，看了眼手机，再度开腔："我看了下你的连载小说的进度，目前进行到主角试图制造一场完美的谋杀案。"

男人歪着脑袋："想不起来了。"

王警官问他："你觉得怎样才算一场完美的谋杀案？"

男人说："没有尸体就没有案件，一开始就不存在的谋杀案就是完美的谋杀案。"

"有点道理，但是杀了人总会有尸体吧，你说的没有尸体指的应该是尸体没有被发现。"

男人道："要么杀人的人抛尸的地方很偏僻，要么就是分了尸，尸块被分成一小包一小包随意丢弃，或者……"

"或者？"

"尸体被人发现了，甚至警察也贴出了公告找人认领尸体，但是无人认领，"男人说道，"这种情况下，虽然警察也会立案调查，但是这种案件很容易因为缺乏被害人家属的坚持，加上有限的警力而无疾而终。没有结果的案子，就只是档案库里的一份卷宗，找不到加害人的被害人也仅仅是一个死人……"

王警官冷笑了声："到底是作家，咬文嚼字的本事一流。"

男人的思绪变得十分流畅，他还提出了另外一种可能："将谋杀伪装成自杀也是一个思路。如果一个人只是单纯地想杀人，又不想被捕，而且他没有什么变态的特定的取向，比如一定要是女孩啦，一定要是男孩啦，一定要黑长发啦，妓女啦，穿红色衣服的人啦，他也不热衷在受害人身上留下签名，充满仪式感的割喉，把死人摆成名画的姿势……"

"你一定看了很多真实罪案吧……"

男人的思路并没有被打断，背诵演讲稿一样流畅、完整地叙述着："他可以潜入一个心理医生的治疗群，或者一个抑郁症患者的群聊，或者养老院，那里有大把的人活够了，想死又因为各种各样的原因死不成，也有大把的人就算死了，也不会有人觉得蹊跷，在这里他会很顺利地寻找到一个目标、猎物。

"那些需要找心理医生的人，通常意志薄弱，想结束生命，但缺乏勇气，他可以用协助自杀来诱惑这些人，甚至可以让他们自己准备好遗书，不过一定要记得删除聊天记录。最好是选那些已经有过离家出走经历的人，一来，就算他们的家人会因为被害人失踪去报警，但是因为被害人有过多次离家出走的经历，警察不会很重视；二来，被害人的家属说不定也已经习以为常，说不定他们内心也早就想摆脱这个累赘了。

"在养老院找猎物更容易了，'久病床前无孝子'你听说过吧，老不死的还费这个钱养着干吗？都只能瘫在床上了，他自己难道不痛苦吗？难道不觉得没有尊严吗？难道不会觉得活着没意思吗……"

王警官摘下帽子摸了把脸，低着头，很快又把帽子戴了回去，男人还是没能看清他的样貌。天色逐渐暗了下来，黄昏显露真容。窗外的天火烧一样红。

王警官说："现在外面的监控这么多，和被害人见面的话很难不被拍到吧？"

"恰恰是因为监控很多，人们太过信赖这些科技，我们才有漏洞可钻。"

"什么漏洞？"王警官听得越发仔细了，拳头越握越紧，看着男人的目光充满了疑惑和顾虑。

男人不慌不忙，继续铺展他的罪案计划："我们相信监控会拍到一切，能追溯一切，我们还沉迷手机，走在路上看手机，进了电梯看手机，坐在地铁上看，吃饭的时候看，等车的时候看，我们相信有一双双电子眼睛会帮我们记录下身边的危险人物。可是监控真的是万能的吗？一旦遇到下雨天，路上到处都是打伞的人，监控就毫无用武之地了。还得说说下雨天，所有人都只想快点回家，打着伞，低着头，就算撞到人，你也根本不会看到那个人的脸，你不会注意到别人。我们穿最普通的衣服，最普通的鞋子，我们就会在路人眼里隐身，而且任何地方的监控录像也并非全都有备份，有一个星期就覆盖的，有一个月覆盖的，前期做好调查，问题不大。"

男人侃侃而谈："去医院，就装成护工、护士；去公寓楼就装扮成水管工、装修工人；最简单的办法，假扮成送外卖的，他们的装备里甚至还有头盔。总之，你的伪装身份必须是能为别人提供便利的人，这样别人就不会质疑你的存在。"他斩钉截铁："况且，杀一个想自杀的人，最多只能算协助自杀,并不算谋杀。"

"协助自杀在《刑法》里属于故意杀人罪。"

外面响起风声,有些像孩子的呜咽声,又或者确实是孩子在哭。王警官望向了窗外,仿佛在寻找着什么。他的下半张脸上映上了一抹黄光,显得他的肤色更黑了。

男人提出了一个假设:"如果你的亲人有很重的毒瘾,吸毒害得你们全家流离失所,他想戒毒,试了很多次,但是始终戒不了,有一天,你发现他吸毒过量,打急救电话或许能救他,但是救了他回来,他继续吸毒,继续祸害你们一家人,或者就这么看着他死,他死了,一切就能重新开始。"

王警官还保持着那个扭头望着厨房窗外的样子,他的影子落在了那幅风景画上,遮住了郁金香花田后的风车。

"你会怎么做?"男人问。

王警官沉声说:"这是谋杀。"

男人看不到他的脸:"但是你在道德上将是无罪的,所有的人知道这个故事之后都会同情你的。"

王警官转过了身,说:"道德无法凌驾于法律之上,这是常识。"

他的身体微微颤抖。

"法律不过是一些人将一些常识规范起来罢了,它具有普遍的约束意义,但并非唯一,如果法律是唯一的,恐怖分子为什么会猖獗?"男人问道,"如果法律真的有用,真的能规劝人、警示人,为什么法律在世上存在了数千年,世界上还有那么多罪犯,还有那么多人明知故犯?"

"因为有些人贪图行事的便利,信仰了宗教,这样遇事他们就不用自己做决定了,只要听神明的就可以了。"王警官急促地吸着气,说话的声音也在颤抖,他的影子跟着哆嗦起来,"因为,因为……有时候犯罪的成本很低!有时候人一时冲动……人就是这样的动物,会因为冲动犯下各种各样的罪行!所以要有法律,要普法,要一遍一遍告诉他们不要做蠢事!"

男人问他:"在那个吸毒的故事里,没有叫救护车救人,你觉得是做蠢事吗?"

王警官站了起来,他的形象瞬间变得很高大,像是某种石雕建筑一样耸在那里,昂首挺胸的,他问男人:"那你会怎么做?"

"不叫救护车,看着那个毒虫死掉。"

"那是谋杀。"

"那我就去坐牢,等死。"男人对生命很无所谓的样子,他的言辞又变得粗野了起来,可没一会儿,他又文绉绉的了,"在现在的法律框架下,杀了人又不想去坐牢,不想承担任何法律责任,那是懦夫的行径。"

王警官似是大为触动,身子一晃:"就算是完成了一桩完美的谋杀案的凶手,他做成了这么一桩事……"王警官又坐下了,被鸭舌帽遮住的那双眼睛似乎是在盯着男人:"那么聪明的人你也觉得他是懦夫?"

"聪明和是不是懦夫有什么关系?那些卖国的、当间谍的教授、博士等高级知识分子难道还少吗?"

"知识分子……现在已经很少听到这个词了。"王警官摸着下巴,他的语气平静下来,"我对你的生长环境越来越好奇了,可惜网上关于你的信息太少了,你甚至没有微博。"

"社交网络是给在社会上没有社交的人的。"

"哈哈,你听上去像个在真实生活里交际圈很广的人。"气氛逐渐轻松,王警官的下巴往边上一抬,"你不是对3·18案很感兴趣吗?你失忆前不会是在研究这个案子,想写小说吧?"他清了清嗓子,看着那些文件:"不如我说说案情,你看看你有没有印象啊,那是一起连环案件,很多人怀疑凶手心理变态。"

男人一摆手:"我没兴趣。"他沉吟:"不知道是变态的人变态,还是喜欢看变态故事的人变态。"

王警官笑了笑:"我觉得还是挺有必要向大众展示人的多样性的,怎么说,提高一些人的警惕性?"

"可是多数人只是在吃饭、上厕所的时候,把这些当成打发时间的猎奇故事扫一眼看一看罢了,或者当成茶余饭后的谈资。"男人说,"这难道不是另外一种形式的剥削吗?自己对自己的情绪剥削,以致自己对死亡越来越麻木。死了多少人?哦,十五个人;哦,二十个人。是个变态干的。哦,是变态啊,怪不得。变态是所有问题的答案,死去的人只是一个数字。"

王警官说:"就是这些人让你住上了这么大的房子。"

"可能这就是你厌恶文字的原因吧。"他又很惋惜地说,"文字本身是没有错的。"

落日的余晖从他的下巴转移到了他的身上,他那小山丘一样稳固的身形晃动了起来。男人揉了揉眼睛,有些困了,但忽然很想问他:"你要是写小说,想写什么样的小说?"

王警官的手机响了,他没有立即接电话,先回答了男人的问题:"我想写被人看过就遗忘的故事。风一样的故事。"

他接起电话,喂了一声后,就道:"好,好,那半小时之后见。"

挂了电话,他便离开了。

男人哈欠连连,在沙发上躺下就睡着了。

## · 小 柳 ·

　　小柳把手里的高尔夫球往天花板上抛去，球一下就砸了下来，他稳稳地接住，再往上抛，再接。这么玩了会儿球，他起身去翻墙上的日历，哗啦啦地从8月翻到了6月，再从6月翻回8月，从8月14号一直数到8月17号，再从17号数到23号。这日历是本皇历，就这么整本挂在那里，从1月1号开始记到12月31号，每天都有些所忌所宜的事。比如今天，8月23号，宜祭祀，入殓，破土，安葬；忌，余事勿取。

　　除了给死人办事，今天活人干什么都不适合。

　　小柳被这页内容逗笑了，把日历翻回了第一页，扶稳它，待它不再左右摇晃了，他就又回到床上躺下了。天已经亮了好几个小时了，阳光异常热烈，透过窗玻璃，在地板上留下了防盗围栏的阴影。那防盗围栏是安在屋里的。小柳侧躺着瞅着那一根根黑长的影子。光影变化，棍子般的黑影渐渐倾斜出一个角度。看样子，现在约莫10点了。小柳拿起对讲机喊了一声："妈。"

　　不一会儿，门外就响起了开门锁的声音。母亲进来了，说："吃点水果再走吧。"

　　她去把窗帘拉上了。

　　小柳跟着母亲出去了。外头就是客厅兼餐厅，一张小圆桌靠着一张两人位的沙发摆着。沙发后头的墙上挂着一些三好学生奖状，几张家庭合照。圆桌上放着一小摞书和一碟切好的苹果。

　　家里的大门敞开，阳光洒遍所有角落，小柳背对着光坐下，用叉子把一块块立起来的苹果块摆成一个圆，这才慢慢叉起一块苹果吃起来。他时不时翻一下那些书。几乎所有书里头都贴有便笺，好多都做了笔记，有的书里一整页都画满了荧光笔的痕迹,都是些心理学方面的书,有些在讨论怎么不过度保护孩子,怎么给孩子适当的自由,怎么给孩子安全感。

一本书上建议可以给孩子的房门上个锁。

这本书已经被翻得皱巴巴的了。

小柳吃了半颗苹果了。母亲坐在他边上的一张板凳上,矮了他一截。她绾了绾头发,拿起插在围裙里的美工刀,捞起堆在沙发前头的一只纸箱,一手捏着一面纸板的一角,刺啦一下,从头划到尾,一大片纸箱板子变成两片,一片掉在了地上,她立马用脚踩一踩,转个方向,捏着一角,又一刀,干净利索,不带半点迟疑。

日光已经将小柳的后背晒得烫烫的了。外面怪热闹的,行人经过的声音、说闹声、鸣笛声汇成一曲。母亲去关上了门。

小柳摸了下寸头脑袋:"回来再剃吧,今天是约了晚上七点是吧?我下班直接过去应该来得及的。"

母亲点了点头,目光很是欣慰,问他:"甜吗?"

她笑着说:"妈妈不是迷信,是为了你爸还有你积累功德,你知道的吧?"

小柳点了点头。"要相信科学。"母亲说,"你就是稍微有点那种强迫症。"

小柳又点头:"谢谢妈妈,我已经好很多了。"他看了下墙上的挂钟,快10点了,他道:"给您留几块吧,我先走了。"

"好,妈妈也谢谢你。"母亲起身送他去门口,"下个星期带你去看看你爸吧,让他验收验收成果。"她伸手抚摸小柳那头发剃得很短的、和尚似的脑袋。

小柳笑着满口答应。

"代我问你言叔叔一声好啊,记得是去那天和你说的兴和那里,别又跑去大华新村了。"母亲说,从围裙口袋里摸了一部手机出来递给小柳。小柳接过手机,出门了。

手机没有密码,滑开就能用。屋外是个不大的垃圾场,随处可见堆成小山的各色垃圾,纸的、塑料罐的、白色塑料泡沫的,分门别类,各占一部分空间,还有些成袋的生活垃圾,堆在阴暗的角落,隐隐约约总有股臭气从那里飘散出来。小柳快步穿过了垃圾场,到了门口,转身已经看不到先前走出来的小屋了,他拨了一串号码,电话一接通,就说:"关老师,我是小柳啊,和您确认一下地址啊,是12幢1801对吧?我6点左右能到。"

对方连声称是,小柳就挂了电话,他站在一间店铺门口瞥了眼玻璃窗上自己的倒影,又转头看了看身后。垃圾场的大门半敞着,维持着他刚才出门时所打开的角度。周围都是人,都是来来往往的电瓶车、自行车。白天的溪流街地界已经十分热闹了。

小柳继续往前走,周围就都是小吃摊和店铺了,尽管是白天,地上也投映着五颜六色的电子招牌,有的还会旋转,还会在地上放烟火,怪有意思的。

路过一间奶茶店时,小柳一眼就认出了店里摇奶茶的染着一头黄发的男孩。那男孩也认出了他,动作一顿,紧接着就挑衅地冲小柳抬了抬下巴。小柳低着头经过,听到奶茶店里传出来的议论。

"就是他啊,你那个初中同学?"

"就是他。"

"他爸就是那个……"

"他是不是偷看我们呢?!"

"他敢！"

小柳把双手插进口袋，跳上了一辆刚进站的公交车。

他从口袋里摸出一张残缺的照片看着，那张照片一大半被烧了，留下一圈火啃的印子，他看得心里痒痒的，不得不做了几个深呼吸才缓过来。他的目光重新落到了那张残缺不全的照片上，从那残存的一半里仅能看到一些身高不一、年龄不一的男孩女孩排成两排，第一排坐着，第二排站着，他们全都穿着印有"南洪武术"字样的文化衫。一个50岁左右的精瘦中年男人坐在第一排。背景是一幢小楼。

小柳收起了照片。他把手机里排在第一条的通话记录删除了，又坐了半个小时公交车，在新桥小区东站下车，走了一阵就到了一间汽修厂门前。

"言叔。"进门他就看到了一个正在抽烟、看手机的男人。

"来了啊，我也才到。"言叔点了下头，小柳说："我妈问您一声好。"

言叔笑了笑，有人喊他，他把手机扔给了小柳："你玩会儿吧。"

手机屏幕上的画面停在一档叫作《亚当解密》的播客的播放页面上。小柳退出了这个播客，点开了《王者荣耀》。

游戏载入时，小柳冲言叔笑了笑，两人互相挤眼睛，像有什么秘密似的。小柳说了声："我今天可能得早些走，去菜市场买些菜，给我妈弄个蛋糕什么的，她生日她自己都忘了，她要是问起，您别和她说啊。"

言叔连连答应，走开了。

小柳便开始打游戏，没一会儿，有人喊他修车，他戴上耳机，点开了言叔先前听的那档播客。今天主持人亚当在读一篇国外翻译过来的小说，据说改编自一起震惊全美的真实案件：一个连环杀人犯躲避了警察四十年的追捕，被捕后又因为被诊断出患有躁狂抑郁症而免于死刑，在狱中时经常收到各路粉丝寄来的书信，他甚至还和其中一个粉丝结了婚。这故事真叫小柳开了眼界了，他听得津津有味。

下午4点时小柳从修车厂出来了。坐公交车到泉水路下了车，又走了十来分钟，他就看到了那个高档小区。

金碧辉煌的字刻在门口的大理石装饰石碑上：观澜苑。小区里的楼都好高，植物也都长得很高，很绿。一阵清风吹过来，吹来一阵阵欢声笑语。台风过后的天气凉爽极了。

小柳从行人通道那里进去，问了几次路才找到12幢，到了楼下，却傻眼了，这得靠人脸识别才能进去。他又给关老师打了个电话，对方笑呵呵地给了他一个访客密码。门开了，小柳搭电梯上了楼，到了18楼，他还没去敲1801的门，1802就先出来了两个人，一男一女，都很年轻。男的手里提着个垃圾袋，女的看到他吃了一惊，警觉地问他："你住1801啊？"

小柳说："我来看朋友的。"

女人翻了个白眼："最好是，你们1801到底租给多少人啊？进进出出，进进出出的，本来很有隐私、很安全的地方，人一多一杂，还有什么安全感啊？"

男人把手里的垃圾袋塞给女人，打发她走："你先下去扔吧，我手机好像落家里了。"

电梯门要关了，女人不情不愿地进了电梯。那男人就和小柳搭话了："别在意啊，你来见朋友啊？"

"对。"

"没别的意思啊，就是咱俩这房子格局应该是差不多的，你朋友这租金一个月给多少啊？物业说是这格局他们不准超过两个人租的……"男人笑着,"你是关老师的朋友是吧?"

小柳道:"这屋还有一个租客吗?"

"对啊,关老师没和你说吗?那人挺年轻的,不爱搭理人,不爱出门,其实我也就见过他一次,到现在都不知道他长什么样呢,关老师说他也不认识那人,平时很少看到他回家的。"

说到这里,男人的裤兜里手机铃声大作,男人干笑了下,接了电话,嘟囔着马上下来,就去按了电梯。

小柳敲了敲门,喊了声:"关老师,是我。"

没人应门。

电梯到了,男人走了。

小柳这才发现原来1801的门没关严,留了一道缝。

他开了门进去,又呼唤:"关老师?"

进门就是玄关,鞋柜上摆着一只玻璃花瓶,一盒一次性手套和几只卷在一起的一次性鞋套。

厨房里传来一股臭味。小柳倒很习惯这个味道了,他进厨房看了眼,大约是什么东西馊了,地上留着两个垃圾袋,一些刀具散落在桌上,墙上挂着抹布和围裙。

冰箱上贴着一张便笺,写有:千万别再忘了找人修门口的监控了!

地上有些脏,到处可见泥脚印。

小柳走进客厅,看到了一个蜷着身体躺着的男人。他看不清男人的样子。茶几上放着不少药瓶,小柳好奇地拿起来看了看,看处方标注似乎是安眠类的药物。他去推了推沙发上的那个男人,再度呼唤:"关老师?"

男人枕在手臂下的一些文件掉在了地上。小柳一眼就看到了许多和2018年的3·18案相关的剪报。

还有一张纸上写着：完美谋杀，杀一个不存在的人！

茶几上放着一个烟灰缸，闪出冷光。

在那些剪报里，还有一些写满了推测出来的时间线和其他手记。什么4月第一具尸体，5月第二具尸体，什么调查足球俱乐部，联系被害人母亲竹心仪，什么调查武术学校，还有一行用血红的字写出的问句：凶手真的是老柳？

小柳环视四周，阳台上的窗帘拉了起来，客厅有些暗，正对着沙发的墙上挂着一幅抽象画，画上是红色的一团，像蜘蛛，像老鼠，也像一只跃出血海的红色海豚。餐厅的墙上挂的也是抽象画，黑漆漆的，画的像是什么深海的景象。

屋里很热，空调似乎坏了，整间屋子都叫人透不过气来。桌子和茶几上乱糟糟的，到处都充斥着不规整的图形。

沙发上的男人睡得死沉。

小柳抿了抿嘴唇，慢慢弯下腰，试图看清楚男人的长相。男人闻上去有些臭，却不像是馊菜叶的气味，像是血腥气混着泥土气。这味道可能是从那一圈圈绑在他手上的脏绷带里散发出来的。

"有人在吗？"

忽然，外头有人敲门。

"关老师，我是上次找您录口供的竹心仪啊。"

## ·竹心仪·

竹心仪靠墙站了片刻，左右看看，走去附近的花坛找了个台阶坐下了。

这个台阶正对着灵城第一监狱的大门。大铁门紧闭，边上的小门没一会儿打开了。一个矮胖的女人蹒跚着走了出来，见了竹心仪抬手就打招呼："小竹。"

"毛姐。"

"那什么，那个老柳的老婆黄莺刚走啊，碰见了吗？"

"没啊，我刚才去吃了碗面。"

毛姐走得很慢，竹心仪点了根烟，毛姐到了她跟前了，自己摸出盒香烟，也点了一根。她抚了下膝盖，靠着花坛站着，道："去哪儿吃的啊？那个朝鲜冷面你去吃过了吗？就新开的那个。"

"没，就吃了个烩面。"

"哦，牛肉的？"

"素的。"

"改吃素了？"

"便宜啊。"竹心仪笑了笑。

毛姐说："老言给老柳的儿子找了个工作，你知道吧？"

"听说了，我前两天还去他们家看了看他们，汽修厂是吧？"竹心仪摸了摸鼻梁，"我说，小柳的脸怎么了？他妈说，是送外卖摔的，后来我去派出所打听了，是一些小孩闹他，几个初中同学什么的，他脾气倒好，没怎么样，也没还手，路人报的警。"

竹心仪还说："听说之前有人趁他们不在家，去拆了他们家好几扇防盗窗，把他们家里的玻璃都给砸了，敲得粉碎，扔了些死猫死狗进去。"

毛姐说："是不是哪个小孩冥诞十八了？"

"也许吧。"

"听说黄莺之前搞什么封建迷信被抓了，你出的面？"

竹心仪摆了摆手，苦笑着道："就一个什么气功大师，她身上揣着我的名片，抓人的派出所就给我打了个电话，她还怪机灵的，和警察说她是我派去的卧底，线人。"

毛姐骂了声，笑出来，竹心仪跟着放开了笑。笑过，竹心仪垂下眼睛，看着地上说："那个气功大师说能消业障，净化心灵什么的。"

毛姐眼珠一转，道："你上次不是和我说她老看什么心理学的书，老在研究怎么养有心理创伤的孩子嘛。"

竹心仪想了想说："双管齐下？"

"晚上还把孩子锁在家里呢？"

"不知道，我也不好问啊，听她的意思是那锁现在就是个象征意义。"

"哎哟……"毛姐咧嘴笑，转念一想，连连颔首，"不过也是，他们家这情况，也别老出门了，"她抖落些烟灰，接着道，"汽修厂是老言那小舅子开的，我和老言说了，我说'你出去了也安分点吧'。"

毛姐还说："老柳那儿子，之前在送外卖是吧？也挺辛苦的。他大专学的就是汽修吧，也算学以致用了。"

"嗯。"竹心仪应了声，掸了掸裤腿，一些烟灰随之撒到了地上。

"是不是又瘦了啊？"

"最近挺忙的。"

"还在救灾呢吧？案子也不少吧？"

"过会儿就回去了。"竹心仪说。

"你现在可是你们三队队长宋平安手下的刑侦骨干了啊，少了你，还真有很多事干不成。"毛姐说，"说真心话，你过几年说不定就升了，和舒亮平级了。"

"那还轮不到我吧？我头上还有很多二十五六的师哥师姐呢，刑侦那儿都是按资历，不是按年龄来排辈的啊。"

毛姐又笑了，瘪了下嘴，瞪了竹心仪一眼："现在的小年轻不都爱搞整顿职场那一套嘛，你也整顿整顿他们的职场。"

"把自己整顿回办公室啊？"

"办公室有啥不好？"

"怪没意思的。"

"嘿，你这话说得，真不怕得罪人啊……"

竹心仪转头看她，嬉皮笑脸的："你们家老刘又和你念叨我了吧？"

毛姐摆摆手，竹心仪就说："你就和他说嘛，说小竹情商低，一根筋，你们又不是不知道，她从小到大都被家里保护得很好，过的那都是顺风顺水的日子，遇到这么大一个刺激，她自己怎么能消化呢？她肯定不是故意揪着你们已经破了的案子不放的，她整天往老柳家跑不是觉得真凶另有其人，她肯定不是想给人翻案，她一个女的，没了女儿，老柳家也是孤儿寡母的，她和人同病相怜啊，她找精神寄托呢，她啊，就是很难过去那个坎，心里就是会有个疙瘩嘛。"

毛姐吧嗒抽了一口烟，眼珠差点翻到天上去："行了吧。"

竹心仪拱了拱她："你得顺着他们说，他们觉得我应该是那样就是那样呗。"她对着毛姐挤眉弄眼："他们想可怜我，那就让他们可怜我吧，能省不少事，这被害人家属也不是我想当的，既然当都当了，能从这身份里压榨点剩余价值也不错啊。"

毛姐抬起半边眉毛瞅了瞅她："我看你该去做公关，给品牌当营销，或者当个资本家什么的。"

"你还别说,我以前看那种 TVB 连续剧啊,就特别向往那种叱咤商界的女强人,踩个高跟鞋,涂个大红唇,大手一挥就是几百万撒出去,但不是被我爸妈劝住了嘛,金饭碗银饭碗,不如政府的铁饭碗啊。"

毛姐说:"你以前坐办公室坐得也挺开心的嘛。"

竹心仪比画着按订书机的动作:"开心的机器人。"

她和毛姐又都笑了,末了,她说:"毛姐,完美幸福的个人生活其实毫无意义,幸福一下就会被摧毁,没有人能阻止不幸和悲剧,它们要来就会来。人活一世,还是得为社会做点贡献啊,这样才比较有意义。"

"你这觉悟高啊。"毛姐闲闲地说,"大灾大难躲不过,可是人这一辈子忙来忙去,说穿了还不就是为了一口家里的热饭?"

竹心仪点头,说:"平平凡凡才是真。"

毛姐对着她又是顿白眼:"什么好话都让你说了。"

竹心仪就笑,抽烟,这会儿,她的手机响了,她没接,继续抽烟。毛姐瞥了瞥她,她就给毛姐看手机上一溜的微信留言、未接来电,都是来自宋平安的。

竹心仪说:"抽完这根就走。"

她点开宋平安发来的微信,他发了一连串话:我不是要和你说老柳的事,你去不去看他,我管不着,也懒得管了,随便你,安福居养老院那案子的指纹比对结果出来了!

竹心仪用一根手指打字,回复,嘴上说着:"他们还住在垃圾场那里呢。"

"溪流街那边啊?你说,那里到底拆不拆啊,那垃圾场也不算小,拆了能分不少钱吧?"

"地也不是属于他们的。"

"哦……"

"前一阵我正好在那附近,一栋楼里一个老头跳楼,褥疮都长得浑身都是了,趁家人不注意,自己跳楼了。"

毛姐点了点头,没说什么,轻轻叹了口气。谁也没再说话,一根烟抽完了,竹心仪便和毛姐道了别,驱车回了市公安局青郊分局。她一进办公室,各路人马就围了上来。

宋平安见了她就往她手里塞档案袋:"养老院案的指纹比对报告,我还要去市局开会,你们看了要是没什么问题就赶紧把案结了吧。"

他挎着小包,叼着烟,攥着手机,焦头烂额地出了办公室。

惠莹过来和竹心仪说:"这案子再不结,他们顾院长估计要住在我们局长家了。"

陈涛拿着手机凑到了她们边上:"那可不是,那套房住一天你们知道多少钱吗?竹姐,我签好字了。"

姚爱民和黎刚一唱一和地往外走:"我们出个现场,小竹,你要是没什么事,就让陈涛下午跟我们去北区跑一趟吧,有个新的传销案要跟进一下。"

"年轻人还是得多往外跑跑,报告有啥好写的,是吧,涛?"

"老纠结些旧案子,那没几天我们这儿案子就堆成山了,是吧?"

竹心仪眼皮也没抬,翻阅起了指纹比对报告:"在现场发现的十三个酒瓶瓶盖上只有死者徐民发的指纹,瓶身上发现徐民发、刘大兵和方杰出的指纹……"她想了想:"刘大兵就是7号房的那个住户是吧?另外那个方杰出就是在附近送外卖的那个吧?"

"对,对,就是每天送一瓶酒去养老院的那个,你说这个徐民发啊,要么不喝，要喝就十三瓶一起灌了。"陈涛朝黎刚挥了下手，继续和竹心仪说话："白河派出所那边说了，之前家里来报失踪的那对夫妻，人找到了，都没事，跑去爬野山，困在山洞里一个星期，那报告我写了个草稿了，您给看看，润色润色？"

竹心仪看了看他，笑了笑："报告没什么好润色的吧？"

"您以前是宣传口的嘛。"陈涛搓了下手，脸上凝着个微笑。竹心仪回到自己的位置上坐下，说了句："这报告我先看看，看完了没问题就签字。"

陈涛戳在她边上，应了一声，没接话了。

这时，麻定胜坐在椅子上滑了过来，起了个话头："我昨天没事干啊，彻夜通读了那个关情的小说，《烂苹果》，你们记得吧？"

惠莹收拾着自己的桌子，诧异地道："你才看啊？"她看着麻定胜："是不是挺变态的？"她冲麻定胜皱起了眉头："泡面吃完了就扔了吧，办公室里老有一股味道。"

陈涛开了窗户通风，说："就是一用噱头吸引人的小说，我觉得有歌颂杀人凶手的嫌疑。"

"那真是一千个读者一千个哈姆雷特了，我觉得歌颂倒不至于，变态倒是真的，看了之后多多少少怀疑作者本人的心理状况，"麻定胜说，"写的人都疯疯癫癫的，不能用正常的思维去理解。"他笑着和惠莹打了个手势，去把桌上的泡面盒扔了。

"可能是小说剧情需要吧，角色够怪，剧情够变态离奇才能吸引读者吧。"竹心仪喝了口水，接着研究指纹比对报告。

安福居养老院的这桩案子就发生在三天前，8月20号，那天台风已经弱了不少，只是道路淤堵，不少地方还在停电抢修，城市尚未完全恢复运转，青郊分局指挥中心接到报案，住在安福居颐养阁6号贵宾房的78岁老人徐民发疑似酒精中毒，引发各脏器功能衰竭死亡。这个徐民发是个老酒鬼了，以前是海量，近年来因为酒精摄入过量，身体每况愈下，住进养老院有一大半原因是两个儿子想用规律的生活帮他戒酒。一开始他还好好的，住了三个月，没什么大事，每天打打太极，各项指标都有所好转，自己也和家人赌咒发誓说再也不碰酒了。可没想到20号这天，大儿子看台风小了，就想着去看看老父亲，一开门，人不见了，找了半天，在隔壁老刘那屋找到了。老刘12号就跟着院里的钓鱼团钓鱼去了，行程是三天两夜的，本来能在台风天前回来的，结果因为他们这个团三天一条鱼都没钓着，一个老人不干，非得让导游换一条渔船，换几个船员，带他们出海钓鱼，弄来弄去，到了17号晚上要回来，结果台风登陆灵城，飞回来的航班延误了，一直在省城逗留到了20号下午才飞回来。他的屋子这段时间一直是空的。

竹心仪还记得，她和陈涛去到现场，一进老刘那屋就被熏得头昏眼花，满屋的酒气，徐老爷子倒在地上，地上全是空酒瓶。带去的两个法医结合养老院的医生给出的平时徐民发的体检报告，初步判定是酒精中毒走的。徐民发的大儿子就不乐意了，质问院方怎么能给他这么多酒，明知道他是来戒酒的，他爸死了，院方肯定有无法推卸的责任。

院方则表示他们也不清楚酒是怎么弄进来的，针对徐民发这样因为烟酒而身体抱恙的老人，他们明文规定是绝对不能让他们碰烟酒的，而且整个养老院都是禁烟禁酒的。当时陈涛就去查了监控，竹心仪再和住户一打听才知道，原来是徐民发酒瘾上来问隔壁老刘借手机，外卖买酒，这外卖的事，院里屡禁不止，几个保安巡逻都不好使，道高一尺，魔高一丈，这些老头老太太总有办法和外头联系上。有几个还特别自豪，说自己以前打过地道战，挖个狗洞运个酒小意思。联系上老刘后，他也说了，酒他是盯着老徐，一口都不让喝的，只让老徐过过眼瘾，平时老徐买了酒之后就锁在他那屋的一只柜子里，钥匙他是随身带着的。而在案发现场发现的放酒的柜子的锁是被撬开的，在柜子附近还找到了一把钢尺，各种痕迹比对之下，刑技那边就给了结论，柜子上的锁就是用这把钢尺撬的。钢尺是养老院给那些参加手工班的老人统一发的，尺上还印有养老院的名字，徐老爷子和老刘各有一把，老刘那把在他房间里的书桌抽屉里放着呢，徐老爷子的那把在他屋里没找到，但是在他死亡的现场发现了一把钢尺，落在放酒的柜子边上，上面既有徐民发的指纹，也有一些手工班里其他老人的指纹，估摸着就是徐老爷子的了。

现在酒瓶上的指纹比对结果也出来了，基本可以确定了。徐民发趁老刘外出，摸进他的房间，用手工班发的钢尺撬开放酒的柜子，大喝特喝，把自己给活活喝死了。

养老院的监控也拍到了他半夜三更偷偷摸进了老刘的房间后就没出来过。

酒精上瘾的老人酒兴大发，饮酒过量而死，似乎没有任何疑点。

竹心仪看着桌上的卷宗档案，又瞥了眼坐在不远处的陈涛。这个年轻人一下就截获了她的眼神，他的眼神十足疲惫。两人相互笑了笑。

惠莹坐在两人中间，正给桌上的仙人掌浇水。

"小说本身就是作家的一部分的投射啊。"麻定胜又开口了，众人不约而同地看向了他，他倒不太好意思了，口风一转，"不过，他的脚码和我们在袁天南工厂发现的对不上啊，而且他也没动机啊。还是说……"麻定胜神秘地压低了声音，"你们听过一个作家为了写小说，潜入传销组织的故事吗？为了积累素材，这些人说不定什么都做得出来。"

"一个网络小说，不至于吧……"陈涛扭头去开电脑，等待开机时，撑着半边脸颊，眼皮半耷拉着，无精打采地说，"付费的部分一块钱都不到，收藏的人我看也就几万，一人一块，能赚多少？"

陈涛又说："再说了，要是在网上写小说真这么赚钱，他还会接给企业老板写传记的私活？"

麻定胜道："你可别小看现在的网络小说啊，这要是火了，卖了影视版权什么的，那就发达啦，我看他这个小说在他们网站上还是挺火的啊，榜单前十？"他扭头看陈涛："他之前不是也说了嘛，这个传记的活是他开始连载网络小说之前接的，他一个高中同学介绍的，不好推啊。"

竹心仪这时问他："小麻，行车记录仪的录像看到哪儿了？"

"案发当天从袁老板的工厂前经过的出租车、黑车，有配行车记录仪的目前都看完了，还没发现什么可疑的地方，我又从这些录像里找到了当时经过的一些私家车，反正一辆车一辆车地联络，一辆辆看呗。"麻定胜揉着眼睛道，"我这不正好看完了所有录像才有空去看那小说嘛。"

陈涛的电脑开机了，他打了会儿字，伸了个懒腰："夫妻失踪案搞定，下一个是什么？"他翻阅手边堆积的卷宗，低头说着："那个袁老板也是倒霉，要不是那天后来下了大雨，现场估计会留下很多痕迹，这个凶手八成是个新手，杀了人之后都不知道要清理现场。"

竹心仪说："也可能凶手根本不在乎留下什么证据。"

陈涛抬起眼睛看她："你的意思是凶手不在乎被抓？"

他莞尔："不可能吧，杀了人不在乎被抓，是个正常人杀了人都担心被抓。"

麻定胜一拍大腿："杀人不担心后果，那不就是《烂苹果》里写的男主角吗？"

惠莹冷不丁开口:"我总觉得这个关情和袁天南的案子脱不了干系。"

竹心仪又想到了另外一种可能:"那说不定是个老手了,或者动手前看了天气预报,有备而来,知道大雨会冲刷掉很多痕迹,不费这个事。"

陈涛笑呵呵的:"姐,所有可能都让你分析完了,我们查案还是得讲证据啊,我看这案子很难有什么进展了。"他抽了几本档案夹,一边看一边说:"你说一场台风,光我们队就排了这么多失踪案,全市得有多少啊?"

麻定胜说:"现在失踪的,多半能找回来。"

陈涛道:"你说的能找回来的是尸体吧?"

麻定胜看了他一眼,活动脑袋,按摩太阳穴,滴了几滴眼药水,背靠椅子,合眼躺着:"小陈,你这话就有些冷血了。"

"找回尸体也不是坏事,没听说过吗?那些小孩失踪的,要是能找回尸体,夫妻俩说不定还能凑合过过,最怕找了几年什么都找不到。"惠莹加入了讨论,"先前不就是找失踪儿童找得一对夫妻先后郁郁而终了嘛。"

陈涛瞥了眼竹心仪,惠莹像是意识到了什么,手伸到了竹心仪边上那桌,顾左右而言他:"谁看到昨天林业大学那边送来的参考资料了啊?一个黄色大信封。"

麻定胜摇头晃脑:"我们办公室里最不缺的就是黄色大信封。"

竹心仪帮着看了几眼,说:"有学校名字在上面的那个吧?"

"姐,没事,你忙你的,我自己找……"惠莹笑着看了看竹心仪,背对着她翻翻找找。

陈涛这时又说道:"他那一大家子人都要靠他撑着,家人杀他不可能,外头他欠了债的那些公司肯定是希望他活得好好的啊,我都快把他的通讯录翻烂了,愣是没人说过他的一句不是。保险受益人是他前妻和孩子,可他们又有不在场证明啊，要说他们买凶杀人，他们的账户也没有任何大额款项的交易。"

竹心仪摸着下巴没出声了。

麻定胜这时睁开了眼睛，道："什么郁郁而终的夫妻啊，我怎么没听说过啊？要是还年轻，那就再生一个嘛。"

惠莹剜了他一眼，麻定胜的眼神瞟到了竹心仪身上，不小心吃了一口风，拍了下椅子扶手，一边打嗝一边坐起来继续对着电脑看起了监控录像。

竹心仪拧着眉心沉默了，一时办公室里没人说话了。大家坐在了各自的座位上，打字的打字，看资料的看资料。竹心仪忽然说："我想起来了，你说的是不是市局的那个案子？一对外地来的夫妻，小孩读的是寄宿学校，说有多动症的那个？"竹心仪想了会儿："不能叫多动症，科学叫法是ADHD（注意缺陷多动障碍），说是注意力没办法集中，普通的学校不收，就把他送到了体校学武术，帮助锻炼集中精神什么的，就是我女儿他们俱乐部边上那间体校，之前还看到过他们在那附近贴寻人启事。"

惠莹应了一声。竹心仪咋舌："看着很老实的一对夫妻，都走了？"

惠莹点了点头，小声说："听说是的。"

竹心仪叹了一声，再次望向徐民发的卷宗。

撬锁痕迹、指纹痕迹、监控画面、各方证词，确实能形成一个完整的逻辑链。可根据家人和医护人员的证词，这个徐民发进了养老院确实表现得不错，特别是在戒酒方面，怎么就突然酒瘾大发？就当他是逢场作戏吧，但酒瘾上头，真的会连灌自己十几瓶？酒也不是水，喝多了难免口干舌燥，胃里灼得厉害，可现场并没有发现任何食物或者其他饮料……

陈涛的声音又响起来了："我二舅和他差不多，这酒鬼啊，就是馋酒，怎么说也说不听,喝得手都抖了,还是要喝,什么都不要,就只要酒,不给喝还打人,得亏我舅妈早就和他离婚了,这酒真的不能沾。"

竹心仪附和了几声,过了会儿,如梦初醒般说道:"不好意思,刚才想起别的事情,有些走神了,这报告我再看看。"

惠莹就说:"哎,也不着急,是吧,陈涛?"

麻定胜此时接了个电话,悠悠闲闲地讲了会儿,挂了电话后,对着面前的三面电脑屏幕,道:"又来录像了,出租车公司来电话了,他们倒挺配合工作,说这个司机平时也常跑这条线,但是一个月前,也就是袁老板出事那天出了车祸,说是下雨大有人闯红灯,他急刹车,后面的车撞了他,汽车送去修,一个星期前修好了,结果赶上台风,没法出门拿车,今天刚提了车回去上班,他们工会的老徐看到他回来,想起他也常跑那条线,就马上联系了我,这是他提供的当天的录像。"

竹心仪闻言,起身走到了他身后,麻定胜已经在播出租车7月23号的行车记录仪拍摄下来的画面了。

晚上7点25分。

画面一震,车子停下,有人闯红灯,离车子有段距离,司机骂了声。那时已经开始下雨,闯红灯的人穿着格纹衬衣,但因为距离和雨的关系,看不清那人的脸,他似乎急着要去哪里,也没停下。

陈涛也过来了,示意麻定胜暂停,指着画面上那个穿格纹衬衣的男人说:"这就是关情的衣服吧?我记得我们看面店和澡堂的监控核对他的说辞的时候,他穿的就是这件衣服!"

竹心仪仔细研究:"这个路口是工厂外面的那个路口对吧?"

"对。"麻定胜笃定地道,"就是工厂外面的那个十字路口,我看了这么多天监控,不会错。"

陈涛立即起身，在山一样的档案堆里翻找，念念有词："我记得那小子和我们说他7点给袁天南做完他那本个人传记的访问就走了！还说当时遇到了送糖水外卖的小哥，那个外卖小哥也做证了……"他高呼："找到了！"

竹心仪忙过去看，那份口供上确实记有关情说自己于7点05分出了厂区。

"那小子之后又折返回去了？"陈涛道。

竹心仪看他："走，去观澜苑一趟吧。"

麻定胜道："可如果人是他杀的，他衣服怎么会那么干净？面店的监控我们也看了，确实拍到了他，他身上干干净净的啊。就是穿的这件衣服啊，说实在的，这衣服也不罕见吧，优衣库不就有好多嘛。"

陈涛说："这可不是优衣库的衣服，我那天特意和他核实了，这衣服好几千一件呢，他海淘的，还给我看了买家当时发给他的实物图，那个差点被撞的男的肯定是他！"

麻定胜又说："不管怎么样，看袁天南被害现场的那个状况，凶手身上不可能没沾到一点血迹，他去哪里换的衣服啊？附近的垃圾桶我们也都翻过了，人是23号死的，24号早上尸体就被发现了，当时方圆十里的垃圾桶都还没清倒，我们可都翻了个遍啊，一件带血迹的衣服都没找到。

"最关键的是，足迹尺码也对不上啊。"

竹心仪道："先去会会他再说。"

她便和陈涛直奔观澜苑。两人在门口找了个车位，陈涛不由得感慨："之前和他去的是附近的咖啡馆，没想到他住的地方这么高级，看来当作家真挺赚钱的。"

两人下了车后先去了保安室，竹心仪出示了证件就和保安打听："12

幢 1801 的关情你们有印象吗？"她给他们看了关情身份证上的照片，三个保安凑在一起研究了会儿，一个道："没什么印象。"

另一个说："他犯事了？"

"你们这儿有 7 月 23 号的监控录像吗？"

一个年长一些的保安笑了笑："我们这儿的监控录像一个星期覆盖一次，我们是没有备份的，或许物业那里有。"

他说："1801 这个房子应该不是业主在住，我们这边登记的是租出去了。"

"房东的信息有吗？"

"那得问物业啊。"保安给了他们物业的电话，电话打过去没人接，保安讪讪地说："肯定早下班了啊，这都几点了？一般没事的话，他们 4 点半就走了。"

陈涛问道："有物业管理人员的私人电话吗？"

保安给他找了物业经理的私人号，陈涛打了几次，也是无人接听。

竹心仪没再打听什么，要走，那年长的保安说道："他知道你们要找他不？我们这儿楼下都是要人脸识别才能进楼的，不然就得业主给你们一个访客密码，那个密码是连着我们的系统的，业主发出请求，每一次都是随机生成的。"

"那你们能进吗？"

年长的保安点了下头。竹心仪便喊上他和小涛一块去了 12 幢。

"监控还挺多啊。"

"图个心安嘛。"

陈涛说："这维护起来得费不少钱吧？"

"室外和公共区域的都算物业的，有几幢都是电梯入户的，有的业主还会在门口自己再装监控,那些维护啊什么的就都是他们自己在做。"

保安刷卡进了楼,电子屏幕上显示:保安门禁卡。

"这儿出入都有记录的吧?"

"有,有,物业那里肯定有,什么云在线的。"保安说。

电梯里也有监控,到了18楼,出了电梯他们就去敲1801的门。

"有人在吗?"

没人应声。

竹心仪又道:"关老师,我是上次找您录口供的竹心仪啊。"

这时,1802的门开了,一个女人走了出来,看到保安,道:"我正好要去找你们呢,物业不是说了嘛,我们这层这个户型,要租可以,租客绝对不能超过两个人,不然还有什么隐私可言啊?我花这个钱不就是图个清静?我们买这个房子的时候,还是你们陈老板一天三个电话来推销的,要不是图清静……"

保安一头雾水:"登记簿上写了只有一个租客啊。"

一个男人出来了,道:"就登记了一个租客?那这算不算非法出租啊?"他道:"屋里肯定有人,我刚才还看到有人进去呢!"

竹心仪和陈涛互相使了个眼色,竹心仪又喊了:"关老师,我们想找你了解些情况。"

男人问道:"你们是警察吧?关老师出什么事了啊?"他还问:"非法出租的话得没收非法所得吧?搞不好房东不知道,是关老师当了二房东!说是作家,看他平时戴个眼镜斯斯文文的,还挺有作家的派头,但是我也没看他出版过什么小说啊,哪来那么多钱租整套啊?!我们这里租金可不便宜!"

陈涛摆摆手,催他们:"没什么好看的,回去吧。"

男人还是不肯进屋，伸着脖子道："一室一厅的房子住两个人其实也不太好吧，怎么住啊？一个睡客厅啊？"

"都说没什么好看的了，这都几点了，该吃晚饭了吧？不饿啊？"

1801的门开了。

竹心仪愣住了，开门的是个年轻男人，头发剃得很短，脸上挂着尴尬甚至有些无措的笑。这个年轻人她认识。

不等她和年轻人打招呼，陈涛就从她边上挤了进来，看着那个开门的年轻人道："关情呢？你不是关情吧？你是他什么人？"

竹心仪拍了拍陈涛："他不是关情，他姓柳。"

"你们认识？"

"算是吧。"竹心仪道，冲年轻人挥了下手："小柳，你怎么在这里？"

陈涛的眼珠一转："姓柳……"他的目光在竹心仪和小柳身上来回扫视。

"竹警官，又见面了啊。"小柳道，"关老师约了我了解案情什么的，他对我爸那案子挺感兴趣的，我看门没锁，想他约了我的，我就自己进来了……"

这时，屋里响起另外一个人的说话声："我不是关情吗？"

这声音哑哑的，发沉。

小柳小声说："我不认识那个人……我来的时候他就在了。"

他让出了个位置，竹心仪和陈涛进了屋。陈涛顺手关上了门，竹心仪走到玄关，往里一瞅，黄昏日下，一片金光落在一个男人的身上。

他躬身坐着，低着头，背光，样子看不清。

"你们都是谁啊？"男人问道。竹心仪往前走了两步，依旧看不清他的样子。男人站了起来："你们怎么进来的？你们是干吗的？"他的手里抓着一个烟灰缸。

小柳小声说:"这人说自己是关老师。"

陈涛就问了:"你是关情?那个作家关情吗?"

男人斩钉截铁:"对啊。"他的口吻不怎么友善:"你们认识我?你们是我的家人?"倒像是在质问他们是不是要对他图谋不轨似的。

陈涛开了客厅的灯。

男人的脸一下清晰了,他很年轻,十八九岁的模样,皮肤很黑,眼睛也很黑。他的眼里满是警惕,眼底浮动着一层暗暗的光,像随时准备出击猎杀的野兽。竹心仪试图安抚他的情绪:"你先别激动……家里只有你一个人吗?"

小柳悄声说:"就他一个人……"

陈涛把小柳拽到门口去了。竹心仪道:"我们是警察,你说你是关情,你有证件吗?"竹心仪给他看自己的证件,说:"你先把烟灰缸放下来。"

男人摸出一张身份证扔了过去:"身份证算吧?"

他还攥着那个烟灰缸。竹心仪慢慢靠近他,男人一步步后退。陈涛捡起了身份证,递给竹心仪一看,那上面印着男人的照片,姓名那栏写的却是:关情。

竹心仪走到了客厅沙发附近:"你说你是关情是吧?你住这里是吧?"

男人挺起胸膛:"对!有个警察能给我做证!是他帮我查到户口,带我回的家!"

他话音刚落,陈涛的手机铃声大作,男人一看他,稍有分心,竹心仪就趁机扑过去夺走了他手上的烟灰缸,陈涛也来帮忙,两人联手摁住了这个男人,一个道:"冒名顶替别人,办假证,是要坐牢的,你知道吧?"

男人挣扎着:"你们干吗?!"

这时竹心仪注意到了他光着的脚:"你穿几码的鞋?"

陈涛一看:"40码是吧?"

男人大喊,还在使劲扑腾,一脚踹开了竹心仪,人从沙发上滚到了地上:"我失忆了!我什么都不知道!放开我!"

陈涛去抓他,两人近乎扭打在了一起:"我去你妈的!"

茶几上的纸啊,笔啊,掉了一地。

竹心仪直起身,气喘吁吁:"年轻人,你好好想想再回答……"

保安在外头把门敲得砰砰响:"和物业联系上了,业主也联系上了,说是在来的路上啦!"

小柳轻声且不自在地问了句:"那……我能走了吗?"

八月二十四日

August
24th

[ **八月二十四日**
August 24th ]

## · 失忆的男人 ·

　　审讯室里充斥着节能灯的白色光芒。失忆的男人已经有些恍惚了，就闭着眼睛开起了盹——他本来想趴着睡的，可他坐着的这张椅子有一截钢圈箍着他的腰，勒住他的腹部，他没法趴下，只得直挺挺地坐着，但他很快就适应了这个姿势，很快就睡着了。没一会儿，开门声响起，男人醒过来，只见从外面进来了一个个头高高的便服警察，似乎是叫陈涛。男人听那个女警察是这么叫他的。

　　男人看了眼审讯室，墙上挂着时钟和一些标语。此时是8月24日的清晨，陈涛在桌上放下一只保温杯，打开了面前的电脑，说："别睡了啊。"

　　男人的双手被铐在了一面小桌板上，他不大乐意地说："我干什么了，你们要这么铐住我？"

　　"好好想想你那张假证是在哪里办的，你冒充关情，跑到别人家里去要干吗？给了你一晚上的时间了，等我同事进来了，我们就要正式录口供了，你好好想清楚再回答。"陈涛的声音沙哑，说完这番话，疲惫地扫了男人一眼，手捧保温杯，闭上了眼睛。

"我失忆了。"男人说，"别说假证是在哪里办的了，我连自己是谁都不知道。"他道："我都不知道那张证是假的，你们警察看了也没说什么啊，还根据那张身份证帮我查到了我的户口信息，还说信息都对得上啊。"男人的肚里擂鼓，他皱起了脸，更不开心了："我很饿，还很渴！"

陈涛笑了，摇头晃脑，拖着尾音懒洋洋地说："你是谁可是个哲学问题，世界上能说得出个所以然来的可没多少。"

男人说："我不是和你玩文字游戏，我是真的什么都不记得了。"

"你还说你不识字，是文盲是吧？"

"我确实不识字。"

"那还知道文字游戏这种东西？"

"我就是知道……"男人说，"我是作家，我以前认识很多字，失忆之后就不认识字了。"

陈涛抖开眼皮，看也不看男人，对着电脑喝水，不出声了。不一会儿，竹心仪就进来了。男人记得她的名字，昨天他们拉着他去医院又是做测试又是换绷带的，这个女警察一直陪在他身边。

他的右手手背上有一道伤口，昨天开裂了，听补针的医生的意思，这是一道割伤，钝器造成的。这个女警察还找来了法医，法医说这道伤也许是反抗伤，也许是有人手持钝器要袭击他，他抬手抵挡造成的。法医还检查了他的手指，往他嘴里塞了根棉签，擦了好大一圈。女警察问他，他为什么没指纹，还问他，那道钝器割伤下面的圆形伤疤是怎么来的。

想到这里，失忆的男人不由得看向了右手上那一圈圈崭新、雪白的绷带。昨天他看到那圆形伤疤时也很意外。法医说它有些年头了，或许有五年了，可能是烧伤形成的。至于什么东西能留下一个这么圆的疤痕，法医一时半会儿也给不出答案。

他自己更没有答案。

他什么都不记得了。

这两个警察也问他关于家人的事情，还问他关于"关情"的事情。

这两个警察和那个王警官不一样，他们怀疑他不是关情。

竹心仪也带了个保温杯，还拿着一个巨大的黄色信封。她坐在了陈涛边上，小声说："那行，开始吧。"

她的声音也有些哑。她看上去同样很疲惫，一双眼睛里满是血丝。

陈涛开始打字，问讯："姓名。"

失忆的男人不耐烦地回答："都说了我不知道了，不记得了！昨天医生不是和你们说过了嘛！"

竹心仪好声好气地说："你先别激动，我们也是想帮你早些找回身份，和你确认一下，你还是想不起来自己的名字，对吧？"

男人索性不回答了。他更饿了，咬着嘴唇忍得很难受。

竹心仪说："你的病情你知道的吧？"

"失忆！"

"我们汇总了一下你提到的江医生，还有昨天市立医院的医生给出的信息。"竹心仪从大信封里抽了一张脑部扫描图出来，起身递给男人看，说，"17号你入院，是这里的伤导致的。"那扫描图上标有两个红叉，一个在画面右上方，一个在画面左下方。竹心仪指着左下方的那个说："就是这里。"

"另外这个呢？"男人指着右上方的红叉问道，"这是什么？"

"那是旧伤,也可能导致失忆,但是医生的意思是,根据这个伤口的恢复痕迹判断,这应该是四五年前的旧伤了。"

男人想摸自己的脑袋,却摸不着,手僵在空中:"我的脑袋受过两次伤?"

"对。"竹心仪笑了笑,看着他,"你的说法很谨慎。"

"可能是我自己撞的、摔的,也可能是别人打的是吧?"

竹心仪道:"这事你有印象吗?"

陈涛打了一个哈欠,很大声。

"没有。"男人斩钉截铁,"一点印象都没有,我真的什么都想不起来,我想吃饭,饿死了!"

陈涛低声斥了句:"问你话呢,你扯什么别的……"

男人很不服气:"人是铁饭是钢,一顿不吃饿得慌!我不吃东西,我没办法正常思考,你们问什么我都答不上来,乱说一通还会混淆你们的思路,那你们结案就更难了!给我吃饭是在帮你们自己!"

陈涛听了,眨了眨眼睛,瞅了瞅竹心仪,做出个无奈的表情,说:"行,好,反正你失忆了,什么都不记得了是吧?你的个人信息呢,我们已经公示出去了,反正你的家人朋友要是看到,会来找你的。"

他便低头喝茶。

竹心仪还站在男人面前,道:"你昏迷醒过来之后怎么不在医院好好待着,接受治疗?你同病房的人说你人都站不稳呢,就急着跑了,为什么不想待在医院?"

男人说:"医生说去去过的地方能帮助我找回记忆,我就想去南山隧道。"

男人反问:"你是在暗示我做了什么亏心事急着跑是吧?那我干吗还

上警察的车啊？"

陈涛抬起眉毛，不冷不热地说："你说的那个警察根本不存在。"

男人道："不止我一个人看到他了，你问江医生。"

陈涛又没话了。竹心仪抱着胳膊问男人："你说的那张身份证是你们一起找到的是吧？"

"对，在隧道附近的排水沟里，是我挖出来的。"男人说，"你们应该去查查那个王警官，他很可疑，如果那张身份证是假的，他就是骗了我，但他为什么要骗我？他还一直赖在我家不肯走。"男人嘟囔着："那个家其实也很奇怪，看样子像是好多天没人住了，可是水龙头一开就很顺畅地流出水来了，水也没什么水管味，刀具全都藏了起来，笔也找不到……"

"笔也找不到？"

"你们说我不是关情，那我问你，关情是作家吧？"

"对。"

"作家的家里一支笔都没有？"

竹心仪眨了眨眼睛，摸出手机，给男人出示了一些照片："你看一下这几张照片。"

男人只扫了一眼，就解释了："我说了我进去的时候看到挂着的是风景画，我不知道怎么就变成了这些红红的画，你们在家里找过了吗？而且我吃了饺子就睡着了，说不定有人趁我睡着的时候换了画。"

"换画，为什么？"竹心仪道，"为了让你醒过来之后以为自己在别的地方？"

"我不知道啊。"男人无力地低下了头。

陈涛补充道："我们在那屋里找了一圈，可没找到什么风景画。"他叹了声，皱了皱眉，摇晃着保温杯就出去了，还嘀咕道："纠结这个干吗？"

男人说:"画框没变,画的内容变了,那肯定是有人换了,你们应该查小区监控,看看我睡着的时候都有谁进出过我家。"

竹心仪说:"那间房子房东买下来后自己住过一年,后来就出租了,第一个,也是目前唯一一个租客,按照房东的说法,就是关情。房东说没有见过你,不知道你这么个人。"

"那我就是觉得那地方是我家嘛!"

男人低下了头,他饿得很厉害了,一句话都不想说了。

竹心仪道:"你看看这个人你有印象吗?"

一张照片塞到了他眼皮子底下,那是一个戴眼镜的男人的生活照。他摇头。

"那个王警官的样子你也没看清,对吧?"

男人还是不言不语,他没力气说话了,更没力气思考。

竹心仪又问起了别的事情:"你说你是通过人脸识别进的12幢,对吧?显示屏上当时显示的是什么,你还记得吗?"

男人沉默着,陈涛又进来了,小心地捧着保温杯,来了句:"他说了自己是文盲,怎么会知道写了什么?"

这时,一阵铃声响起,男人一震,抬起了头,是竹心仪的手机响了。她看着男人:"给你点的外卖到了。"

陈涛主动晃出去拿外卖,男人吞了口唾沫,心里痒痒的,问竹心仪:"这是什么?"

"给你叫了面条。"

"不是,我是问你,那首歌是什么?"

竹心仪挠挠脸颊:"我的手机铃声?一个动画片的主题曲,我女儿挺爱看的动画片,你看过吗?《足球小将》。"

这时，陈涛回来了，拿了碗面条放在了男人的桌板上，男人掀开盖子，用手抓起面条就吃，他狼吞虎咽，头也不抬，半碗面条下肚，陈涛忽然喊道："我知道我在哪里见过你了！"他欣喜若狂："我说我怎么看你第一眼就觉得你小子眼熟呢！他妈的，我这几天来来回回看了你多少遍了啊！"

竹心仪的手机又响了，男人仰起脸，呆呆地望着她。他觉得这铃声的旋律实在熟悉极了。

## · 竹 心 仪 ·

陈涛抽了口烟，看着手机，歇了会儿，吐出一口烟雾，说："那我去几个办假证的窝点问问，姐，你先去搞定8·14认尸的事情？"

竹心仪低头抽烟，点了点头。陈涛就问了："是哪个8·14案啊，是那个小孩在游乐场失踪的还是男的在公园被人抢劫砍伤的啊？好像桃园那个也是8·14吧？"

竹心仪幽幽地说："月亮公寓那个，宋队说，来认尸的是个政协主席还是什么的，让我和他一块去。"

"哦，那肯定是因为你看着资历深，能稳住场子啊。"

竹心仪看了陈涛一眼，陈涛笑了下："我没别的意思，干我们这行的，年纪大，走出去才有威慑力您知道吧，那些小混混一看老警察，知道自己那些小心思都藏不住了。"

竹心仪道："那我还是得和你们这些师哥师姐多学习，可不能光靠一张老脸唬人啊。"

远处有人在扫地，台风过境后，每天早上总要刮一会儿凉风，总有些树叶要纷纷扬扬落个一地。

陈涛笑了，道："1801在保安那里登记的人脸信息只有两个人的，一个是房东，一个是关情，这个人脸识别系统的精确度还是很高的，按照那个男人的说法，我推测是扫到了那什么王警官的脸，门才开的。"

"你的意思是，那个警察是关情冒充的？"

陈涛推测："他故意用什么东西抹黑了肤色，还戴了帽子，还有啊，他的警官证应该是在哪里办的假证，说实在的，普通人谁能一眼看出警官证是假的啊？而且他还说得头头是道的，什么来跟进案子，我怀疑啊，就是这小子袭击了那个失忆的男人，估计是想下杀手，结果不知道怎么搞的，没能杀成，还被我们巡山的同事发现了，他就暗中观察，看人被送进了医院，就假装成警察去探一探这个男人的伤情。他们俩的关系肯定不简单。"

陈涛又抽了口烟，好一阵才说话："关情和袁天南案肯定脱不了干系，但是他的脚码没对上，他是39码，现在这个男人的脚码对上了，40码半，加上有监控证明，7月23号那天晚上他和关情同时出现在了面店和浴场，两人肯定认识，我觉得我们顺着这条线索查一定能破了袁天南案。"

他疑惑："以这个男人的年纪，真的会是文盲吗？现在都是义务教育了啊，现实吗？难不成失忆真的把文化知识也都忘了？"

"江医生也说了，失忆有顺行性失忆和逆行性失忆两种，是有可能忘记学过的一些东西的。"竹心仪道。

"还别说，我以前会做的数学题，那天给我外甥女补习，我也不会了。我这都还没失忆呢。"

竹心仪笑着抽烟，说道："小区的监控一个星期覆盖一次，目前我们只掌握了小区里17号到23号的监控录像，他几乎每天都会出门，8月22号早上8点10分，拍到他出了12幢，之后就没拍到过他了。小区里的住户有的会在自己家门口装监控，关情那户的房东也装了，但是租给关情之后说是坏了，关情一直没去修。"

陈涛道："房东说关情当时说很放心小区的安保，觉得没必要去修。"

"你觉得有古怪？"

陈涛摇头："很难说，关情这个人……挺古怪的，你不觉得吗？"

竹心仪说："就是有些孤僻吧。"

"整天在家不出门，写的小说也是那种杀人啊，变态什么的，你说他整天都在琢磨什么呢？"

竹心仪看着手机，道："他写连载小说的那个网站的责编也说联系不上他。"

陈涛点头道："这个关情，身份证快过期了也不去派出所更新。"他眯起了眼睛："他要是没做什么亏心事，干吗不去更新身份证？难不成他也去办了个假证，已经出城了？"

他心中还有不少疑惑："那张假证不知道是怎么搞来的，地址是关情在观澜苑的地址，和他的原件对不上，有挺多种可能的……"

竹心仪看着他，等着他罗列那些可能性，陈涛却转过头来看着她，什么也不说了，只是张着嘴吐烟。

天色半亮，多云，云薄，黄黄的晨光蒙盖着幽蓝的天。清晨的天色朦胧。

竹心仪说："还得再往二院去打探打探消息，问问和他同病房的人，采些口供，回头医院那边的监控拷贝回来了，医院周边的监控也得好好看看。"

陈涛哼了声:"这个关情葫芦里不知道卖的什么药。"他搓了下手指:"不过看来破袁天南案是有希望了。"他抓了下头发,轻描淡写地提了句:"我已经和宋队汇报过了。"

竹心仪点了点头,笑着问:"那能让宋队多拨几个人帮帮忙吗?"

陈涛笑了笑,吞云吐雾,望远了。

突然,他有了灵感,眉毛一锁,声音低了:"这个男的不会是关情的枪手吧?关情的小说都是他写的,所以关情在这个男的入院后就不更新了,更不出来啊。这个枪手是不是威胁要曝光他还是怎么的,关情慌了,就想在南山隧道杀了他,可惜没能成,他看到男的被送上救护车,想找机会再下手,就假冒警察去了医院,以办案的名义监视那个男的,然后……"

他看了眼竹心仪,竹心仪没接话,只是抽烟。陈涛继续道:"然后他发现这男的好像失忆了,他就犹豫了,不知道到底要不要杀他了,杀人哪是那么容易的事情?而且,他可能需要这个枪手写完那部小说。"

竹心仪道:"那他为什么不等枪手把那个连载小说写完了再动手?"

陈涛说:"一是因为台风,刮风下雨的,极少人会出门,目击者就少了,而且雨下下来,还能掩盖足迹之类的东西;二嘛……也许发生了什么事情,导致他等不及枪手写完小说,就必须杀了他;三……他小时候得过奖呢,或许觉得自己能写完小说,但是后来发现写不出来?"

竹心仪道:"破解他那台电脑的密码要多久啊?"

陈涛唉声叹气:"等着吧,月亮公寓那台电脑都还没破解呢,多少账户账号在技术那边排队等破解呢。"

他又说:"那小说就差一个结尾了,我看随便写写也不会怎么样,最多被人说烂尾。"他坚信:"反正,关情想杀这个枪手,结果发现人没死,然后自己也写不出结尾,连烂结尾也编不出来,可是呢,这枪手又失忆了,关情就想带枪手回去,帮他恢复记忆,之所以要说服枪手他就是关情,就是因为关情的小说都是枪手写的,从某种层面上来说,这个男的确实就是'关情'啊!这都是为了让枪手恢复记忆,回忆起为小说的结尾布的局。"

"那风景画什么的又是怎么回事?"

陈涛咂了几下嘴,低头弄手机:"肯定是他记忆混淆,记错了。"

他用力吸了口烟,看着地上,忽然提起:"青郊派出所那边还是得联系一下,找当时发现那男的的警察核实下情况。"

竹心仪瞅着陈涛,很快,很自然地接了话:"我给他们所长发了微信了,他还没回我,台风才过去,他们那里估计挺忙的。"她说着就拿出了手机,点开微信看了眼,恰好舒亮回了信息,说他们所里当时派出去巡南山隧道附近的,发现失忆男人的警察是他们那里一个姓蒲的年轻警员。

舒亮说:"我带人过来一趟吧。"

竹心仪和陈涛说了下情况,回复舒亮:电话联系就行了,我们还要跑其他地方排查些事情。

她一边叼着烟打字,一边说道:"房东倒是说以前上门收租的时候记得屋里挂的是风景画。"

陈涛这时把手机递到了她眼前,说:"你看啊,失忆的人伤了海马区,有可能会影响短期记忆的能力,就是怎么都记不住事情,或者记忆混乱,感觉有点像脑雾。"

竹心仪凝眉道:"我总觉得很奇怪,你说这个男孩是文盲吧,他说起话来有时候还挺有逻辑的,一套套的,你记得他在医院里分析自己的那个疤吧？"

"记得。"陈涛一板一眼地学着失忆的男人的口吻复述："较严重的烧烫伤疤痕在三四个月后会出现增生，疤痕呈现紫红色，浅二度烫伤的疤痕仅仅出现色素沉着的现象。"

说完，他摸了摸后脑勺，有些不确定了："不会真的让我们遇到什么大文豪失忆变文盲这么戏剧化的事情了吧？"随即他又说："关情写的那些小说……他算什么文豪啊……"

竹心仪笑了笑，眼神飘远了，说："我让小麻把7月23号的那两段视频整理一下，截一下图，捋一下时间线，过会儿给他看看，看他怎么说。"

陈涛点头，丢开了烟，总结道："出租车行车记录仪拍到的画面，关情和他一起出现的监控视频，加上关情失联，等上头批下来，就去查查关情的手机定位、银行户头，再把他家也好好查查，这小子肯定有事瞒着我们。"

竹心仪应下，两人便在停车场分开了，分头行动。

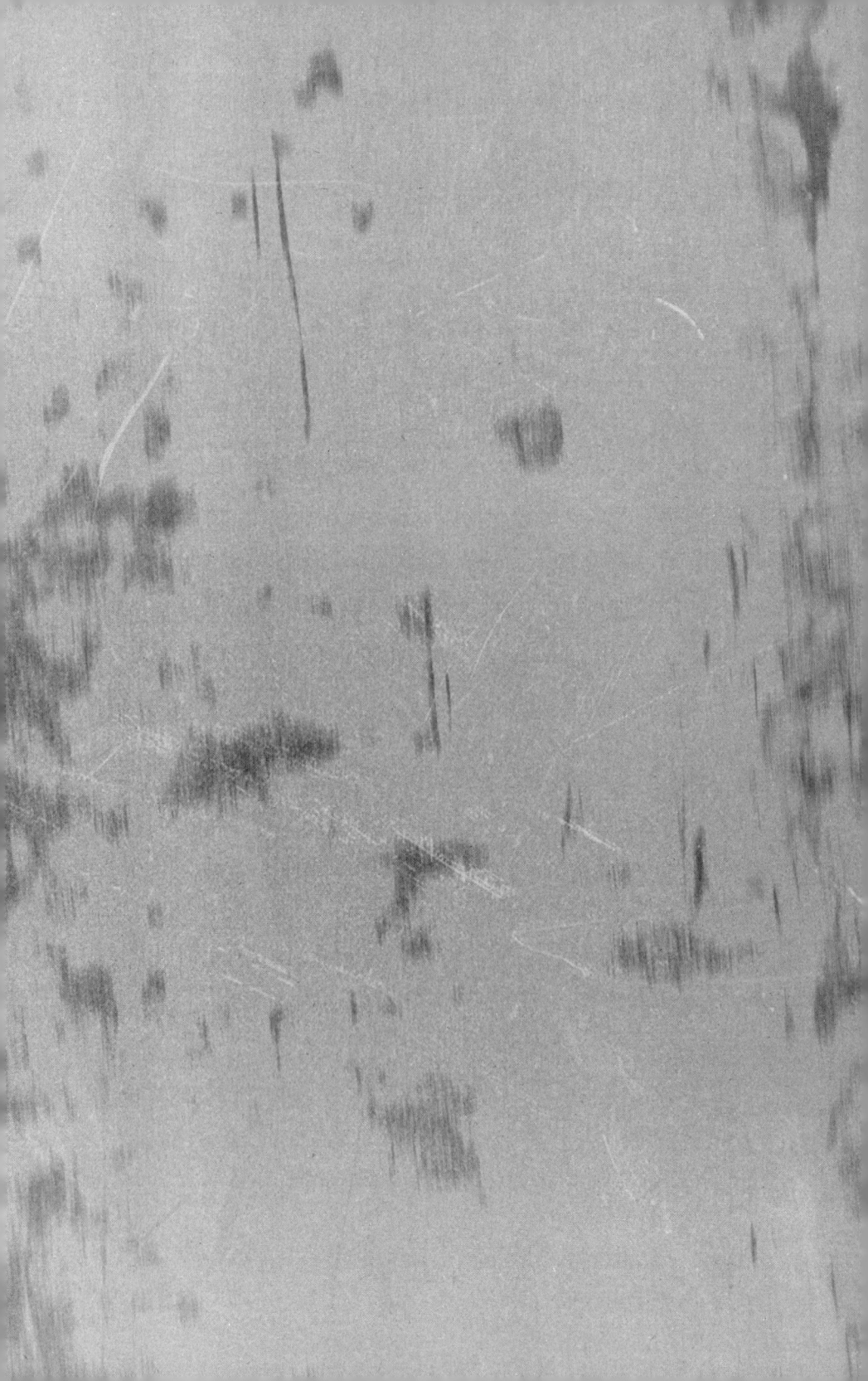

七月
二十三日

July
23rd

## 七月二十三日
[ July 23rd ]

### · 关 情 ·

　　关情赶紧跟上，开始下雨了，从大碗牛肉面店出来后，这个男人就去了大世界浴场。说是男人，可据关情的观察，他绝对不超过20岁。这个杀人凶手可能才刚刚成年。但是他杀起人来眼也不眨，杀人之后更像没事人似的去吃了面——足足两大碗牛肉面，狼吞虎咽，还用上了手，活脱脱一个野蛮人，就没见过哪个人是这么吃饭的——接着又来了这个浴场。

　　他或许是一个从小被某个杀手组织培养出来的职业杀手。除了杀人，什么礼仪常识、规矩道德一概不懂。这就仿佛电影里的情节了。想到这里，关情既兴奋又紧张。他还是第一次离一个杀人凶手这么近。

　　他必须记下他的一举一动，必须牢牢记住他的每一个表情，如果可能的话，他还想知道他会和别人说什么，怎么说，那口吻是蛮横粗暴的，还是冷漠的。他通通想知道——这些都是多么难得的素材啊！

　　这时，男人进了男宾区，关情赶紧跟上，买了张票，也钻进了男宾区。

关情在更衣室里又锁定了那个年轻的男人。他光着脚，脱了上衣，正在脱裤子。他的衣服其实都很脏了，但是因为是深色的，即便弄到了血迹也看不太出来，虽然它们在地板上留下了些泥点和血点，但这个男人浑不在意，脱下衣服后直接塞进了衣柜里。

关情也脱了衣服，这个时间，澡堂里的人不少，男人快速地冲了个澡之后就进了热水池子里泡着，优哉游哉的。关情选了个隐蔽的，但是又能监视到男人一举一动的角落，站着冲水。

周围闹哄哄的，有人唱歌，有人聊天，有人搓背，有人在桑拿房进进出出。后来，年轻男人也进了桑拿房，关情踟蹰了一番，还是跟着进去了。空气滚烫的房间里一共放了三排木头座位，坐得半满，男人坐在第一排，饶有兴致地看着电视。

关情找了个空位坐下。这下，他离男人更近了，他也跟着看电视，但是余光总是忍不住偷偷摸摸地去瞧那男人。心里总忍不住揣摩他，猜测他。

男人确实年轻，眉眼间甚至还透着几分稚气，电视里演什么他都看得兴致勃勃的，甚至连播的广告都目不转睛地盯着看。他人精瘦，皮肤很黑，头发有些长了，特别是刘海，都快遮住他的眼睛了。

他那双眼睛好黑。

他身上有不少伤痕——有的看上去像刀疤，有的看上去像什么抓痕。

年轻的男人抓了下脖子，打了个饱嗝。

后来，他就换上了浴场的套装去了大厅吃零食和水果。他的胃口可不小，刚才两碗面下肚，现在还有胃口大嚼零食、水果。

关情不由得想到他之前看过的一个纪录片，里面有一个警察说起自己抓过的一个变态杀人犯，每每杀了人，他不仅不着急立即离开现场，反而会在死者的家里吃上一顿，有时候吃的是冰箱里的剩菜剩饭，有时候会用各种食材亲自烹饪一顿。杀人对这个变态来说不过是他日常生活的一部分，死在他手里的人在他看来只是一个物品，一样器具，打碎了就打碎了，坏了就坏了，而他的日子还要照常过，他的食欲必须得到满足。关情想，可能是杀人的欲望带动了食欲。人的七情六欲或许是以同一频率涨落的。

他很想赶紧把自己的这些想法写下来，但是他还不能放过眼前的这个男人，他还想看看他到底会做些什么。他想知道杀了人的人会度过怎样的时光。

他默默记着男人吃的水果：香蕉、西瓜、火龙果、苹果、葡萄。吃葡萄吐葡萄皮。男人还吃了薯片、茶叶蛋，抓了一把香瓜子。

这些他都能用到他的小说里去，这样就再也不会有人质疑他的小说不够真实了，再也不会有人说他塑造的杀人犯不切实际，不过是作家臆想出来的"变态"了。

关情搓着手，脑袋里有一个声音在响：你们想要的真实，你们想要看的杀人故事，你们想要了解的变态杀人犯的异于常人之处，我都会写给你们看，看啊，看这个杀人凶手杀了人之后是多么冷静——冷静得几乎冷酷、淡漠了。你们看啊，这个杀人凶手杀了人之后是多么悠闲——悠闲得近乎透露出一股无聊和乏味了，所以他困了——男人在吃饱喝足后，已经移动到躺椅休息区呼呼大睡了。

关情也坐在了休息区。趁着男人入睡，他赶紧在手机里新建了一个文档，为了避免因思考长句而遗忘一些细节，他飞快地记录下一些关键词：牛肉面，洗澡，吃水果，吃很多，食欲旺盛。身上有伤疤。

手机被他敲得啪啪响，他闻到了自己手指上的血腥味。

刚才那血腥的一幕再次浮现在他眼前。

男人杀了人。千真万确。那个年轻的男人杀了袁天南。当时他就在窗外，看得一清二楚。男人用的是什么凶器他看不太清，反正男人一直用那个沾满血的东西捅袁天南，一开始袁天南还会反抗，手伸得老长，想去打男人，想推开男人，可是没一会儿他就失去了反抗的意识，手就落下了。那只血红色的大手就这么无力地落了下去。

袁天南的手很宽，和人握手的时候诚恳而有力。

或许还是应该报警。

关情想。或许能混个好市民奖，能上电视，能出名。雨下大了，男人的足迹可能已经被冲刷了。怪不得他表现得这么悠闲，一点也不着急。难道他杀袁天南是早有预谋，特意挑了今天这个下暴雨的天气？难道他真的是职业杀手，是被人雇用来杀袁天南的，所以他下手才那么狠毒，事后才这么轻松？那又是谁雇的他？放高利贷的？不可能，人活着才有钱收啊。而且大家都知道袁老板乐善好施，为人亲和，亲朋好友对他的人品都是赞不绝口，就连他的前妻——他们离婚也是因为袁天南当时经济困难，不想连累前妻一同背债。他的前妻还总想着和他复婚。

他的竞争对手？纺织厂这个圈子素来平和，大家都是有生意一起做，当然这也可能是他们营造出来的假象……

关情也没听说过有被拖欠工资的员工、被辞退的员工——在厂里最艰难的时候，袁天南都没拖欠过员工一分钱工资，反而是卖了自己的别墅豪车，支付员工工资。

真是个难得一见的大好人。

关情又想报警了，这么善良、勤勤恳恳的一个人被杀了，不把凶手交给警察，实在说不过去。

难道真的要在这时候放弃吗？他都跟着男人一路来到这里了，这个男人的动机是什么？他受雇于谁……现在要是报警了，警察绝对不会在警情通报里公布这么多细节的。可只要跟着这个男人，他就会接近真相，接近这些外人无法轻易接触到的信息。可供他发挥的素材只会更多。

怎么可能会有作家放弃这样一个机会？

关情已经有些手痒了。这个年轻的男人对杀人到底是什么看法？已经麻木了吗？他的食欲这么旺盛，那么其他方面的欲望呢？他有什么感情经历？一片空白还是有一个情感寄托？女人？猫，或者狗？还是金鱼？

他逃亡过吗？他身上的那些伤是从哪里来的呢？

这年轻的男人仿佛一个巨大的问号。

这个巨大的问号正睡得很沉，呼吸均匀。

杀人犯会做噩梦吗？

杀人犯会梦到什么呢？

关情实在有些按捺不住了，他的脑海里冒出了一个大胆的念头。

不如去和他搭讪。

和他交个朋友。

套一套他的话。

他杀人的时候在想什么？

就在他犹豫的当口，备注为"《惊心》编辑园子"的人来信息了。

园子留言说：关老师，大纲我们看了，怎么说呢，和上一次您交过来的比较，真实确实是够真实了，很有社会派推理的风格，文笔绝对是没话说，就是情节还是有些不够曲折，就是有些不够吸引人的眼球，上次发您的那些真实案件您看了吗？有什么感兴趣的吗？我们可以改编几个试试，现在很多人都爱看这种的。

关情嗤笑，攥着手机咬起了手指。说到底就是想要噱头罢了，最好是凶手至今未归案的真实案件，最好凶手是一个连环杀人的变态。不然香港雨夜屠夫的故事怎么改编了一版又一版，说起叉烧包就想到八仙饭店？别说变态凶手了，这些自认为不变态的普罗大众也根本不把人命当回事，死一个人是恐怖，死两个人是恶心，死三个人是变态，死四个人就忍不住要多看这个故事几眼，恨不得每天追踪，恨不得每天都有新的爆料，凶手的小学同学啦，凶手的幼儿园老师啦，凶手的邻居啦，三姑六婆啦，他们住哪里，他们吃什么，他们和凶手说过什么，通通想知道，通通告诉我！

关情不住地摇晃起了身体，这个时候园子又来信息了：灵城的那个儿童被害案呢？虽然凶手归案了，不过网上一直都有留言说其实还有帮凶，真凶另有其人，您是本地人，您不会没听过这个案子吧？里面还涉及一个警察的孩子被害呢，是很好的素材啊。

关情不看手机了，自言自语着编辑留言里的那些词："曲折，真实，很好的素材……"

他的目光又落在了年轻的男人身上。

就在这个时候，年轻的男人似乎意识到了关情好奇的目光，他竟然睁开了眼睛，盯住了关情。关情不寒而栗，才要扭头回避，那男人却找了过来，一屁股坐在了他旁边的躺椅上，问他："你认识我？"

关情一愣："不认识啊……"他咕咚吞了口口水，更想逃了。

"刚才我们是不是见过？"

"啊？"

"在吃面的地方。"男人回忆着，"不对，是在那个工厂。"

关情吓出了一身冷汗，抖得厉害。男人却异常平静地说："你趴在窗口都看到了吧，你报警了吗？警察要来抓我了吗？"

关情吞了口唾沫，壮着胆子道："对，我报警了，我是帮警察盯梢的，他们马上就到了，你为什么要杀袁老板？"关情赶紧问出了心中的这个疑惑。他不觉得在人这么多的地方，男人会对他下狠手。

男人抬起了手臂，关情手里紧紧抓着自己的手机，必要的时候就把它砸过去！他这么想着。男人却只是摸了下还有些湿的头发，说："好吧。"

他躺下了。

"你不逃吗？我说我报警了！"

"我现在想睡觉。"

"那你去监狱里睡个够吧。"关情说。他搞不懂眼前的这个男人，这个人到底在想些什么？他试图读懂这个男人，他从小就爱观察人，他很少遇到他读不懂的人。人像动物，是食欲和贪欲的奴隶，很容易读懂。

关情又问他："你到底为什么要杀袁老板？"

"袁老板？"

"就是刚才工厂里的那个人。"

"哦，我饿了，路过那间工厂，看到那里开着灯，就进去了，找钱的时候他进来了，喊我是小偷，扑过来打我，我反抗了，不然总不能被他活活打死吧？"

"你就杀了他？就那样杀了他？你的手段很残忍，你知道吗？"

"不然弄不死啊。"男人说得好像喝水一样轻松，反而还觉得关情小题大做。或许是因为男人放松的神情和语调，关情也没有之前那么紧张了，他甚至觉得他问什么，男人都会告诉他答案，并且不会觉得被冒犯，不会生一点气。他就问道："你听上去很有经验，你杀过很多人？"

男人还真的掰起手指计算了起来："挺多的。"

"具体多少？"

"很多。"

"你吹牛吧?"

"我和你吹牛干吗?"

"有些人就爱拿这种事吹牛。"

"你爱信不信。"

"你不怕警察抓你把你枪毙啊?"

"反正杀一个人是杀,被逮住了是枪毙,杀两个人也是杀,也是枪毙。"男人眨了眨眼睛,"而且我运气很好,从来没被抓到过,今天要是因为被你看到,被抓了,也无所谓,就这样吧。"

"无所谓?杀人怎么是无所谓的事情呢?"关情几乎要大叫出来,"杀人是不对的!你想过被你杀掉的人的家人吗?他们会多痛苦!还有社会影响,万一别人有样学样……"

"我就是想活下去啊,我不吃东西会死的。"

"去偷吃的也比杀人强啊!"

"我又不是存心要杀他,我不是和你说了嘛,我找钱,他觉得我是小偷,要打我,下手还挺狠,我不反抗就被打死了。"

"你还有道理了你。"男人说得这么理直气壮,关情简直难以相信,但很快他就明白,男人有一套自己的逻辑,他活在这样的一套逻辑里已经很久了。他开始好奇到底是什么样的家庭,什么样的生长环境使得男人拥有了这样的一套生存守则。

他根本不在乎别人的生命,也不在乎自己是否会被抓,不在乎以后的结局,只在乎现在这一刻他饿瘪了的肚子,只在乎保护自己。而且他的这种态度不像是伪装出来的,那种不屑、不把人命当回事的态度,那种活在自我逻辑中的姿态是那么自然。毫无疑问,他不是受雇于人的专业杀手,他只是一个目无法纪、毫无道德观的杀人者。

新闻里通常称呼这些人为"反社会",或者"魔鬼"。

这个时候,男人的肚子叫了起来。

"你又饿了?"关情说。

男人嘿嘿一笑,倒显得很纯良了:"还行吧,钱花得差不多了,先不吃了,明天再说吧。"

"我请你吃饭吧。"关情不知道自己为什么要这么说,但是他说了,说完他就后悔了,这可是个不折不扣的杀人犯,但是这个杀人犯身上是有故事的,是有真实的故事的,是能为他所用的。关情舔了下嘴唇:"能和我多说说你的故事吗?"

谁不想听魔鬼的故事?谁不想知道魔鬼的过去?谁不想目睹魔鬼的结局?

报纸一元一份,公众号包月十元。

上厕所五分钟。

五分钟就能一窥一个魔鬼的一生,体验一个魔鬼的一生而不用变成魔鬼。多划算的买卖。

又有哪个作家偶遇了魔鬼而不想记录下他的一言一行?

他不是但丁,没下过地狱,一样能写出《神曲》。他需要有魔鬼带他去地狱走一遭。

"故事?"

"你是怎么长大的,杀过些什么人?"

"你不是报警了吗?警察来之前你有这么多时间?"

"你的故事会很长吗?"

"我杀过很多人。"男人说。

## ·小 柳·

小柳坐着没出声。一直是一个负责调解的民警和那个黄毛的妈妈在互相喊话。黄毛坐在那儿抖腿,他边上的一个红长毛打起了哈欠,再边上呢,坐着个紫毛,年纪看上去比他们都小,不时看一眼站着比手画脚、情绪激动的大人,哆嗦一下,低下头去。

黄毛冲小柳比了个割喉的动作。

"坐下!"民警拍了下桌子,黄毛的妈妈拽了下衣服,坐下了,白了小柳一眼:"他就是杀人犯的儿子啊,我儿子有说错吗?"

"这就是你孩子打人的理由了?怎么,打杀人犯的儿子就是正义了,就牛了?怎么不去抓杀人犯呢?外头还挂着抢金店的通缉犯的照片呢!怎么不去抓他,打他呢?"

这时,调解室的门开了,母亲从外面进来了,小柳眨了眨眼睛,说:"我没事……"

母亲过来摸了摸他的脸,接着朝大家鞠了一躬:"给大家添麻烦了!"

这句话被她喊得铿锵有力。那黄毛的妈妈抱着胳膊道:"这还差不多……"

那两个负责调解的民警脸色尴尬,一个年轻些的挥舞着手臂,示意母亲坐下:"坐下说,坐下说……"

母亲却保持着鞠躬的姿势,低着头,慷慨激昂地表示:"是我们家老柳做人不正派,带坏了社会风气,把不安定、不稳定的负能量在整个社区传播开来!以致一些小孩受了污染,家长怎么教也教不好了,和我们老柳一样,不做好事,只干坏事。"

黄毛的妈妈先是满不在乎地听着,听到末尾了,眼珠骨碌碌转了好几圈，脸色一变，一拍桌子，头发一甩就要跳起来了。

那年轻民警就劝了："好了好了，小柳妈妈，话别这么说……"他指着黄毛的妈妈呵斥："坐下！监控都拍到了啊！你们家这个先动的手，光天化日的，三个人打一个人，还有理了是吧，你们？"

几个杂色头发的年轻人斜了斜眼睛没出声。黄毛的妈妈磨着牙齿，似是不服气，可也没辙了，拽起黄毛，拍了下他的脑袋，又是掐又是踹的，嘀嘀咕咕："就你有能耐，就你牛，整天给我惹事，没完了……"

她要带他出调解室。那年长的民警见状，喊住了他们："等会儿啊，这道歉总会吧，打人总要道歉吧？"

小柳说："不用了，以后我不走那里送外卖就是了。"

母亲说："他爸做了错事，错不应该由小孩来承担。"态度还是那么强硬。

黄毛的妈妈瞅了她一眼，冷哼了一声，道："行了行了，知道了！以后我们家小杰在路上看到这些个犯罪分子的家属后代，绕着走！得罪不起！"她拿了一张调解单签了字，拽着儿子大步往外走。这回没人阻拦了，其余两个杂毛小子也跟着他们走了。

年长的调解民警瞅着他们离去的背影道："都是一家表兄弟，蛇鼠一窝！"

年轻些的收拾着桌子，关照柳母："我送你们回去吧。"

"没事，我们自己回去，我们自己可以的。"母亲昂首挺胸，又摆出一副不卑不亢的姿态。那个民警没再坚持。

出了派出所，下着小雨，母亲带了伞，小柳撑开伞，和母亲并排走着。他从裤兜里摸出手机递给了母亲。

母亲翻看着手机，问着："7864这个号码是谁？你下午2点到2点半不是休息嘛，不是客户打来的电话吧？"

小柳说："卖楼的，好像是。"

母亲扭头看他，颇心疼地摸了摸他脸上的擦伤："会好的，一切都会好起来的，妈妈在，妈妈会保护好你的，爸爸不在了，保护你就是妈妈的责任了。"

小柳握住了母亲的手："谢谢妈妈。"他轻轻地说："你做得很好了，真的很谢谢你。"

母亲眼眶湿润了，收起了手机，没再说话。两人默默地走回家，进了家门，小柳就回到自己的房间睡下了。

他躺在床上听到了锁门的声音。

屋里没开灯，门缝下面漏着一线黄光，这黄光慢慢暗淡了，小柳悄悄从床头柜里翻出了一台收音机，戴上耳机。又到了每晚的《夜间故事》时间了。这是本地的一档每晚播放有声书的栏目，每天都会采用直播或者录播的方式为听众带来一些海内外的短篇故事。今天主持人读的是刊登在2021年3月的《惊心》杂志上的悬疑小说《第五间房间》。作者，关情。故事开始前，主持人介绍说，这是灵城本地的青年作家，不到30岁已经获奖无数，节目组还特意请来了关情，播完小说后，这位作者会和主持人来个直播对谈。

接近午夜时，《第五间房间》的故事结束了。女主持人轻声细语地说道："首先，很感谢关老师百忙之中来我们的节目，这么晚了，辛苦您了。"

"没有，没有，很感谢你们邀请我才是。"关情的声音有些沙哑，他清了下嗓子。

"我本人也是关老师的粉丝，我还记得我上中学的时候，学校里订那种中学生杂志，那时关老师就已经在上面发表小说了。我记得您父亲是记者，母亲是老师？所以写小说有些子承父业的意思吗？"

关情道："可以这么说吧，不过写小说和写专题报道、记者稿还是很不一样的，后者还是纪实的意味比较强一些。"

他听上去有些兴奋，说话很急。

"那关老师现在写这种惊悚悬疑题材，有想过也稍微往纪实方面探索一下吗？比如写一写受真实罪案启发的故事之类的，您父亲是不是就追踪过南方当时发生的一起碎尸案？"

"确实在考虑，编辑也和我说过很多次了，为我提供了不少素材，其中就有一些本地的知名案件。"

小柳把收音机的音量调大了一些，枕着手臂躺着。

主持人道："能透露一下吗？我们在不久的将来会看到关老师关于本地案件的再创作吗？"

"那肯定是和现在的悬疑写作风格不太一样的故事，会比较偏向严肃文学方面，我觉得真实案件里各方对案件的看法和由此引发的社会现象还是很有创作价值的，我时常在想，当我们在关注某一起杀人案件时，我们在关注的到底是什么。"

"可能很多读者不太了解，关老师之前从事的一直是严肃文学方面的创作，不过写起惊悚悬疑小说来也是信手拈来啊。"

关情说："我觉得没必要为文学分太多种类型，什么严肃文学啊，通俗文学啊……说到底，都是在不同的平台上呈现的，供人消遣的文字游戏罢了。

"我其实一直在尝试一些新的平台，之前你所说的严肃文学的期刊也好，后来的悬疑小说杂志也好，最近呢，我打算尝试在网上做一个连载，我以前从没写过这样的连载稿件，想想还觉得挺有意思的，我觉得作家没必要被一些条条框框束缚，去不同的平台体验体验不是什么坏事……

"我平时也有看一些网络小说，网络平台上的内容多姿多彩，读者基数更大，什么样的故事都有，什么样的故事都能找到一批支持者，而且及时性、互动性很强，就是那种和读者面对面的感觉，我觉得很新鲜，也很期待。毕竟期刊杂志，你是没有办法收到这么及时的反馈的，而且我看网络小说每天都要保持更新的频率，这对我这种拖延症患者来说可能也是一种挑战吧。或许读者能从中看到不加修饰的，属于关情本人的文字的最初的样子，我很期待。"

"不介意剧透一下这个网络连载故事的内容吧？"

关情先笑了一下，接着说："是关于一个变态杀手的故事，会有一些发生在全国各地的真实罪案的影子，会在新新网站上独家连载，最近应该会先开个预收。"

"听上去很吸引人，那感兴趣的听众记得关注哟，是免费连载还是付费连载呢？"

"目前是想走付费路线，不过收藏点击之类的指标能不能达到申请付费的标准我还不知道，大概也就会花掉大家一碗酸辣粉的钱吧。"关情轻声笑，主播也跟着轻轻地笑，两人讨论起了灵城的酸辣粉。

小柳摘下耳机，闭上了眼睛，躺着听雨声。天气有些热，屋里门窗紧闭，不怎么通风，他没有盖被子。

## 竹心仪

竹心仪趴在桌上已经睡着了,手机一振,她就又醒了。是李敏发来的微信:姐,过稿了,发你看看。

传来的是一份杂志稿件,标题叫作:《生活残余》。

麻定胜从后面经过:"姐,还没回去啊?又睡办公室啊?"

竹心仪摆摆手,关了电脑,说:"正要走。"

她就拿了包,去停车场开车走了。这一路开去了市局。到了门口,她给殷邦国打了个电话。殷邦国听说她来市局了,没一会儿就从里面出来了,他一身的烟味,上了竹心仪的车,双手合十就拜她:"真是救命的菩萨,再盘,这海关的录像都快被我们给盘包浆了。"

"烤串?"

"砂锅粥!我请客!"

竹心仪开车,殷邦国说:"你说现在这个科技是真的发达啊,这个视频录像说换就能远程给换了,还有什么AI换脸、换头的技术,我去……眼见也不能为实了。"

"眼见早就不能为实了,这不早就有易容术了嘛。"

"我和你说案子,你和我说武侠小说是吧?"殷邦国放下车窗,拍打着身上的衣服,"这一身的味……"

竹心仪道:"你们这案子是不是和什么国际刑警有合作啊?是不是牵扯什么国际犯罪组织啊?"

"你半夜三更下了班不回家,来找我就为了八卦这事?"殷邦国冲着她挤眉弄眼,"那我也八卦八卦,你们那女网红的案子真的是她老公下的手啊?"

"嗯。"竹心仪点了点头,看着前路,缓缓说道,"以前我在南山那边的派出所，有个干文职的姑娘，这几年转去当记者了，之前她访问了我一回，说想写写这三年里大家的生活都有什么变化，找我当警察这个职业的切入点，我和宣传那边打过报告了，他们同意了，我就和她聊了聊，刚才她发我稿子了，说是过稿了，马上要发表了，先给我看看。"

"你就又想起那个3·18案了？"殷邦国竖起手掌，让她就此打住，"这案子，能说的，不能和你说的，我都和你说了，你现在也是干刑警的人了，还升去了分局，当时的抓捕流程、嫌疑人认罪的供词，加上各种物证、环境证据，绝对没问题。"

"我知道，我知道，我就是老是在想……"

殷邦国接了话："签名卡是吧？签名卡那种东西，那么小一张，绑孩子的时候丢了是很有可能的啊。"

"3·18案最后发现的那个女孩，她那个小发卡都没丢。"

"那是戴头上的嘛！"

竹心仪沉默了。殷邦国瞅了她一眼，道："你别说，那张签名卡放到现在肯定特别值钱，是真的吧，梅西签名的？"

竹心仪笑了。殷邦国问她："听老刘说你还每个星期跑到垃圾场那里看老柳那口子啊？"

"她以前十指不沾阳春水的，也不容易。"竹心仪摸着脸颊道，"作为一个母亲，我很同情她的遭遇，她只是神经衰弱，没发疯已经是万幸了。"

转眼到了粥店，殷邦国却说没胃口了，竹心仪也就没下车，两人把车停在路边，开了窗户坐在车上抽烟。殷邦国问她："那稿子我能看看不？"

竹心仪从手机里找到那份稿件，递给殷邦国，说："也没怎么提那起案子，就是正好那天我从监狱回来，小李把这事写进去了，写得还挺文艺，你看看，说什么这成了我日常生活的一部分。"

殷邦国接过她的手机看了会儿就捏着眉心，闭起了眼睛："这字小得，算了吧。"他道："小舒那边还好吧？"

"相亲呢。"

"哎哟。"

"他妈给他安排的，说不定过两年又能抱上孙子了。"

殷邦国一抬手臂："我那战友，就我之前和你说的那个儿子在民政局上班的那个……"

"哎哟。"竹心仪笑了一声，殷邦国也就闭紧了嘴巴，光抽烟，半根烟抽完，他道："小竹啊，人要学会放下你知道吧。"

竹心仪道："现在有个新词啦，殷队，叫和自己和解。"

她说："我和你说过我为什么转去一线吗？"

"还真没有。"

竹心仪嘿嘿一笑："这样舒亮找我，我就能不接电话了，忙得脚不沾地，没空啊。"

殷邦国瞪了她一眼，没绷住，笑了出来。他猛吸了一口烟，指指路边，下了车，说："行吧，你回吧，我散个步，你回吧！"

竹心仪点了点头，目送了殷邦国，抽完手上的烟就也走了。

这会儿天已经快亮了，她还不想回家，就在路上兜风，开着开着，往外一看，不知不觉来到了溪流街，这会儿是这条街，乃至这个片区最冷清的时候。

夜宵小吃的摊位收摊了，卖衣服、卖奶茶、卖水果的店也拉着闸门，人都还在楼里沉睡。清洁工人的身影尚未出现。高耸的握手楼挤着少叶的行道树。不知道为什么，在灵城其他地方长势繁盛的梧桐到了这里又瘦又矮，叶子稀稀拉拉，身躯歪歪扭扭。它们在布满了窗户洞眼的灰楼中求生存。

街道上弥漫着油污的气味。

竹心仪在路边停了车，沿着一条小路走着。路灯越来越少。电线杆和建筑外墙上到处可见"办证""开锁""修水管""修 Wi-Fi"的小广告。

她一抬眼，看到一个女人提着只塑料桶站在垃圾场外头，正和另一个长鬈发的女人理论着什么。她快步走近，逐渐听清。

"三毛钱一斤我的毛利就只有五分钱，你这不能这么算吧？"

"黄莺，你这生意我照顾得还少吗？说实在的，我们家老公一直劝我别和你们家扯上关系，别被网友知道了，再不做我家生意了，我也是看你一个女的拉扯孩子不容易，咱们又是一个班的，大师也说了，这是积累功德的事情。"

"你可千万别可怜我，生意归生意，个人感情归个人感情，这勉强积累来的功德或许还不作数呢。"

"你怎么说话呢？"

"我说话就是这样。"提着塑料桶的黄莺站得笔直，"我就是这么说着话，做着生意，和我儿子在这儿生活到了现在。"

长鬈发的女人似乎还要说些什么，余光一瞥，看见了竹心仪，便只是冷哼了一声，拂袖而去。

黄莺也看到竹心仪了，整了整衣服，朝她露出个微笑："竹警官，吃了吗？一块吃些早点心？家里蒸了馒头。"

垃圾场外的墙壁上刷着一些难听的话。

杀人犯。

地狱空荡荡，魔鬼在人间。

"魔"字还写错了。所有的字都歪歪扭扭的。

黄莺手上的塑料桶边挂着条抹布，桶里满是水。

竹心仪道："这得重新刷油漆。"

黄莺点了点头，靠墙放下了水桶，攥着手指站着，脸上笑容不改。竹心仪道："孩子还没起呢？"

"没呢。"

"都挺好吧？"

"挺好的。"

"刚才没怎么吧？"

"没事。"黄莺浸湿了抹布，往墙上那些涂鸦上抹去，什么都不细说。竹心仪干站了会儿，实在有些不好意思了，就问："还有布吗？反正我闲着也是闲着……"

黄莺瞅了她一眼："没事的，您忙您的去吧。"

竹心仪挠了挠脸颊，那满墙的涂鸦实在刺眼，她指了指周围："我帮你查查监控去。"

不远处的电线杆上就挂着个监控摄像头，正对着垃圾场正门。

"没事，真没事。"黄莺抓着湿抹布奋力擦墙，"那监控坏了挺久了。"黄莺低垂着眼："乡里乡亲的，真不算个事。"

竹心仪明白了她的话外音，黄莺想必知道这些字是谁写的，罪魁祸首当然可以追究，可一旦追究，到头来遭殃的还是他们。竹心仪摸了摸口袋，说："局里新印的名片，收着吧，有什么事情，派出所处理起来有难处的，我和他们商量商量。"

黄莺在裤子上擦了擦手，收下了名片："您升职啦？恭喜啊！"

垃圾场的门被风吹开了些，一缕酸臭味飘了出来，竹心仪吸了吸鼻子，没有久留："那我先走了啊。"

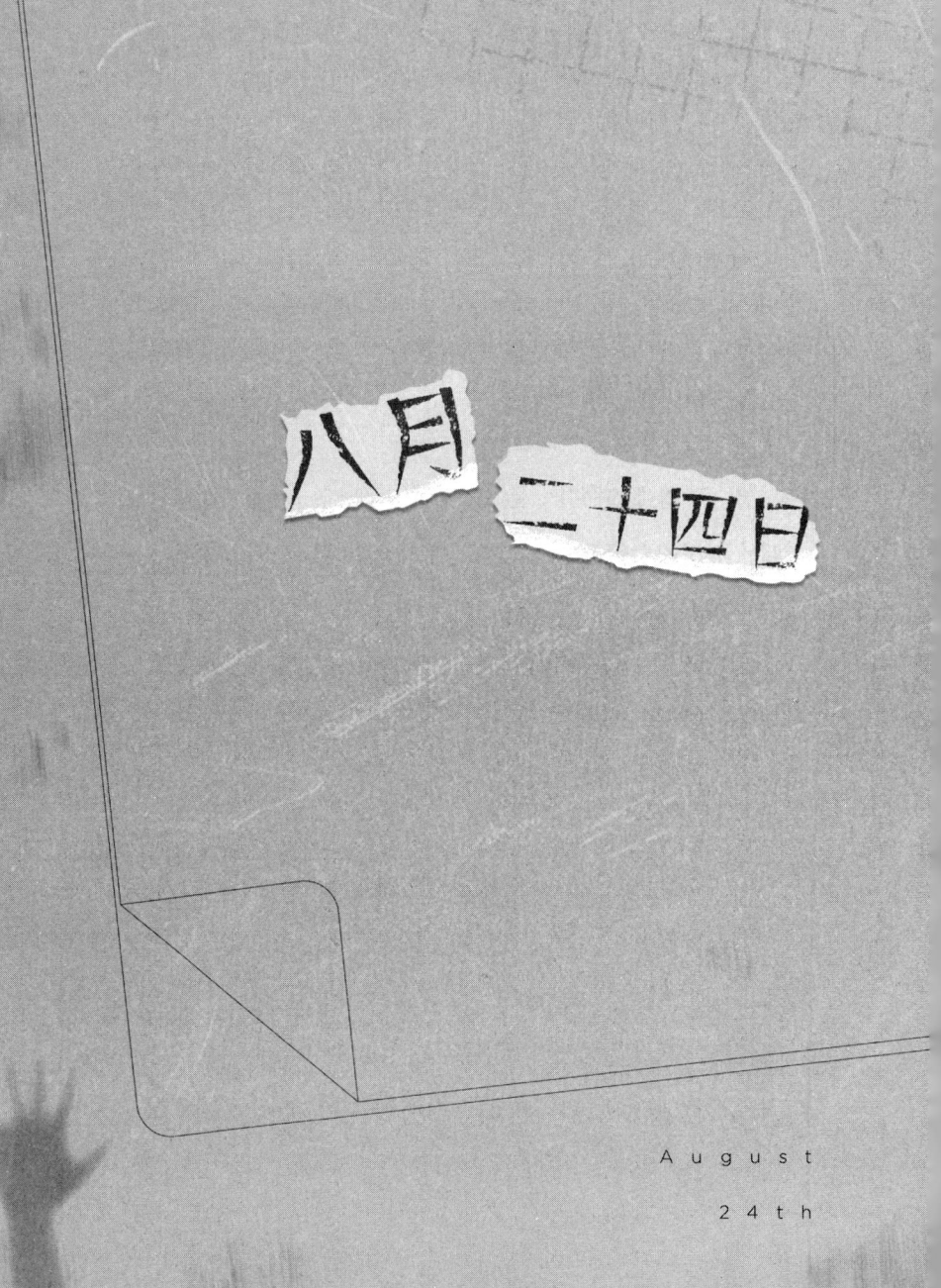

八月二十四日

August

24th

[ 八月二十四日
August 24th ]

· 失忆的男人 ·

男人看着那些照片。距离上次见到他们——那个叫陈涛的男警察和那个叫竹心仪的女警察——已经过去六个小时了,时间来到了正午,是吃午饭的时间了。

他们说照片里那团模糊的人影就是他:他是一个黑头发,穿得邋里邋遢在面店里大口吃面的人;他是一个蓬头垢面走进浴场的人;他是一个穿戴整齐,走出一间浴场的人。男人看不清"他"的长相。但是他们看得清。他们说这就是他。

他们总爱挑吃饭的时候找他打听事情。

男人皱着鼻子,胃里空空的,又没什么思考的力气了。他哼哼唧唧地埋怨:"你们说是我就是我吧,那你们搞清楚我是谁了吗?你们警察怎么总这样啊,专挑吃饭的时候审我。"

陈涛说:"面店的监控拍得很清楚,7月23号晚上7点45分,你进了店，在那里吃了两大碗牛肉面，之后，8点半，你出现在了面店附近的大世界浴场，两个小时后，也就是晚上10点半，你出来了，往东走了。

"你进去的时候穿的是一身脏衣服，出来的时候穿了别人的衣服走了。我们和浴场的清洁工核实过了，当晚有一只柜子确实很脏，也有客人说自己放在椅子上的衣服不见了，我们给他看了监控，那个客人确认了你穿走的就是他丢失的衣服。还有鞋子，你是40码的脚，对吧？"

男人弯着腰点头，饿极了："再给我叫碗面吧。"

陈涛拉长了脸，盯着他追问："你仔细看看，和你一起出现在这两个地方的人，是不是关情？"

他的声音低沉，充满威严："想好了再说，不要以为失忆了就可以逃避一切责任。你说你不认识袁天南，不认识关情，不记得自己去没去过袁天南的工厂，就以为我们拿你没办法了是吗？我们没有证据会把你扣这么久吗？"

男人看着和"他"一同出现在视频截图上的格纹衬衣男人。他们说这是关情。他们还给他看了关情的照片，戴黑框眼镜，白白净净的，问他记不记得关情。

他不记得。他早就说过他什么都不记得，不然他也不会以为自己是关情。

他们问他这个关情长得像不像王警官。

他说不上来，他根本没仔细看过王警官的脸。他老戴着帽子，老低着头，老是站在暗暗的、叫人看不清的地方。现在想起来实在很可疑，但这都是马后炮了啊，王警官说自己是警察，带他回家，他平白无故怀疑这个警察干吗呢？人民相信警察，信任权威，这不是天经地义的吗？

他和他们解释过很多遍了。

这个"他们"其实主要是他——陈涛。一直都是他在说话。

陈涛还说过观澜苑 12 幢 1801 里挂着的只有抽象画，没有风景画。陈涛暗示他失忆的人刚苏醒会出现短暂地记不住事情的后遗症。

可他还记得陈涛的名字，也记得那个突然比较沉默的女警察的名字。

男人看向了那个女警察。他知道一种把戏——好警察，坏警察。这两个警察交替以一硬一软的态度审问嫌疑人，嫌疑人在高度紧张的情况下很快就会投降，说出实情。

可他不是啊，他犯过什么事呢？陈涛说 1801 是关情的家，可 1801 的门没关啊，进没关门的地方算犯罪吗？办假证违法，可他不知道那是假证啊。他不记得他办过假证。

"你不会以为你只要用失忆当借口，我们就拿你没办法了吧？"

陈涛又强调了一遍。他的双眼充血，面无表情。沙哑的声音反而使得他听上去像发了狠。

男人摇头："我什么都不记得了，但是你们要是逻辑链完整，可以定我什么罪，我无话可说，我会去坐牢的。"

竹心仪说："那这个人呢，你见过吗？"

多半时间里，她只是在负责出示照片，问他有没有见过这个人，有没有见过那个人，有没有去过这个地方，有没有去过那个地方。现在她又给他看一个男人的照片，这是个胡子拉碴的胖男人。

"不认识。"

陈涛胳膊交叉，道："他的绰号叫老狐狸，是溪流街派出所那边的常客了，办假证的，他认得你。"

"我是在他那里办的假证？"男人难得获取到了一个自己感兴趣的信息，舔了舔干裂的嘴唇，道，"那他记得我是什么时候去办的证吗？怎么就把自己办成了关情？"他道："我想问一下，那张假证上的关情的信息都是真的吗？出生日期、地址、证件有效期……"

陈涛用力拍了下桌子。

竹心仪清清嗓子，回去坐下了，对男人道："老狐狸说，他对你印象很深，因为他还是第一次遇到进门就说要办假证，还说要用某某名字办，完了还给了出生日期、有效期和身份证号等信息的。"

陈涛忽然抢了话茬："地址是你告诉他的。"

"所以那些信息都是真的？"男人道。

"除了地址和原件上的不一样。"竹心仪道。陈涛看了她一眼，竹心仪低头整理文件，说着："你没带原件过去，也没带原件的照片过去，老狐狸说了，你告诉他的信息都是现背出来的。"

陈涛一时没话了，就看着竹心仪。

她还头头是道地说着："他说他还和你打听了，很好奇你是从哪里弄来这些信息的，你什么都没和他说，你没说需要关情的证件做什么。"

男人马上推理了起来："一种可能，如果我失忆前就是个半文盲，识字不多，我看到关情的身份证原件，只认识他的名字，不认识他原件上的地址，而出生日期、有效期这些都是数字，我也能背下来；另外一种可能，我从别人那里获得了关于关情身份证的信息，那个人给的信息是错误的……这些暂且不论，为什么我非得冒充关情呢？如果我只是要办个假证方便做些什么，随便办一张什么人的不就得了，为什么非得假扮成关情？"

他紧接着就想到了："需要用身份证的地方无外乎要证明自己身份的地方，而我办的是假证，我也知道自己办的是假证，那肯定不是去那种正规的能核实身份证信息的地方，酒店、火车站、机场，肯定不是要去那些地方……那就是只需要一个证件，只需要让别人知道我是关情，那个查证

113

件的地方也只是做做样子……什么小网吧吗？一些黑网吧甚至不需要身份证，也没必要为了去一个网吧，大费周章办个假证……"

男人又想起了一种可能："那我会不会是和关情一起去的？身份证上的那些信息都是他提供的？虽然找到假证的时候他好像也有些惊讶……但可能是演的……"他摸着嘴唇，全神贯注地分析："你们说那个王警官是关情是吧，假证是他和我一起找到的，虽然是我先找到的，但是隧道是他带我去的，会不会是他安排好的？为了什么？为了带我去证件上的地址，他家？会不会太费周章了一些？"

男人抬起头，看着警察们："他家肯定有问题。"

陈涛冷冷地笑："你小子还当上警察了？"他摇头，道："大侦探，关于那假证的事，你想到的，我们也都想到了，帮你问过了啊，你是一个人去的，特别匆忙，给的现金。"

男人指出："我记得那张证件这个月就过期了，办证的人会帮我办一张要过期的证件？他这生意做得，会有回头客吗？"

竹心仪道："老狐狸说建议你弄个新的有效期，你不要，非得让他按照你给的信息来。"

陈涛笑了一声："那你再给我们推理推理你这么固执地要这么弄是为什么啊？"

"说明我很固执。"男人自言自语，"我现在对身份证有效期这事的影响有个概念，那我失忆前应该也是有这个概念的，一张快过期的身份证，到哪里都不太好使，就和护照需要提前半年更新一样。"他嘀嘀咕咕："说明我真的只是需要一张表面像样的证件来证明我是关情，有效期是这个月26号是吧，这意味着我只是需要在它过期前将它出示给别人看一下，证明我是关情。"

陈涛问道:"你有护照吗?你这文盲说起话来还真是一套一套的。"

男人看着这两个警察:"你们放心,我比你们更想搞清楚我自己的身份,我也不是做了违法乱纪的事情会有所隐瞒的人,该坐牢我就会去坐牢。"

陈涛笑得更厉害了:"听听你自己说的话。"

竹心仪倒很认真:"就算杀了人吗?"

"杀了人还不想去坐牢,不现实吧?"

问询进行到这里,陈涛看了眼手机,拍了拍竹心仪,和她耳语起来。竹心仪听了会儿,难掩惊讶,飞速瞟了男人一眼就陷入了沉思。陈涛呢,瞅了瞅男人,又瞅手机,片刻后,和竹心仪说:"录音发过来了。"

竹心仪和陈涛就去外面说话了。

男人隐约听到他们在讨论:"是那通说8月14号在月亮公寓见过这个男人的匿名电话的录音吗?"

## · 竹 心 仪 ·

陈涛和竹心仪一人一只耳朵里塞着一枚耳机,竹心仪摸出一包烟,抽了一根给陈涛,自己也点了一根。两人坐在分局外头的石头台阶上讨论案情。早先的黄气散开了,天气晴朗,万里无云,略有了些秋意。

"降温降得挺厉害。"陈涛说,"还出着太阳呢,就这么冷。"

竹心仪点了点头,抽了口烟,低头抚了下石级,说:"电话如果定位在溪流街那里的五五烟杂店的话,就没必要去追查了,那地方的老板是个瞎子,别人敲两下桌子就知道是有人要打公用电话。监控也因为附近的几户房东说涉及隐私什么的，装了就拆，装了就拆。"

陈涛哼了声："什么涉及隐私，其实就是不想让人知道他们一间屋子隔出多少间租了出去，就闹呗，爱哭的孩子有糖吃。"

"溪流街的情况比较复杂。"

陈涛拽了下裤腿，屈起膝盖，咬着香烟，看着手机说："小麻他们回来了，说是没什么发现，回头整理下口供给我们。"

他用尾指搔着眉心，一笑："本来以为就是个调查失踪人口的案子，没想到牵扯出了人命案，还不止一桩。那月亮公寓的案子到底是怎么回事啊？"

竹心仪看了看他，脸上没有笑容，抱紧胳膊，说："8月15号，月亮公寓301住户报案，说303门开着，好大一股臭味，好像死了个人。派出所的民警先去了，封锁了现场，宋队接的警，死者为一名年轻女性，无生育史，无被性侵的痕迹，身上穿着睡衣，脸被砸烂了，法医判断死亡时间是8月14号晚上。凶器是现场遗留的一个玻璃烟灰缸，烟灰缸上有一个明显的手掌印，可能是凶手戴着手套留下的。"

"蓄意的啊？有备而来啊。"

竹心仪接着道："那里是个不太正规的日租房，房东说只记得租房的是个胖胖的年轻女人，5月份就开始在她这里租房了，租的时候就看了下证件，没登记。房东记得那女孩左手上有好多伤疤，听口音是本地人。

"宋队就排查了下最近符合外形条件的失踪人口，锁定了一个叫丁小倩的，就联系了她家人。丁小倩，26岁，出版社编辑，从高中起就经常离家出走，他们家附近的派出所一查她的失踪报案记录，因为她是多次离家出走了，她妈报案后也就是去走个程序，派出所的民警也知道他们家的情况，也没让她留下什么生物信息。刚才我见到了人，说死的不是她女儿。"

"有胎记？没对上？"

"丁小倩有胎记，后背上有，那尸体也有，她妈妈看了尸体上的胎记，说丁小倩的胎记颜色更红、更小一些。"

陈涛问："留DNA了吧？"

"留了。"

"你知道受害人家属有时候……"

"等DNA比对结果吧。"竹心仪道，"我们又联系了房东，给房东看了丁小倩的照片，她妈给的是一张十几年前丁小倩小时候的照片，瘦瘦小小的，那房东倒是一眼就认出来了，她说那女孩的眼睛特别好看，就是胖。"

陈涛道："我记得案发现场还有电脑什么的是吧？"

"在电脑里找到两个QQ，问了丁小倩的妈妈了，她不知道密码，也不知道那两个网名，不过，有个发现，案发的时候，那台电脑登录在新新小说后台，登录名是一袖清风，在追关情的小说。"

"一袖清风？"陈涛抖了下烟灰，"靠，这个号我有印象啊，她经常在关情那个小说下面骂他！"

竹心仪道："你觉得关情也和这案子有联系？"

陈涛说："那个失忆的不会是他雇的杀手吧？不过他和一袖清风有仇，找人杀她就算了，他和袁天南无冤无仇啊？"

竹心仪道："你别忘了，他在给袁天南写传记。"

"为了卖书？人死了，传记容易卖一些？不至于吧？"陈涛牵了牵嘴角，"竹姐，你还真是不惮以最大的恶意揣测人啊。"

竹心仪指了指楼上："月亮公寓里的足迹也和那失忆男人的对上了。"

"你觉得是怎么回事？别说，你的直觉还挺准，那天你看到那个男的竟然就怀疑他了，问他的鞋码。有时候女人的直觉真的很准。"

竹心仪笑着说:"我也干了几年刑侦了,也得有些警察的直觉了。"

陈涛干笑了下,换了个话题:"照你的说法,丁小倩母女关系应该不太好,妈妈看到的她女儿的胎记说不定是很小的时候的了,所以才觉得胎记应该更小一些。"

竹心仪笑了笑:"还是等DNA比对结果吧。"

阳光落在了她的脸上,实在有些刺眼,她不得不眯起了眼睛。

陈涛的声音一低:"这个关情,跟亲戚朋友不太联系,他妈又开房车环游世界去了,也联系不上,银行流水也没动静,他就一张借记卡,一张信用卡,都好久没动过了,他不会真的是知道自己和杀人案脱不了干系,畏罪潜逃了吧?"

"电信公司那边呢?"

"还在打官腔呢,手机运营商就是这样,哪次不是推三阻四……我们现在缺证据啊。"陈涛用力抓了几下头发,又说,"小麻说,他妈的邻居说平时每隔两天他都会去帮他妈喂鸟,雷打不动,不然我们去蹲蹲点?死马当活马医吧。"

陈涛说:"我看那失忆的是真失忆,也不能太指望从他身上问出些什么来了。"

竹心仪道:"你说一个人怎么会没指纹?"

陈涛也纳闷:"职业杀手?为了办事方便?"

"还有那张假证,他自己分析得还挺在理,就是不知道他到底要那张假证干什么,你有什么头绪吗?"

陈涛看着自己的手:"你说制毒贩毒有可能吗?不然拿一些毒品知识考考他,再联系禁毒大队打听打听?"

这时两人的烟都抽完了,互相看了看,各自叹息,又都起身,拍拍屁股，往楼里走去。刚踏进审讯室竹心仪的手机就响了，见了这个来电显示，她一个头两个大，不太想接，陈涛看了她一眼，她说："是安福居那个院长。"顾院长打的是微信电话，还发出了视频的请求。

陈涛说："反正能结案了，就差签个字。"

竹心仪歪了歪头，笑了笑。

"你觉得还有疑点？"

"就是觉得有些不对劲。"竹心仪问他，"你之前说你二舅也爱喝酒，你说他要是一口气连灌十几瓶白酒，胃啊什么的不会觉得不太舒服，中间不会想吐吗？"

"那得看个人酒量啊，他家属也说了徐民发的酒量海量啊，说不定十几瓶下去一点感觉也没有。"

"可是也是按照他们家属的说法，徐民发戒酒三个月了，而且养老院的其他人也能做证，三个月里他确实滴酒未沾，光买酒，寄到别人柜子里看着了，三个月不喝，突然大喝，不会不舒服吗？"

陈涛无言地看着竹心仪，似是对她的执拗有些不满了，眉心渐渐蹙起。竹心仪这时一笑，自我调侃道："不好意思了，小陈，再给我点时间吧，唉，再说了，你不是说女人的直觉一向很准嘛！"

陈涛笑了笑，道："没事，反正没结的案子一大堆，多安福居这一件也不算多。"他问竹心仪："对了，过会儿去青郊派出所吧？"

这时，审讯室里的男人大概听到了他们的对话，缓缓抬起头看着他们，嘴唇嚅动："安福居……"

竹心仪朝陈涛比了个抱歉的手势，退到了门外，陈涛小声和她说："不然今天就这样吧，我们再整理一下信息，我研究下二院那些病人的口供，看看有没有新线索。"

男人大喊大叫起来:"那地方是不是个养老院?是不是靠近一个湖,六楼有个大平台?"

竹心仪关了微信,和陈涛一对眼神,两人进门瞅着那男人,异口同声:"你记得那里?"

陈涛狐疑地打量男人:"不是失忆了什么都不记得了吗?怎么突然对什么地方有印象了?"

"我好像去过那里……有一种说不清楚的感觉……"男人的五官扭曲了,仿佛自己也很迷惑、困扰,话没说完就哽住了,挣扎着再度开口时,眼神更为费解,"我是去干吗的呢……去看一个老太太……我外婆,好像是我外婆。"

竹心仪和陈涛面面相觑。竹心仪马上传了男人的照片给顾院长,发动他询问医院里上上下下有没有见过这个男人的。一个护士很快给他们打来了电话,她道:"那照片里的不是小木吗?他怎么了啊?出什么事了?"

竹心仪是在审讯室外接的电话,开了外放和陈涛一块听着。她听到这名字就问:"小木?哪个木啊?"

"这我就不清楚了,不过他外婆一直惦记他呢,他很久没来了,上一次好像是4号还是5号来的?因为从来没人来看过管阿婆,我还特意记了一下,她有个外孙来过,我那天还问他下次什么时候来呢,我看看啊,对,是8月4号。"

陈涛神色僵硬,有些兴奋,又有些后怕似的。他碰了下竹心仪的手,示意她关了外放。他在竹心仪耳边轻轻说:"关情的小说《烂苹果》的主角就叫小木。"他望向大门紧闭的审讯室,擦了把脸,嘴唇因为激动上下颤动,他还想起来:"如果我没记错的话,《烂苹果》就是从8月4号开始在网上连载的。"

八月

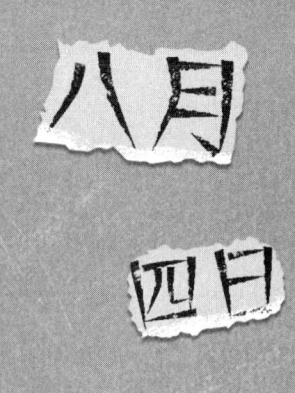

四月

August

4th

[ 八月四日
August 4th ]

· 关 情 ·

关情再次和小木强调:"我要是发现你吹牛,第一时间就去报警。"

小木指着挂在一幢红色小楼高处的"安福居养老院"的招牌,说:"肯定就是那里。"

说完,他便领着关情七拐八绕地穿过他们身处的这片高尔夫球场,钻进了一片桦树林,走了十来分钟后,他们的眼前出现了一个小池塘。小木踏上架在小池塘上的石桥,关情跟上,过了石桥,又是片树林,这片树林里种着枫树和不少橡树,一些橡树的叶子已经开始泛红,穿过这片树林,便进入养老院的花园了。一些老人散落在花园里,有的由护士或者穿便服的男人女人推着轮椅在园子里兜圈,神色呆滞;有的银发苍苍,精神矍铄,脚踩运动鞋,绕着一条健身步道快步走路;有的聚在一座小石亭里下棋,吆喝声、喊话声不绝于耳;还有一些人坐在椅子上把玩核桃或者手杖,他们围绕着另一个池塘坐着,那池塘里的荷花开得老高,荷叶已经开始凋零，一些莲蓬突兀地指向天空。几个孩子聚在一棵大柳树下蹦着跳着拽柳叶玩。

那些枫树和橡树早已成了远处的布景。小木和关情没有被任何人拦下来。

他们顺利地进入了养老院。一进门就能看到前台，里面坐着两个护士，他们进去时，那两个护士都望向了他们。关情往小木身后躲了躲，小木胆子大，就和边上一个刚进楼的老人搭话，作势搀扶他，帮着他往电梯那里去。前台的那两个护士便移开了目光。

送走老人，小木和关情说："在这个地方你只要对老人露出笑脸，就不会有人来瞎打听。"

他和关情进了电梯边上的楼梯间，说着："我那天也是这么一路走过来的，下午的时候，我累得要死，一个老头就招招手，喊我过去，带我进了楼，逢人就说，孙子来看他了，他屋里好多吃的，我就吃啊，看电视啊，还有空调吹，那时候是冬天，我冷得要死，他还给了我一件大衣。"

他往楼上一指："三楼。"

"没给你钱啊？"

两人开始爬楼梯。

"他们这里没钱，我也搜了啊，一分钱都没有，说都是打在卡上消费的。还有就是怕给了现金，那些来戒酒戒烟的偷摸着买酒买烟。"

"然后呢？他对你这么好，你干吗要杀他？"

"他说他满足了，要我杀他。"

"啊？"

"他说他活够了，不想活了，想死很久了，他想上吊死。"

"割腕、吃安眠药不比上吊容易啊？"

"他说割腕像孬种，吃安眠药是娘儿们干的事情。"

关情轻笑了一声，抬眼瞅小木，小木鼓起了脸颊，气呼呼地说："我骗你干吗，他就是这么和我说的！他就是想上吊啊！我看了一遍他屋里，没一道房梁，要上吊估计得去花园找一棵树，他就给我出了个主意，他说退而求其次，不上吊了，但是一定得是被勒死的。"

"我相信不是你编的了，你可编不出来这种话。"

小木没被他打断，自顾自地说了下去："他让我勒死他之后，把床单往门把手上一绑，他说他看电视里好多囚犯在监狱里自杀都是这么搞的，这样别人就不会怀疑是他杀，更不会找到我头上，我就杀了他，用床单勒死的，照他说的，给他挂门上了。"小木补充道："他住挂着 5 的房间。"

"杀一个想自杀的人，最多只能算协助自杀，并不算谋杀。"关情若有所思，"这么说，你或许还做了件好事。"

"杀人会是好事？你之前可不是这么和我说的啊。"

关情说："听你的意思，这个老爷子在养老院住得很不开心，估计谋划了很久自杀的事情了，反正就是活够了。人老了，想死，但是又没能力去实行这个计划，其实也挺悲哀的。"

关情的情绪上来，又说："杀人是好事还是坏事也要看杀的是什么人，杀人确实是犯法的事情，可是有时候在道德上却不一定有错。"他对小木道："不是所有事都是非黑即白的，杀人也是，法律也是。法律不过是一些人将一些常识规范起来罢了，它具有普遍的约束意义，但并非唯一，如果法律是唯一的，恐怖分子为什么会猖獗？"

小木摇头晃脑："听不懂。"说话间，他们来到了三楼，走道两边的房间一边是单数的"贵宾间"，一边是双数的。

小木问关情："你要去 5 号房看看吗？"

关情确实很想确认一下小木的故事,便和他往前走去。他看走廊上没什么人,只有个落单的护士在护士站里看手机,他有了个主意,就和小木商量:"等会儿我叫你你再过来,我说什么就是什么,我踹你,你就走,过会儿在花园里碰头,知道了吗?"

小木答应了,走去窗边看风景,研究走道上的绿植。

关情便去找那个落单的护士打探情报,先是礼貌地打了个招呼:"您好啊,我想咨询下,请问三楼最近有没有空房啊?"他笑嘻嘻地搓着手:"我正好来看亲戚,觉得这里环境不错,想给我家里的老人也预备预备。就是吧,我家那老头有点迷信,人自然来去那没啥问题,生老病死的,得了急病就走了。不过我听说啊,有些养老院有的老人住一住,就自己越住越不明白了,我就想问一下……"关情掩了掩嘴,看左右无人,往护士手里塞了些钱,护士赶紧把钱揣进了兜里,不等关情继续说下去,就道:"三楼风景都不错。"

关情道:"5号房呢?我看楼下5号房的风景不错。"他往那5号贵宾间张望,说:"这里正空着吧?"

护士挑着眉毛往走廊上使眼色:"我建议你还是从1号和8号里挑吧。"

关情点了点头,这时,他把在窗边看风景的小木叫了过来,问他:"你看呢,三楼还是二楼?上回你不是说三楼还有个活动平台什么的吗?"

护士看着小木:"你记错了吧,平台是在六楼。"

关情就冲小木发起了脾气:"你小子不会上次说来看你舅公,结果没来吧?"他佯装发火,踹了小木一脚:"你妈给你的路费呢?小兔崽子,钱又花哪儿去了?"

小木机灵,来了句:"你管这么多干吗?我又不是你儿子。"说完甩着手就走。关情想拽他,没拽住,只好对着护士摆出一副气不打一处来的样子，呼吸都不匀了："问一下，您这儿的监控能查到一个月前的吗？我那外甥……"关情用力吸了一口气："我们家这事有点复杂，我想看看他一个月前来没来这儿。"

护士说："一个月前的那查不了了，最多能看到一个星期内的，不过访客进来都要在前台登记的。"

他们这里的前台关情已经领教过了，够马虎的，小木绝对有可能不用登记就能混进来。

关情就说："那行，我去前台问问，谢谢您了！麻烦了！"

他就下楼去了，在楼下的花园里又见到了小木。小木也没闲着，半蹲在一片玫瑰花丛边上和一个坐轮椅的老太太说着什么。

关情悄悄靠近，和他们保持了一段距离，他看到一个年轻的护士正朝他们走过去。

他听到小木喊那个老太太："外婆。"

那老太太还答应了，伸手抚他的脸，抚他的手背。那护士走近了，热情地和老太太打招呼："管阿婆！谁来看你了啊？"

管阿婆兴高采烈地回答："我外孙！"她拉着小木介绍给那护士认识："这就是我外孙！来，来，快和张姑娘打个招呼呀。"

小木憋出一句："你好。"

关情背过身去，只能听到他们三人的交谈声。

"以后可要多来看看你外婆啊，她老和我说她有个外孙在国外，怎么称呼你呀？"

"小木。"

"你好，你好。"护士轻声说，"一开始我还以为她今天又把哪个来探亲的小伙子认成自己的外孙了呢。放假回国玩啊？"

126

"嗯。"

"下个星期还来吗？我们这儿有活动，带老人家去山上野餐，包了车的，不用自己开车，要来的话我现在帮你登记一下？"

有人的手机响了，是那个护士的，她接了个电话，就别过老太太和小木走了。

关情回过头，小木已经坐在了草地上，手里拽着野草，半仰着头看着那管阿婆。他们四周都没有人了。关情谨慎地观察着周围，确定没人往他们这里张望，往他们这里过来后才和小木搭话。

"你外婆？"

小木说："不是。"他拍了拍管阿婆的裤腿，老太太笑眯眯地瞅着他，嘴里喃喃不已："澳洲怎么样啊，吃得还习惯吗？看到袋鼠了吗？澳洲天气还好吧……"

小木又说："老年痴呆，住老头子隔壁的，打过一次照面，见了年轻的男的都招手，都说是自己外孙。"

他耸了下肩："反正我也没外婆。"

关情苦笑："那你们两个天造地设。"

"什么意思？"

"天生一对。"

小木笑了出来，看到他笑，管阿婆笑得更灿烂了。关情瞅着她，眼珠一转，弯腰问她："阿婆，你隔壁的5号房是不是前阵子死过一个人啊？被勒死的，冬天的时候。"

小木看了他一眼，没搭腔，胳膊支着脑袋，半仰起脸，阳光刺进了他的眼里。他的眼睛眯了起来。

"啊，对啊。"管阿婆说，"是有这么回事，老头子喝多啦。"

"喝多了？"

"不然没那个干脆劲啊。"

小木这会儿偏过头和关情说："我没骗你吧。"

关情拉起他，和他去了边上说话："怎么是喝多了呢？"

小木说："老头子走之前说要过过酒瘾，酒还是我去别人那里偷的呢，老头子给了我一把钢尺，说用这个撬7号房放酒的柜子，给他拿个四五六瓶。"

关情扭头看那管阿婆，老太太晒着暖融融的阳光，闭上了眼睛，似乎睡着了。

"走吧。"他和小木说，"原路返回。"

小木也转过脸去看管阿婆，似是不舍。关情说："还真当人是你外婆了？你知道澳洲在哪里吗？"

小木冲他扮了个鬼脸，哼了声，手背到身后去，大步走开了。

他们坐公交车去了二十站外的解放路，这儿属于城市的中心地带，老城区。小木带关情拜访一间开在街角的隐蔽的便民超市。

这周围好些拆迁房，有的已经拆到一半了，灰扑扑的一楼顶着几道生了锈的钢筋，地上随处可见碎砖块和成袋的建筑垃圾。

就连超市的墙上也用红油漆写着一个巨大的"拆"字。

关情许久没来过这条街了，印象中这里开满了招揽游客的各色小店，卖的是全国各大旅游城市里随处可见的纪念品，什么冰箱贴啦，纸扇啦，纸灯笼啦，上面印有"古城灵城，千年雅韵"这样的字样。也有卖小吃的，酸辣粉、豆腐脑、甜得掉牙的马蹄蒸糕，生意好的时候，慕名而来的食客能排到隔壁街去。如今这里却萧条了，拉起了"新面貌，新古城"的横幅，卖纪念品的店铺人去楼空，卖甜食的贴出了搬迁的通知。偶尔能见到几个拆迁工人坐在拆空了的二楼抽烟。

一些戴着安全帽的年轻人围着一栋小楼悬挂"工程施工,小心绕行"的指示牌。

路上不时扬起烟尘。

小木问关情:"澳洲到底在哪里啊?"

关情拿出手机,点开世界地图给他看。

"这儿。"他指着汪洋中的一片大陆。

"四面都是海啊?"

"对啊。"

"孤岛啊。"

"对啊。"

小木抓了下后脑勺:"没有飞机,没有船,岂不是去不了?"

关情笑了声:"梦里能去。"

小木白了他一眼,关情说:"这难道不是一种可能吗?"

小木说:"我和你聊天,你在这儿写小说呢?"

"聊天要是能聊起来,那就是一个人言语里蕴含的某种可能性被另外一个人捕捉到了,信号对上了。"

小木又摇头,又说听不懂。他道:"那天已经晚上11点多了,我饿死了,进去拿了根火腿肠,要出来的时候,那个老太婆喊住我,我以为她要问我要钱,结果她给了我一碗泡面,还问我要不要去她家里吃饭。我就去了。"

他们站在那超市的对面。超市的门脸很小,里头黑乎乎的,门倒是开着,门上挂着好多小包装的零食。门口还支了个小摊,放着些口罩、手套、塑料桶之类的生活用品。

小木冲关情努了努嘴，带他绕去了超市后头，说：

"她家就住后面，屋里的墙上都贴着报纸，她给我煮饭，屋子里面睡了一个老头子，老是发出嗯嗯哦哦的声音，老是喊老太婆干这个干那个的，一会儿要她倒马桶，一会儿要喝水，烦死了，老太婆给我煮饭煮得都不专心了。过了一会儿，老头子又喊了，问她是不是偷了家里的钱，问她是不是偷偷吃鲍鱼海参，老太婆进了房间，我听到什么东西摔了的声音，就好奇地过去看，看到地上掉了个烟灰缸，老太婆躺在地上，我还看到那个老头子拿香烟，拿打火机砸人，还要拿台灯砸那个老太婆，看到我，台灯就朝我砸过来了，嘴里还骂我，什么婊子养的，什么狗杂种，我说：'你怎么无缘无故骂人？你闭嘴！'"

那超市后头确实有间小屋，和超市隔了一条窄巷子，但看样子已经荒废，门面上能看到焦黑的火烧过的痕迹。这小屋挨着另外一些小屋，那些小屋有的关紧了窗户，有的用木条封住了窗户，也不像还有人住。这些房屋的墙上也隐约能看到火舌肆虐过的印记。

远一些的窗户下面停着一些自行车和电瓶车。那几间屋子想必还有人住。

"你怎么杀的他？"关情摸了摸墙上焦黑的部分，烟味刺鼻。

"用枕头闷死的，这样他就没声音了啊，他吵得要死。"

"老太太呢？"

"她被烟灰缸砸晕了啊，老头子安静了之后，我吃了点面，饱了就走了。"

"你没看看她怎么样了吗？不会被砸死了吧？"

小木说："人哪有那么容易死？"

"砸烟灰缸，砸台灯，弄出这么大的动静，周围的邻居没人报警吗？"

他指着边上的几扇窗户,"那时候这些屋子都还有人住吧?"

"我怎么知道?"小木说,"我走的时候还看到有人开着窗户看电视呢。"

关情摸着下巴:"这个老头估计经常嚷嚷,砸东西,邻居或许都习惯了。"

小木恍然:"你说,我该不会又干了件好事吧?"

关情摇摇头,笑了笑,回到了便民超市门前。小木说:"我肯定没骗你!"说着,他就跑进了超市,进去就问:"以前看店的那个老太太呢?"

关情跟在他后头进去,超市里看店的是个年轻人,十七八岁,正无聊地刷手机,一双眼睛就没离开过手机屏幕。他道:"你说周阿姨啊,她不做啦,盘给我爸了,她回老家啦。"

小木道:"回老家干吗了啊?她家是不是死了个老头子?"

年轻人耸了耸肩,继续看手机:"养老去了吧。"他哈欠连连:"火灾烧死了。"

关情在货架间转悠,听到这里,拿了一包卫生巾,接了句:"问一下,附近哪里有公厕啊?女朋友有点不方便……"

年轻人眼皮也不抬:"二十五。厕所那得去附近的肯德基了,开车过去十分钟。"

"肯德基是吧,好的,好的,我导一下,开车来的,突然就不舒服了……车还弄脏了。"关情唉声叹气。

关情拿了钞票,接话:"你们说的那个周阿姨,是不是老伴瘫痪在床的那个啊,她孩子是不是在老家务农什么的?"他道:"我以前住在这附近,经常来买东西。"

年轻人看了他一眼,收了钱。关情长吁短叹:"以前这里可热闹了。"

年轻人笑了笑:"弄完就好了,潜力股!"

关情也笑，年轻人说："她没孩子，听说现在在老家弄了个菜园子，琢磨着搞民宿农家乐啥的呢。"

"那还真是闲不住啊。"他道，"我记得她老伴病了挺久的吧？突然不行的？"

"这我就不清楚了，听说是自己放火把自己烧死的，就后面那屋，到现在还能闻到那味道呢，估计也是知道自己活不长了，不想拖累老太太。"

小木还在他们边上转悠，年轻人就问他："你找周阿姨干吗？"

小木说："我之前饿死了，她给我吃了碗泡面，我想给她钱。"

年轻人眨了眨眼睛，关情听笑了，拿着卫生巾走了。不一会儿小木也出来了，两人走到了半条街外，关情上下看了他一番，道："你小子该不会是什么天煞孤星吧？老天爷派你杀人越货来了？"

小木撇了撇嘴，目光一滞，回头张望了会儿，问关情："那这次杀这个人……是好还是坏啊？听上去老太婆现在过得还不错，起码不会有人用烟灰缸砸她了吧……"

他听上去竟有些心虚，连声音都不似先前那么中气十足了。

关情道："去星河大道那个植物园那里吧，你说在那儿你杀的是个十六七岁的女孩是吧？"他说："人杀都杀了，再计较干了件好事还是坏事也无济于事，不过，你能思考这个问题，我觉得是个很好的开始。"

"我想起来你上次问我的家里有个吸毒的人，吸毒过量要不要报警的事了，我好像现在有些懂你的意思了……"小木看了关情一眼，声音恢复洪亮，步子也变快了，"我夜里打算去公园睡觉，半夜三更的，她和我走一条路，我走在她后面，过了会儿她不见了，我走到一个转角，她又蹿了出来，我就觉得眼睛很痛，她拿东西喷我，还大喊大叫，我根本没想动她！"

"半夜三更的,你跟在人家女孩子后面,不怪人家怀疑你啊。"

"这有什么好怀疑的?我走我的路,她走她的路啊!"

"你不知道现在很多变态跟踪狂吗?"

"我又不是!奇怪!"

关情无言以对。小木继续说:"我就要抢她手里的东西,让她别喷了,她就喊啊,喊了两声忽然没声了,我挤开眼睛一看,她摔在了地上,后脑勺着地,就这么没气了。我也看不清东西,就走了,找了半天才找到个公厕,洗了下眼睛,再回去的时候却没看到她了,你说是不是挺奇怪的?"

到了植物园,关情还是老路子,旁敲侧击地和清扫公厕的、和附近卖小吃的打听最近有没有女孩在附近遇袭、遇害的事情,这些人口径一致,都说没有。赶巧遇到一个早晚都会来植物园散步的中年男人,他道:"好像确实有听说前阵子一个小姑娘在这里不见了。"

中年男人给他们指了条明路:"那个在大象雕塑边上坐着的男的,听说出事的就是他女儿,他以前是个大老板,女儿出了事之后就不上班了,整天坐在这里,从早坐到晚,别人和他说话,他也不搭理,聋了一样。"

关情望见了一个低垂着脑袋,坐在一尊大象雕塑边的男人。大热天的,他穿着大衣,手插在衣服兜里,领子高高竖起。那大象也坐着,鼻子朝天卷曲,脖子上挂满了用假花编成的各色花环。

小木扯着衣领说:"热死了。"他问关情要钱:"我要吃凉的。"

关情给了他二十块,小木就朝卖冷饮的地方去了。

关情去和那呆坐着的男人搭话,他开门见山:"您经常来这里吧?想和您打听个事情。"

男人不回答。关情就扮起了可怜,道:"听人说您一整天都坐在这里,我就想问问您有没有见过我妹妹。"关情上下摸口袋,越摸越着急:"照片

133

呢……照片……可能是刚才给别人看的时候丢了。"他快哭了:"就是一个瘦瘦的女孩,走失的时候穿的是粉色的连衣裙,她右眼下面有三颗痣。"他低着头情绪激动:"上个月在这附近失踪的,她就住对过的星河三村,晚上下了班每次都是走这里抄近路回去,结果那天……"

关情发现男人在偷瞟他。他擦擦眼睛,带着哭腔扯着谎:"我们去了派出所,派出所说她二十好几了,说不定只是不想回去,我们家确实逼婚逼得有些紧了,可快两个星期联系不上她了,她不可能就这么一走了之的……"

男人听到这里,伸手拍了拍他的肩,关情一吓:"你见过她?"

男人起身,示意他跟自己走。

关情环视一圈,看到小木靠在冷饮店前头大吃冰棍。小木也看到了他,两人远远地交换了个眼神,关情先跟着男人走了。男人走得很快,就在他找小木的时候,他们之间已经不知不觉拉开了一段距离,关情赶忙小跑着缩短了这段距离。他问男人:"你要带我去哪里啊?"

男人问他:"知道她的生辰八字吗?"

"阳历还是阴历?"

"阴历。"

关情猜测道:"你要带我去……求神?"他好奇地问道:"这附近有什么庙吗?很灵吗?"

男人弯起嘴角,露出一个很和善的笑。他按了按关情的肩膀,说:"不要担心,不要害怕。"

男人说:"心要诚。"

他们进了植物园对面的星河三村,关情先前随意编了个故事,没想到这男人真的带他来了他故事里的场所,他生怕露了馅,但又好奇男人到底要带他去哪里。他们越走越偏离人来人往的小区中心地带，最后停在了一片竹林前头。

热风吹过，竹叶摇曳，林子后头的一间小屋隐约可见。

男人带着关情进了那间小屋。屋子特别小，屋里云雾缭绕，大白天的点满了蜡烛，屋里有风，似乎是有窗的，可又看不到窗户，墙上挂满了壁毯、绸布。长长短短的蜡烛聚集在一张供桌前，供桌上还供奉着三个大小不一的黄铜色香炉。那满屋子的烟雾便是它们的"杰作"。

供桌后头挂了张水月观音像，画像上方横着块木头匾额，上书：灵城阮仙。

男人喊了一声："阮大仙，我带朋友来了。"

先是听到一串铃声响，也分不清铃声具体是从哪个方向传来的，仿佛四面八方挂着的什么银铃铛一块响了，可又看不到那些铃铛。一眨眼，一个一身道袍，面色蜡黄，头发发紫的中年女人在关情面前露了脸。

关情吓了一跳，可立即就放下心来。因为他发现供桌后头的一块毛毯还在摇晃，那里的浓烟稀薄了些。

想必女人是从那里出来的。

想必这里是这个阮大仙凭借各类机关施展"法术"、迷惑人心的地方。

关情没点破，还想看看戏，小声问男人："她是谁？"

男人拉着他在几块蒲团上跪下，说："这是阮大仙。"他虔诚地双手合十，拜那双目紧闭的大仙："人要是死了，能招魂上来，和你说说话，能让你找到具尸体。"

男人又轻声说："不过有时候或许找不到才是最好的。"

言罢，他给阮大仙磕了三个响头，道："大仙，能帮一帮这位有缘人吗？"

阮大仙双目紧闭，自在一块蒲团上盘腿坐下了，掐指一算，忽地睁开眼睛瞪着关情，一张小嘴猛地张得老大，露出一口黑黄牙齿："人命债是要还的！"

关情一惊，落荒而逃。他跑得飞快，不管不顾，直到撞到了一个人才停在了路边。这一撞，他差点跌倒，一看才发现撞到的竟然是小木。小木问他："你没事吧？怎么脸都白了？"

"没事，没事……"关情问他，"你在这儿干吗呢？你怎么跑这儿来了？"

"我跟着你来的啊，我看到你和那个男的进了片竹林，就跟着过去，有个小屋子，我想进去，推门推不开，就在外面等你，热得要死，我就去买水喝啊，才喝完呢，刚想回去看看你怎么样了，就和你撞一块了。"

关情摸摸撞得生疼的胳膊，按了按太阳穴，道："走吧，走吧，那个男的估计是女儿死了没办法接受现实，在求神拜佛，搞封建迷信呢。"

小木道："刚才我打听到，和你一起的那个男的，他女儿被人强奸了，跳湖死了。"

小木赌咒发誓："我可没有强奸她啊，也没有把她的尸体丢到湖里去啊！真的是我一转头，那女的就不见了。"

关情还有些后怕，心绪未定，敷衍地说："你确定是同一个女的？"

"那女的和那男的身上的味道一样。"小木说，"老远我就闻到了，怪香的。"

关情一瞅他，小木正在那儿动物似的翕动鼻翼，样子古怪又好笑。关情的心情一下放松了，大白天的，阳光明媚，天气晴朗，哪有什么人命债追着他呢？再说了，要还人命债，那也得是不知杀了多少个人的小木先被追着还啊！

关情开始分析了："那可能是别人看她晕倒了，强奸了她，女孩在中间醒了，反抗了，或者看到了凶手的样子，凶手一不做二不休杀了她，把她抛尸湖中。"

小木若有所思："你说人死了后真的会变成鬼吗？"

"怎么，你怕鬼找你算账？"关情道，心下想着，就算要还什么人命债，那也得找小木这个杀人魔啊。

小木垂下了眼眸，声音难得低沉了："他们说，他的女儿变成了很可怜的鬼，每次上来都和他哭，说她被玷污了，阎王都不让她去投胎，得吃净身的东西，把魂弄干净了才能去投胎。"

"那都是那些装神弄鬼的人想骗人钱编出来的。"

"和你今天老是编故事一样吗？"

"那不一样啊，我那是为了获取有用的情报，我不骗人钱啊。"

"你编故事骗的是稿费。"

关情拍了下小木："你好好说话啊，是谁用骗来的稿费养着你呢？"

小木一下又开朗了，又是那么无忧无虑的样子了，眼里闪烁着光芒，问他："那人死后会变成什么，会去哪里？"

"那得看是怎么死的，不出意外的话，最后就变成土，就没有然后了啊。"关情看着他，"你不会真的相信有天堂，有地狱之类的地方吧？"

"做好事的人上天堂，干坏事的人下地狱，不相信这些的人去坐牢。"小木张嘴就来，关情哈哈大笑："谁教你的？"

"我在一个工地上和一个包工头学的，那个工地边上的早饭只要三块钱就能买两斤鸡蛋饼。"

"哪儿的工地物价这么'平易近人'？"

"什么金人？"

关情在小木的手背上写字，小木看了一遍，又要再看一遍，关情边写边问他:"这附近还有什么你有印象的地方吗?"

小木点头,默念着新学到的词,带着关情去了一个幼儿园。

小木说,以前他在这附近搬砖块,一个小孩总是跟着他,喊他哥哥,去哪儿都跟着,他去附近的河道抓鱼、挖螺蛳,男孩也跟着,像个小跟屁虫,还跟他去过他在桥下面的帐篷吃饭、睡觉。

有一天,他吃饱了,困了,睡了一觉,醒过来的时候男孩不见了。

"后来我在路边看到了他的照片。"

"寻人启事?"

"不知道,就贴在这附近。"

幼儿园门口找不到任何寻人启事,每一根电线杆上都是那么干净,每一面墙壁上的油漆都是那么光滑。

关情不死心,找去了附近的派出所,进去前叮嘱小木在外头等他:"你一张嘴就乱说话,我的小说还没正式发表呢,你可别就被警察抓了,反正看到派出所,你就躲得远远的,知道了吗?"

小木点头。

关情怕他万一被警察盘问,又教他:"警察最喜欢问人问题,但又不会回答别人的问题,遇到这种情况你也别慌,他们多半是在套你的话呢,就是为了折磨你,让你焦虑,让你以为他们已经掌控全局,都是套路。

"还有啊,警察一天要处理那么多案子,有结案指标的你知道吧?所以他们会问很多有诱导性的问题,脑袋不清楚的人很容易就顺着他们的意思认了罪。关键是要能结案,要能定嫌疑人的罪,一般他们抓住你后关了超过一天了,反复提审你,那就说明他们确实掌握了一些线索,很想在你身上结案,不然不会在你身上浪费那么多时间,但是呢,也说明他们还没找到关键性的证据,还没有能结案的证词。"

小木却说:"那我是杀了人啊,没必要学你这些虚头巴脑的不认罪,和警察玩游戏啊。"

关情一结巴,眨了眨眼睛,无话可说,再三要求小木不要靠近派出所,先去看了看派出所的公告栏,里头倒有不少通缉令和寻人启事,他拍了一张照,拿去给小木看,两人站在一棵大树的树荫下说话。

小木没在里面看到他结交的那个男孩。

"怎么孩子丢了也不找呢?还是个男孩……"关情自言自语。

"男孩就会找吗?"

"一般会啊。"

小木拍了下自己的衣服:"我也是男的啊,没人找我啊。"

关情瞟着他:"你不是从石头里蹦出来的吗?"

小木敲了下自己的脑袋:"我是人猿泰山!"

关情笑了,小木指着公告栏照片里贴着的一个诈骗犯的照片,说:"我记得这个人,我杀了。"

"啊?"关情瞪大眼睛,不可思议,"你还真是灵城杀人魔啊,整个城市都有你的杀人痕迹啊!说说吧,怎么杀的?怎么回事啊?"

小木东张西望,摸着肚子说:"去喝个绿豆汤吧,热死了。"

关情无奈,去边上的小店买了两杯绿豆汤,和小木一块坐在路边喝。

好几口冰汤下肚,小木才又开口:"不在这里,在我来灵城的路上,在山里,我看到一个帐篷,就进去找吃的,他问我怎么现在才来,然后要和我一起走。"

日头升得老高,阳光肆意挥洒。整条马路白得近乎刺眼。

关情咬着吸管,眯着眼睛道:"他以为你是接应他的团伙里的人吧?"

"他以为我是警察。"

"警察队伍里有内鬼？"关情笑了，"你这个故事可不能写进我那小说里，公安得找我下架，污蔑人民公仆啊。"

"他半路想杀我，被我用石头砸死了。"

关情感慨："你知不知道在那种荒野老林里，棕熊见到帐篷，也会进去翻东西吃，一旦帐篷里的人反抗，棕熊就会杀了他？"

小木伸长了腿擦汗："泰山和棕熊哪个厉害？"

关情嗤笑了一声："你知道杀人是不对的，是吧？"

小木看着他，瞳孔漆黑，那来源未知的光芒还在他的眼里闪烁："你会和棕熊说杀人是不对的吗？"

"你是熊吗？"

"我是野人啊，不是你说的嘛，在野外长大的熊和在野外长大的人，有什么区别？"

关情颔首："也是，没有人教熊人类社会的常识、道德守则和法律，也没有人教野人这一切，你们是一样的，平等地拥有破坏这个社会人为制定的守则的权利。"

他越说越兴奋，文思如泉涌，这一天过得实在太充实了，他实在有太多东西可以写了。那天在浴场结交小木，带他回家，他没做错。

他会为自己提供源源不断的素材。

小木这时突然说："你怎么这么开心？你老是说杀人是不对的，要我遵纪守法，可是我发现我说越多关于杀人的事，你就越开心，越兴奋。"

"杀人当然是不对的。"关情辩解道，"我只是因为遇到了一个很好的题材，很兴奋，很开心。"

小木说："我杀了人，你在你的小说里又杀死他们一次，我觉得我们没有任何区别。"

八月
二十五日

August
25th

[ **八月二十五日**
August 25th ]

· 小 木 ·

失忆的男人在桌上默默写字。一横，一竖，一撇，一捺。

或许他并不能当自己是个失忆的人了，他有名字了，刚才陈涛告诉他，他叫"小木"。

"你怎么知道是这个木？"陈涛的声音再度响起。

小木看了眼时钟："昨天你们在忙什么，今天到了这个时间才审我？"

此刻是8月25日的下午5点23分。

他又坐到了那张极度不舒适的椅子上，又在一片软包墙的包围下面对着竹心仪和陈涛了。

他们都换了身衣服，竹心仪闻上去有股柠檬味，陈涛刮了胡子，两人的眼神还是一样充满疲倦，眼里的血丝没有变少。

小木反问陈涛："那你知道是哪个木吗？"

陈涛不说话。小木心知，这也是警察审讯的惯用伎俩之一，他们总是问很多问题，却又不回答你的问题。人一旦得不到问题的答案，就会开始变得疑虑重重，开始担忧、被困扰、焦虑、神经紧张……

小木因着自己心里冒出来的这个想法推测，他之前肯定研究过不少警察审讯的技巧，他不记得自己的目的，但无外乎三种可能：一、他从事的是同类型的职业；二、他不是警察，也不是什么私家侦探、安全顾问，他的职业需要他了解警察工作的流程和他们需要的专业知识，比如他是一个需要和警察周旋，从而躲避侦查的犯罪分子，比如他是一个写侦探小说的作家或者编剧；三、他是一个热衷追看探案小说或者影集的普通人。

可根据陈涛他们的说法，他年纪还很轻，才成年，那应该还不具备工作的能力，加上他们对他的态度，他肯定也不是警校的学生……

陈涛又开口了："我们和安福居养老院确认过了，那里没有你的亲人，不过，8月4号的时候，有人见到你去探望过一个老太太，就在他们一楼的花园里。那个老太太有阿尔茨海默病，把你认成了她的外孙，当时你也承认了，护士就以为你真的是老太太的外孙，还让你有空多去看看她，但是我们联系上了老太太真正的外孙，人家已经40多岁了，在澳洲工作。"

小木说："那为什么我会记得她是我的外婆？"

陈涛说："骗子之所以能成为骗子，就是因为他们对自己骗人的话深信不疑。"

"你的意思是我是诈骗犯？专门骗老人钱的那种？"

竹心仪道："或许你需要一个外婆，潜意识里你很需要。"

陈涛敲了两下桌子，把话题拉回了养老院："8月4号你去过安福居养老院，后来你还去过，是不是？"

小木摇头："我要么是诈骗老人的惯犯，要么是个孤儿，很渴望拥有家人，就去养老院找那些没人探望的老人，把他们当成自己的家人。"

陈涛说:"养老院上上下下那么多双眼睛,你不要以为没有其他人见过你,不要以为我们没有其他人证!"

小木看着他,已经从不耐烦到麻木,他说:"我失忆了。"

可转念一想,他察觉到陈涛的话里有一丝异常,便问:"你说人证……所以,养老院是发生过什么案子吗?"

陈涛一拍桌,桌上的一堆复印纸摇晃了一下,他抓起一张就念:"搁这儿中译中呢?托尔斯泰的《复活》里就写过,人为了便利选择了宗教信仰,你是欺负网上这些小妹妹没读过书是吧?"

小木不解:"这是什么?"

陈涛继续对着纸念:"现在都什么年代了,还有没监控的地方?合理吗?怎么可能有人杀了这么多人从来没被抓的?你以为我们的人民警察是吃干饭的?"

他越过纸张扫了小木一眼,说:"这是关情的网络连载小说《烂苹果》下面一个ID[①]叫作一袖清风的人的留言。应该不需要我和你解释什么是网络小说,ID又是什么吧?"

"《烂苹果》里的主角就叫小木,木头的木,一横一竖,一撇一捺。"

小木更疑惑了:"你的意思是……我就是那个小木?我是关情的小说里主角的原型?"他一瞬间很欣喜:"那他的小说写的就是我的故事啰?他的小说写了什么?"

小木兴致勃勃地等待着。关于他是谁,终于有点眉目了!

"小木是一个杀人魔,"陈涛冷眼看着他,掰着手指,"他从13岁起就开始杀人,杀过无家可归的流浪汉,杀过孤寡老人,杀过卧床不起的病

---

① 即英文"identity"的缩写,意为身份,此处指网上用户名。

人，杀过养老院的老人，杀过……"

陈涛一顿："你做好去坐牢的准备了吗？"

竹心仪在旁边轻轻地说："当然小说写的也不一定是真的，可能只是巧合，用了你的名字而已。"

小木敏锐地问道："那这和那个一袖清风有什么关系？你刚才为什么要读她的留言给我听？"

陈涛放下手里的纸，再度选择回避他的提问："我们正在全面核实小说里所说的那些杀人案件，你最好不要存任何侥幸心理。"

他着重强调"那些"案件，接着，他便看了眼手机："外卖送到了，我去拿。"

小木说："我想知道那个小说写了什么。"

陈涛丢下一句："哪有那个美国时间念给你听？"就走了。

小木忽然意识到，警察可能根本不想落实他的身份，搞清楚他是谁，他们只是想要定他的罪，他们只是需要从他口中得到一些关于他们手中掌握的案件的供词。

如果他杀了人，他会去坐牢，这是他应该承担的责任和后果。可是他到底是谁？他过去的十八年里发生过什么？养老院的老太太不是他的外婆，那他的外婆在哪里？他真的没有家人吗？一个都没有吗？

一个人怎么会没有家人呢？一个人怎么就成了孤儿呢？他是个男孩，不会被轻易地遗弃的——这又是谁告诉他的呢？这又是谁传递给他的信息呢？

一个人怎么会没有指纹……

他很想弄清楚这些事。

竹心仪整理着桌上的文件，看了眼小木，说："你没写错，是这个木，木头的木。"

小木低头一看，他的手正不自觉地在桌板上写字。

一横一竖，一撇一捺。

一个无形的"木"字落成了。小木轻轻地道："横竖撇捺是构成一个文字的四大要素。"

"谁教你的啊？忘了点了吧？"

"点是低配版的捺。"

竹心仪说："我们找不到关情，你应该已经感觉到了吧？"

她又说："8月14号，一袖清风死在了一间出租公寓里。"

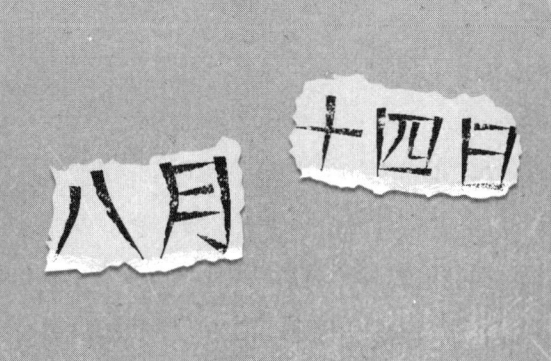

八月　十四日

August
14th

[ 八月十四日
August 14th ]

· 关 情 ·

关情慢慢爬上楼梯，老小区，没有电梯，只有楼梯。到顶楼了，他松了口气，擦了擦满脑门的汗，停在 601 门口。天气闷热，走道上腥味很重，那腥味似乎是从墙壁里头渗出来的。听说台风要来了，台风来了，大雨就会来，每逢大雨前夕，灵城闻上去总像一块巨大的铁锈。

"哎，这不是小关嘛，又来帮你妈喂鸟啊？"602 里走出来一个老太太，笑容和蔼，"进屋坐会儿？"

"不了，不了，岑阿姨，我还有事，喂完鸟就得走了。"关情客气地半鞠了个躬。

"你可真是孝顺啊，不像我们家大头。"岑阿姨一边锁门一边亲热地和关情说着话，"你妈这退休生活过得可真够滋润的，我看朋友圈，她玩到武夷山了吧？"

"可不是嘛。"

"你上次和我说租一辆房车多少钱来着?"

"他们四个人每人每天平摊下来两百多吧。"

"那比住酒店还便宜啊!"

"是啊,挺不错的,她那老同学不是旅行社的嘛,给他们弄到了折扣。"

"等我退休了,我也和你妈一样,租个房车,环游全国去。"

"他们还说要环球呢。"

"啊,这能开出境呢?"

"我也不清楚,喀,就让他们搞吧,我就每天来给她喂个鸟,要不是我家养了猫,这鸟我就提回家去了。"

岑阿姨往楼下走,和关情挥了下手:"回头你那小说出版了,给阿姨弄个签名啊!大作家!"

关情笑着和岑阿姨挥了个手。他想起一件事情,就又问了句:"岑阿姨,我妈前几天在网上买了点东西,忘记用我那里的地址了,用的还是这儿的地址,您这几天有看到快递上门吗?"

"快递?没有啊,不会是被人顺走了吧?"

"那我问她要个单号再查查,可能还没到呢。"

"那赶紧查啊,天气预报听了吧,过几天台风要来啦!到时候快递什么的都得停,前几年不是还有个快递站让水给淹了嘛,东西都毁啦!"岑阿姨怪严肃的,拉着关情说。

"是……是……这天热得……"

"刮台风前都这样!风过了就凉爽了。"

关情没再多打听什么,进了601的门。他先整理了下鞋柜,把几双40码、41码的男鞋拿出来看了看,接着去了厨房,从冰箱里拿出一个四四方方、结结实实的黑色袋子——冰箱里就这么一样东西。他把袋子拿在手上掂了掂，解开袋子闻了会儿，然后就重新扎起袋子，把它塞进了书包里，又去阳台逗了会儿鸟，喂了点鸟食就走了。

他下楼的时候遇到个白发老人，老人见了他，也是笑眯眯的，很热情："小关啊，又来了啊。"

"嗯，张爷。"

张爷忽然很神秘地把关情拉到一边，小声问他："那书你还在写不？"

"我有好几本在写的呢，您说的是……"

"之前小高不是介绍你去给那个袁天南写传记嘛，他上回来我们家吃饭的时候说起过呢，说你这个高中同学现在是大作家了，赶上他们老板要过六十大寿，他们几个员工也不知道该送老板什么大礼，看你那阵子又很闲，肥水不流外人田嘛，就想着找你给他写本传记。"

"哦，对，对。"

"他不是被……"张爷比了个划脖子的动作。

"是出了点事情，按照他们家属的意思，还是得继续创作，也算是为他做个纪念。"

"唉，你说一好好的传记，变成一个杀人小说了……"

关情跟着唉声叹气，情绪很低落，说道："本来还想和他家人了解一下他的生平的，现在也不好意思去打扰人家了，别弄得我好像那些追着凶杀案的媒体一样。"

"你说现在的人，一有什么死人的事，就好像苍蝇闻见了臭肉，就都飞了过去。"

关情连连摇头，和张爷互相沉默着站了会儿，道了别。

他从小区出来就往对街的小公园走。小木正在那儿的一棵松树下坐着，看一群小孩玩跳房子。关情站着也看着那群闹腾的孩子，说道："我们坐地铁过去吧,你也试试自己坐地铁,就在溪流街那里碰头吧。"

关情再三留意周围有没有人注意到他们。他知道,每每和小木外出,他必须多加小心。因为他已经百分之百确定,小木身上背着不止一条人命,他知情不报,还拿这些事情写了小说,被警察发现他们认识的话,那他就犯了包庇罪。

小木抬脚就要走,关情不太放心他单独行动,喊了他一声,和他再三确认:"你知道怎么坐地铁吧?"

小木说:"在机器上买票,刷票进站,到站再刷一下,在电视上看到过。"

"别到处乱走乱转。"关情叮咛。

他的小说还没写完,他还需要小木。

两人就又分开了。

关情上了地铁后在手机上打开了"烂苹果草稿随笔",专心打字:我们都相信,人之初,性本善,但事实真是如此吗?小木面对赵北风的尸体——在他看来,这并非一个人,而是一个阻碍,阻碍他填饱肚子。小木从他身上拿了些钱,去面店要了碗面,其实也并没有多少现金,现在这个年头,谁还会带很多现金在身上呢?加上赵北风的纺织厂因为外贸单子紧缺,他卖了房子才堵上了现金流的窟窿,他本人心善,不愿意拖欠员工工资,他本人为了节约生活开支也住进了工厂,他身上真的没什么钱。一百一十五块钱,仅仅够小木吃一碗面,去澡堂洗个热水澡而已。赵北风就是因为这一百一十五块钱丢了性命。

"人民路站到了。"

关情往左右看了看,没见到小木。他保存了草稿,点开了另外一个标题为"资料"的文档,搜索"高压锅",定位到文档里"高压锅三十分钟"

那一句，在后头补充写道：保鲜膜三层，木炭一层，无异味。

接着他就保存了文档，登录新新小说网站的手机版后台，浏览起了读者评论。

一袖清风留言："作者实在是太小看我们的人民警察了吧，现在哪里都有监控，去哪里都要有身份证，怎么可能这么简简单单就流窜在各地，到处杀人，还没被抓？"

"楼上的，这是小说，你没看到作者写了吗？小木有时候自己也觉得不可思议啊，杀人之后竟然就下了大雨，冲刷掉了痕迹，而且有的人也没报警啊。"

"这是取材自社会新闻的吧，之前不是有女的被老公杀了，公公婆婆知道了也没报案嘛，就为了吃绝户啊。"

"人世间是很复杂的，小学生就别来看这种小说了，好好上课，写作业！"

一袖清风就开始骂人了："楼上的都是作者的腿毛吧？哼，他就是缺乏常识啊，怎么，还不能说了啊？"

有人就回："爱看不看。"

一袖清风继续骂："你是作者本人吧？老是写这种死人杀人的有意思吗？不就是靠猎奇吸引人眼球嘛。"

又有人出来打圆场："大家都别理这个人了，这个人应该是关老师的黑粉，打从第一天连载起就在那里大放厥词。"

关情没再往后翻评论，去后台算了算收藏量和订阅比，比昨天又涨了不少，他就去粉丝群里露了一下脸，预告了下今晚老时间会有更新掉落。很快就有人出来和他互动，他回了个笑脸就下了线，换了另外一个性别为女的QQ号潜伏在群里。群里恰好有粉丝截了一袖清风的发言，义愤填膺地抨击她："这个黑粉又来闹事了！怎么和牛皮糖一样甩都甩不掉啊？"

关情跟了句："现实里肯定是个大 loser（失败者）！"

许多粉丝纷纷响应："再举报，再封她号！"

"她之前不是被举报封号了吗？是不是换了 IP 又复活了啊？"

"广南西路站到了，换乘 2 号线前往火车南站的乘客……"

关情下车，换乘 2 号线。

许多人也都争先恐后地下车，许多人迫不及待地往车上挤。

周围热烘烘的，空气里充斥着热天的酸臭味。

那是人的味道，油的味道，皮肉的味道。

人像动物一样迁徙。

像勤勤恳恳的狗，像好吃懒做的猪，像孤独的鸟，被上下运行的电梯运往下一个站点，被赤裸的白色灯光送往灰色的出口。

关情透过玻璃看到了小木。他站在 2 号出站口，对着一张地图，似乎正努力寻找着什么，像在认字，神情认真。

他的头发比关情第一次见到他的时候长了些，人还是那么精瘦，不修边幅，穿着短袖短裤，偏小半码的夹脚拖鞋——关情给的，从家里随便拿的。小木的脚比他的大，穿不下他的其他鞋，他给过一双他爸的鞋，倒合脚，可小木穿了几次又说不喜欢穿鞋的感觉，没再穿了。小木说穿这双拖鞋最舒服，旱地能走，雨里也能蹚。

小木是他小说的主人公，一个游走在 X 城街市上的无情的恶魔。

关情拿出手机，又开始记"烂苹果草稿随笔"：

"在小木的眼里，这些人充其量是动物，或者说，人和动物是没有任何差别的，他在野外猎食动物是为了果腹，他来到城市，依旧如此。

"他活着就是为了活着。他存在的意义难道是为了提醒人们，这世上是有纯粹的邪恶的？他是恶的化身，为我们敲响警钟。

"在野外生活，过早地进入社会，为了活着而活着似乎是他不得不做出的选择，如果用善良和美德浇灌他，让他生活在文明的森林里，他是否又会成为善良的化身呢？邪恶会被善良抹去吗？而当他因着文明的教诲而直面自己从前的恶行时，他又会产生什么样的变化呢？他会发疯吗？两种截然不同的观念挤压着他，他会在无法调和的矛盾中毁灭还是选择向邪恶低头，抛下善良，还是选择向善良赎罪？"

他从3号出口上了街面，和小木碰了头。两人离开地铁站百来米后才逐渐靠近，他们保持平行，但是中间始终隔着一个人或者一棵行道树的距离，靠得不是很近。

一趟地铁搭完，夜幕已经降临，街上的路灯开了，但是天还没完全黑下来，进入溪流街地界后，周围热闹极了，小吃摊位从街的一头摆到了另一头，摩托车来往穿行，一些染着花花绿绿头发的年轻人走在路上，临街的小店里播的净是些劲歌热舞。地上用激光灯打出五颜六色的店铺标志，奶茶店啦，手机维修店啦，回收二手电器的啦，还有卖四条杠的爱迪达的，卖耐可的，卖无印名品的。店铺楼上能看到一些挂着网吧、日租房字眼的招牌，这些临街的楼后头还长着一些灰扑扑的楼，隐没在光照不到的夜色里，都不高，碰不到云端和月亮，最高的约莫只有六层。

关情拐进了一条小巷，来到了这些灰楼中间，小木也跟了过来，这条巷子里没有路灯，有个光着脚的乞丐在墙脚打盹，巷子里弥漫着一股浓重的尿臊味。

关情确定这里没有一个监控摄像头。他和小木说起了话："我特意查了查，这地方五年来都没变过，因为一直说要拆迁，几个大户都憋着等拆迁款呢，邻里乡亲的但凡往外多占了一寸，多建了一些建筑，就要被别人举报,也就是说老柳家那个垃圾场,五年前是什么样子,现在还是什么样子。"关情压低了声音:"根据我搜集来的资料啊,他就是收垃圾起家的,开了厂之后,自己也亲力亲为,平时经常有人看到他在溪流街这里拉个小车上门收旧货。"

"2018年,第一具尸体是在废弃工厂被发现的,第二具尸体是在南山水渠,那附近都是老柳刚开始做废品生意的时候经常出没的地方,第三具尸体是在体育馆的建筑工地那里,工地上的一些垃圾都是老柳负责去拉的。每一具尸体要说处理得随意吧,确实有些随意了,就是往路边一扔,但是你还别说,每次都差不多要一个星期才会被人发现。你说他这是故意的,还是无意的?该不会他也像你一样,老天爷都在帮他,让他多杀了几个人吧?"

小木道:"第四具尸体就是在那个垃圾场被发现的,对吧?"

"对,四具尸体的死因都不同,但因为被害人的年龄区间一致,在接连发现两具尸体后就并案处理了,老柳被捕后,也承认了四起案件都是他干的。"

垃圾的味道越来越重了,这意味着他们正在靠近那个曾经出现过尸体的地方。关情不太受得了这种味道,捂住了口鼻,问小木:"你为什么非得来这里看看啊?你到底发现了什么线索?"

"说不清楚,就是觉得不太对劲。"

"同为杀人犯的直觉?"

小木不以为意:"我没抛过尸,我不知道。"

关情灵机一动:"难道那些地方都是第一案发现场?也说得通,废弃工厂很少有人会去,尸体会被发现还是因为小孩拿回家一个玩具手表,大人没见过,以为他偷了谁的东西,一问之下,小孩带他去了那个工厂才发现了尸体；南山水渠那个男童是一个拾荒的老人在一个小木屋里发现的，他去躲雨，闻到臭味，找到了尸体；建筑工地当时因为资金短缺，正停工，那里要说偏吧，不算偏，但是因为是工地，四周都围了起来，平时也没什么人会去，老柳选在那里杀人，也完全解释得通。唉，主要是官方新闻稿和网上我们找得到的，又值得信任的线索太少了，像发现尸体时现场的情况，我们一概不知……"

小木道："你说的那几个地方，离城市，或者说离人多的地方都有段距离，只有这里，附近这么多人，这么热闹，我总觉得不太对……"

关情目光深邃地看着小木："我当年正好在首都读大学，听说那阵子家长都不许小孩晚上外出了，人心惶惶的。"

说话间，他们已经能看到不远处挂在一扇铁门上的一个垃圾处理场的招牌了。先前只是随风而来的恶臭猛然在热风中发了酵，酸腐气味难挡，关情忍不住干呕了声。

这是通往这个垃圾场的必经之路。

忽地，只听两人身后"砰"的一声响，有人喊："跳楼了！"还有人跟着喊："爸！再过几天就能拿到钱了，你怎么就不能等一等呢？再过几天你就能过上好日子了！"接着那人就骂了："冯德福！我日你祖宗十八代！他妈的，说好的赔偿款呢！说好的赔偿款呢！要是钱早到账，我爸至于跳楼吗？我爸早就能去北京开刀了！"

这么说着，好多人从四面八方聚拢了过来，把关情和小木挤到了几幢小楼前头。人潮中，大家交头接耳，议论纷纷。关情抬头找了找，在一格小窗户里看到一个男的似乎也想跳楼，被人给劝住了。

"到底还拆不拆了，三年又三年，老冯不会是跑路了吧？"

"这是国家的项目，你急啥啊，这几年谁家没点困难啊？"

"别碰！那是人脑壳！"

关情循着找过去，在边上的花坛草丛中发现了一片人脑壳，他趁无人注意，捡起来摸了摸。软软的，确实不硬。人的脑壳竟然真的是软的，看来小木没有撒谎。他确实敲过不少脑壳。

小木此时也正仰着头看热闹。

可热闹没持续太久，两个穿制服的警察就出现了，开始疏散人群。这两个穿制服的警察后头还跟着个女人，这女人在楼外的灯光下露了半边脸，关情就认出了她。他忙丢开了脑壳，在人群中找到小木，朝他飞去一个眼色，两人赶紧回避了这场人多眼杂，且已经吸引了警察的热闹，重新踏上了去垃圾处理场的路。

垃圾处理场的铁门没关，外头留了个电话，写着24小时营业。关情往里张望了下，在各式各样堆叠着的垃圾构筑成的山脉里瞅见了一间亮着灯的小屋。

他和小木说："那就按我们说好的来，你别自己乱加戏啊。"

小木点了点头。关情便先进了垃圾场，敲了敲那小屋的门。

他客气地说："有人在吗？请问有人在吗？我家搬家，要出一些旧家具，您这儿收吗？"

门开了。黄黄的灯光里站着一个女人，穿着围裙、布鞋，素面朝天，她瞅着关情："什么家具啊？"

关情给她看了几张家具的照片，都是他出门时随手拍的，他道："就这几件，您收吗？我家附近没人收，您要愿意收的话，要不现在跟我跑一趟？都是实木的。"

"家具还是得看实物，过过眼。"女人从围裙里摸出一副老花镜戴上，拿着关情的手机看着，"什么木的啊？"

"我也不清楚,家里人留下来的,就说是实木的,您懂行,还得您去看看啊。"

女人赔了个笑:"今天不行了,明天你有空吗,还是先加个微信?"

关情有些为难:"能进去说吗?"

女人往屋里看了看,道:"行啊。"她在围裙上擦手,带着些抱歉的神色,还很热情:"不好意思啊,来,进来说吧,坐下聊。"

屋里有个年轻人在吃饭,20多岁的模样,和尚头,露出青青的头皮,穿着短袖短裤,巧了,他脚上也是一双人字拖。

看到关情,年轻人的眼神在他身上停留了片刻,擦了擦嘴,收拾了碗筷就进了房间。那房门上挂着个锁。此时锁开着,门关上,大锁跟着轻轻摇晃。

女人又擦了下桌子,请关情坐下,说:"我再看看你那几张照片,你有心理价位吗?"

关情把手机给她,和她搭讪:"您孩子都这么大了啊,真看不出来!"

女人说:"他下班才回来,吃过晚饭,我们还要一块出个门。"

"走亲戚?"

"有点事。"女人起身从沙发边的一只小柜子里翻出个小本子,说道,"看这颜色说不定是楠木的呢,你说是家人留下来的是吧,不会是什么老物件吧?我也不贪你什么,要真是楠木的,那老值钱了,那我也得找个专家和我一块去看看……"

关情顺口接着话,一双眼睛已经将这小屋扫了好几遍了。地方实在小,一眼就能望到头:客厅、厨房、餐厅挤在一块,屋里能看到两扇门,一扇就是那挂着锁的门,另外一扇后头不知道是什么,屋子一角堆着很多纸箱,都堆到沙发前头了,纸箱边上是一些压扁了的纸箱。

女人还在翻小本子，关情问道："能借个厕所吗？"

女人指了指那不带锁的门。关情进去了，门后是个干湿混杂的厕所，淋浴间外加一个蹲厕。蹲厕的口子黑漆漆的。有个洗手台，有面小镜子，洗手台上放着两只杯子，杯子里各插着一支牙刷。挂在门后的两块毛巾都用得有些旧了。镜子下方的铁丝架子上搁着一些洗衣皂、洗发水之类的东西。

厕所的角落还有个红色大水桶，里面蓄满了水。

关情洗了个手，出去后一个劲地对女人笑："不好意思了啊。"

女人摆摆手："没事，没事。"

关情继续和她搭话，指着那带锁的门："您孩子读大学了吧？"

"他哪有那个本事，别给我惹什么事就好了。"

关情又说："那明天一早行吗？直接去我家拉东西？"

女人放下了小本子，取下老花镜："行啊，那明早我和您联系，反正只要是实木的，我都收。"

关情又道："那行，您和您爱人一块来吧，还有些东西我没拍照片，你们一块拉走吧。"

女人的脸色不改，应承下来。

关情还想套一套她的话，就继续问："您爱人出门收东西去了？"

女人忽然警觉起来，做了个请他出门的手势，说着："我们真有事要出门了。"她就喊了："小柳，走了啊。"

这当口，外头传来两声敲门声。女人无奈，瞅瞅关情，只好先去开了门。

是小木敲的门。女人没让他进屋，就挡在门口和他说话。

"卖冰箱？"

"对。"

"什么牌子的啊？"

那年轻人这时从挂着锁的门后出来了，看到关情，目光停在他身上，走近了他，在他边上倒水喝，小声说："你不是来卖家具的吧？调查记者？自媒体？猎奇案件爱好者？"

关情笑了笑，不等他搪塞什么，年轻人就问他："你号码多少啊，有微信吗，加一个？你是为我爸的事来的吧？"

关情赶忙报了自己的号码，问道："你是……小柳？"

小柳点了点头，继续喝水。关情忍不住问他："你记得住？"

小柳笑了，弯着眼睛打量关情，道："我总觉得你的声音有些耳熟，好像在哪里听到过……"

"今天有事，明天吧。"女人要打发小木走，小木又问了："你老公是不是杀过很多人？"

他的声音不高不低，但足够让屋里的两个人也听到了。

关情一口气差点没提上来，小柳瞅着门口发了怔。他怔怔地望着门外。

女人倒似乎已经习惯了这个问题，没有发脾气赶小木走，也没有因为这质问而发愣，只是说："这个问题要问警察，我帮不到你，没有其他事情的话，我和我家人有事要出门了，冰箱的事情你留个电话，我明天联系你，好吧？"

小木说："我不觉得是他杀了人。"

小柳瞅了瞅关情，关情耸肩摊手，一脸莫名其妙，他确实莫名其妙，他没料到小木会和老柳的老婆说这些。

"怪人……"小柳笑了笑，去帮母亲解围去了，"那这也还是得和警察去说啊，不好意思啊。"他回头招呼关情："两位，我们今天打烊了。"

关情就乖乖往外走，挤开了还挡在门口的小木，小柳和女人锁上了小屋的门，领着他们出了垃圾场，女人锁上了垃圾场的铁门，把那24小时营业的招牌背了过去。关情和女人打了个招呼，女人冲他笑了笑，也冲小木欠了欠身子，和小柳往东走了。

人走远了，周遭不见别的人影。关情抬手就敲了两下小木的脑袋："我说什么来着？我说你啊……"他恨铁不成钢："你这人就是口无遮拦！就是爱乱说话！教不好了！没法教！"

小木挠了挠后脑勺："我是不太会和人说话。"他轻声嘟囔："我平时也就和你说说话……"倒像在埋怨，有些孩子气。

关情摸了摸鼻梁，也没了脾气，一指那垃圾场，说："柳秉真的儿子小柳给我留了个号码，不知道有什么想和我说的。"他道："他爸要是没出事，他也是个富二代啊，怎么会沦落到住在垃圾场？"

关情又说："刚才在有人跳楼那地方，我看到那个女警察了，就是袁那个事情之后嘛……"关情舔了舔嘴唇，瞥了小木一眼，小木无动于衷，他就继续说："她和她那个搭档陈什么的排查了一通找到我，说我是最后一个见到袁的人，要找我问话，你还记得吧？那天我不是让你躲床底下别出来吗？后来我们去咖啡馆聊了聊，那个姓陈的还好，就她的问题多，我当时就觉得她越看越面熟，后来回了家，我想起来了，我之前在电视上见过她，是和老柳的案子有关的新闻采访！我不是还找了关于她的报道给你看嘛，你还记得吗？"

"哦，那个化名李警官的。"

"对，对，虽然她用了化名，不过我一看公众号那篇文章写的经历就知道写的是她。"

"老柳给她写过悔过书的那个。"

"老柳给每个受害者家属都写了悔过书。"关情垂下眼,往来时的路走,幽幽地说,"唉,有时候很羡慕你不识字。"

小木却不这么认为:"连路牌都看不懂有什么好羡慕的?走在街上都不知道自己要去哪里,到了一个地方都不知道自己在哪里。"

"你之前看不懂路牌,这么多年了,不也活得好好的吗?知道那个东西是路牌,知道它是给你指路的东西之后,你发现自己看不懂,你才觉得难受,不是吗?"关情说。

"什么意思?"

"我有时候会想,要是我不识字,我是不是就不会被任何东西所束缚,我什么都不知道,什么都不懂,也就什么都不怕,无知者无畏,我算是理解了。"

"你识字,还识很多字,你写的故事很多人看啊,很多人喜欢。"

"喜欢?"关情轻蔑地一笑,"是啊,他们不光喜欢我的故事,还喜欢我的眼睛、我的心,喜欢到想把我的眼睛挖出来,把我的心掏出来,看我所看到的世界,感受我所感受到的世界。"

关情说:"读者对作家的喜欢是很荒谬的东西,作家讲故事,把自己的一部分割出来讲故事,故事里都是他们的血。"

月光洒落在地上,柏油马路显得湿漉漉的。路旁几棵瘦弱的银杏树枝头仿佛开出了白色的花。漆黑的树枝仿佛一只只枯手。他们又要进入人很多、很热闹的地方了。

关情忽然问小木:"对了,10号那天你一个人出去干吗了?"

"随便走走。"

"没被人看到吧?"

"没有，小区的监控一个星期覆盖一次，保安5小时巡逻一次，从南区开始往北区走，监控死角在那四根柱子后面，从13幢绕到12幢就不会被拍到了，跟在别人屁股后面进去，没人会去举报的，但是不能跟着同楼层的那对夫妻。

"要是遇到同一楼的那对夫妻，别按18楼，随便按一楼，然后爬楼梯上来。那对夫妻，男的星期一到星期五每天早上8点半出门，女的周三10点出门做头发、做美甲、购物，晚上八九点和男的一起回来。除了周三和周末，她每天下午2点40分出门，下楼，3点开车出小区，开的是灰色奔驰，牌照98结尾的。周末他们的作息时间不太确定，见机行事。"

小木又说："突然想吃水煮鱼，你上次带我去吃的那家很好吃，你不是写了一晚上东西，累得要死在补眠嘛，我喊了你好几声叫你一起出去吃鱼呢，你还让我别烦你，该干吗干吗，我就自己去了啊。"

"之前给你的钱都花完了吧？"

"嗯。"

关情摸出了两百块钱给小木："这个节骨眼上你别又为了几百块钱去杀个人，万一被抓了就不好了，我的小说可还没写完呢。"

"知道了。"

"你小心点。"

"知道了，你烦死了。"小木皱鼻子皱脸地问他，"那怎么去找那个什么清风啊，还是坐地铁吗？"

关情说："那个IP地址离这里不远，不过IP也只能给出一个大概的范围，我搜了下，那附近没有民居，能住人的除了网吧，还有一家酒店和一幢做日租公寓生意的楼。她用那个IP有一阵了，每天在线时间那么长，每天都是中午12点起来和网友对线，每五分钟回复几条，一直到晚上七八点，都是这个 IP，我猜她应该是长住的，那就排除了网吧。

"日租公寓和酒店包月其实都有可能，但是她之前在评论里提到过她的外卖是送到家门口的，那种能包月的酒店一般外卖都是放大堂的，酒店房间比日租公寓的房间多多了，上去跑一趟很浪费时间的，而且我猜她这种只敢在网上乱叫的人现实里就是个没钱的社交障碍者，我倾向她住的是日租公寓。

"10 号那天我补完觉，你不是还没回来嘛，我就自己出门了，花了好久在日租公寓那边走访，还好她点外卖、收快递用的也都是一袖清风这个名字，我没费多少时间就在月亮公寓里锁定她的房间了，303。

"我们一前一后走吧，别往店门口挤，每家都有监控，楼里夜猫子多，做皮肉生意的也多，这个点，夜猫子还没起，光顾小姐生意的就算撞见了我们，也不敢正眼看人，不用太担心。"

小木说："又学到了。"

关情不免有些得意，多指点了几句："你看那些监控，下面有个红点在闪的就是在用的，有的店也会图省钱买个假的，唬唬人。"他不禁感叹："现在杀个人可不容易，写个杀人小说也不容易。"

"那写还没监控的时候的故事不就好了？"

"那多没挑战性啊。"关情指示道，"去大马路上左转，看到一个叫白色什么什么的酒店，就从它右边的巷子进去，找一个月亮公寓，三楼，303。"

小木说："真麻烦。"他在手掌心里写字："月亮，是这么写的吗？"

关情凑过去看，点了点头，说："杀人哪有不麻烦的？要想不被抓就得不怕麻烦。"

"我从没被抓过。"

关情又说："在现在的法律架构下，杀了人还不想被抓是懦夫的行径。"

"你说自己呢？"

"作家都是懦夫，不敢说的话，不敢做的事，只敢写在小说里，还不够懦夫吗？"

小木说："懦夫是个好的词吗？"

"不好。"关情有些不耐烦了，"我发现你今天问题特别多。"

"不好是吗？"小木打着哈欠说，"杀人不好，问题多也不好，我一说杀人的故事，我就'好'了。"

关情一阵尴尬，不愿再和小木说话了，小木也不搭理他，两人就这么一直沉默着来到了月亮公寓。他们还在溪流街打转，始终没有走出这成片的握手楼。好在垃圾场周围的臭味已经消散，空气中到处都是煎烤炸物的香气。

站在月亮公寓楼下，关情仰头看去，电线交错，这里既看不到白色海岸，也看不到月亮，只有电线织成的黑色大网。

关情突然说："对这个世界还有问题是好事，但是再这么问下去，你问的问题我可能会回答不上来，你可能要自己找答案。"

小木又开始孩子气地嘟起嘴埋怨："听不懂，神神秘秘的。"

关情笑了笑："你那个邮箱密码还记得吧？还记得怎么登录吧？"

"记得。"

"得跟上时代啊，小木。"

小木无所谓地撇了下嘴，闪身就进了月亮公寓。

这公寓临着巷子开了道门，直上二楼，二楼的门牌是1打头的，他们要找303，就得爬到四层。虽然关情对于在楼道里遇见什么人要怎么应对早有准备，可不知是不是小木那杀人越货从没暴露过的运气在帮忙，这一路到了三楼，他们没见着一个人影。

关情在三楼楼道里拦下了小木，先上楼看了一圈，没看到监控的踪迹，楼道里也没设感应灯，只有几扇开得很高的小窗里投下片片红光。他找到了303，站在门口用力敲门，粗着声音喊："送外卖的。"

没人应声。

"放门口了啊！"

他步步后退，摸上五楼，挑了个能瞅见303的角度观察着，只见303的房门一开，小木一个箭步就冲了进去，反手关上了门。

很快，小木就出来了，直接往楼下走去。

关情悄悄摸回了303门口，他戴上手套，轻轻推开门。

一阵臭味直蹿进他的鼻腔，并非血腥味，而是更接近久未打扫的公厕的气味。

关情站在303的门口看着屋里的一切。

他看到一块很亮的电脑屏幕。闪烁的亮光下，一个女人在地上挣扎，手不停地往空中伸，喉咙里发出呜咽的声音，像猫，像小狗。

一个烟灰缸落在她身边。

关情转过身去。

他不敢再看。

可又忍不住想去看。

女人已经不会动了。女人的脚就伸在门口，他一弯腰就能摸到。

他戴着手套，不会留下指纹，油脂、汗液的痕迹也不会有。他开始抚摸女人的皮肤。

他试图记住这种触感。

这是刚死去的女人的皮肤触感。

还带着余温，还带着弹性，隔着手套摸竟有些湿润。好像一片花瓣。或许是他出了手汗……

电脑屏幕还亮着，正停在新新网络小说《烂苹果》的评论界面。关情眯起眼睛看了看，网页右上角显示的登录用户正是一袖清风。

不会错的，这个女人就是一袖清风。那个一直在网上追着他骂的读者，一个人住在这间阴暗的小房间里。

怪不得心理也这么阴暗。

怪不得只会天天在网上抨击人。

下水沟里的老鼠。

活该。现实生活里的loser，只会在网上喷粪！

女人的身体突然弹了一下，外头传来嗒嗒两声，好像有什么东西被人踩碎了——难道有人在外头？

关情吓了一跳，仔细听了听，再没声响了。他低头一看，或许碎裂的是女人的鼻骨。那女人的脸已经血肉模糊了。他急急忙忙起身，踢开烟灰缸，慌不择路地跑下楼去。他摘了手套扔在路边的垃圾堆里，一路跑，一路心跳加速，可不能否认的是，他的心里异常畅快，浑身上下舒坦极了。他多想为他摸到的尸体，为近距离接触到的死亡欢呼，为一个抨击者的死亡鼓掌。但是他忍住了，只是笑了出来，笑也没有笑得太夸张、太久，他必须控制住自己的情绪，他不能以怪异的举动引起马路上任何人的注意。

他在街上再次遇到小木时，心情已经平静下来，他问小木："这件事你不会说出去吧？"

小木白了他一眼。关情说："我没动手啊，人不是我杀的啊。"

他再度回首，望向月亮公寓的方向，忍不住想，杀人不会真的这么简单吧？不会真的就这样让他——他们逃之夭夭了吧？他忽然又有些兴奋了，一种新鲜的刺激感让他食指大动，他扯着小木："去吃点东西吧。"

他忽然觉得满大街都是猎物，城市像一个巨大的狩猎场，所有人都是他的猎物，都是他的食物，都是用来满足他巨大的胃口的。

他们找了间小店吃麻辣烫，分开点的单，拼桌坐在一起吃。

这期间，关情接了个电话，竟然是小柳打来的，来电显示却不是小柳给他的那个号码，像是个座机电话。他开口就说："小柳，是我，刚才我们见过。"

小柳问他："你是那个写小说的关情吧？"

他听出了关情的声音，还表示自己在追他的新连载。小柳提出想和他见面，这正中关情下怀。

关情连声应下："好，好，那你什么时候有空？现在吗？"

"明天中午吧。"可小柳马上又改了口，"还是后天吧，忽然想起来明天我有事。"

"12点？"

"嗯，12点吧，地点你定。"

"那就在春风路上的黑梦咖啡馆吧。"

"好。"

小柳又说："叫你那个朋友一起来吧。"

"啊？"

"就是说不相信我爸杀了人的那个愣头青。"小柳轻声笑，"你们认识的吧？"

"你怎么会这么认为？"

小柳说："直觉。"

关情也只好笑，看了看小木，答应下来。

挂了这通电话，他陷入了沉思，食欲大减，放下了筷子。

是什么样的直觉让小柳意识到了他和小木认识？

他转身看了一眼，小店外头只有热闹的夜宵街和永不满足的大口吃喝的人群，只有茫茫的夜色。


## · 小 柳 ·

小柳走到前面那个红绿灯旁的时候，捂住肚子，小声和母亲说："妈，我好像吃坏肚子了……我想回家……我吃个药，回头来找你吧。"

母亲看着他，一言不发，小柳又说："我吃了药就去找你，不会迟到的，你先过去吧，趁大师还没到，和李阿姨她们说说上回单子的事情也好……"

母亲想了想说："也是，总找不到人，打电话也不接，每个星期就这天她会去。"她拍了拍小柳："那你吃了胃药就过来吧，就放在厨房那个抽屉里。"她琢磨着："是不是冬瓜炒虾米放坏了？天热，冬瓜经不起放……"

小柳把头摇得像拨浪鼓似的，扭头就小跑了起来。他先回了趟家，翻出胃药，抠了两片，攥着又出了门。

母亲没有跟着他。

他丢了那两片药，走到白水街时，又往身后看了看，还是没看到母亲的身影。他就往前寻觅起来，依稀能看到先前来他家说要卖家具和冰箱的那两个人。这两个人在人群里穿梭,始终保持着不远不近的距离。要说他们认识,又不像认识,要说他们是陌生人,偶尔又在一个红绿灯下等红绿灯,实在怪异。

他们绕来绕去,进了一幢全是日租房的小楼。

小柳一开始以为他们是结伴来找女人的。这里的暗娼最多。结果两人鬼鬼祟祟地上了楼,那年轻些的到了三楼停在了楼道里,往上看着,那姓关的继续往楼上走去。小柳在二楼站着,生怕暴露自己,贴着墙根,仿佛听到了几下很重的敲门声和声称送外卖的声音,接着楼里又安静了。

过了一会儿,那停在三楼楼道里的人影跑上了楼,紧接着响起一道关门声,就又安静了。小柳蹲得腿有些麻了,可又不敢轻易往楼上去。

不知过了多久,一道脚步声不紧不慢地响了起来,似乎往他这里,往楼下来了。

小柳赶忙在二楼找了个位置躲好。

那脚步声近了,又远去。

很久都没听到第二道脚步声,小柳往三楼摸去,黑暗中,他看到一间房间的门似乎敞开着,隐约闪着什么光芒,里面似乎有人站着!

小柳倒抽了口凉气,贴紧墙角躲藏起来,不久就听到了一阵急促的脚步声,他再次回到二楼躲好,直到那阵脚步声消失,他才探头探脑地摸出来,往楼道里张望。楼道空了。

小柳往下看去,在楼道的间隙里看到一小撮黑色的头发,像是那个年轻些的男人的。

他往下走,走到了一楼临街处,看到那两个男人又出现在了巷子里,他们还是那么不远不近地走着,那姓关的走起路来不知怎么一跳一跳的,似乎很是兴奋。

小柳实在好奇，便重新摸上去，回到了四楼，回到了门牌号以3打头的地方。

他来到了303门口。303的门敞开着，没有开灯，一股异味袭来。

屎尿的气味，血的气味。

有人刚死。

小柳不适地捂住了口鼻，这味道还没吸引其他人过来，他拿出手机，开了电筒照向屋里。这是一个人住的小房间，电脑屏幕很亮，屏幕上是一个打开的网络小说连载页面。

屏幕光照着地上的一个女人。她的脸上漆黑一片，看不清样子，鼻子好像被砸得粉碎，小柳一阵反胃，捂住嘴跑了出去。他在楼下吐了，吐干净之后在附近找了家二手电器店，向老板借座机打了个电话。

他没有报警。他给那个姓关的打了个电话。

"小柳，是我，刚才我们见过。"

那姓关的和他打了个招呼，透过电波，小柳忽然想起来在哪里听过他的声音了。在那个深夜的故事频道里，这个声音出现过。这个姓关的人出现过。

小柳在裤子上擦了擦手汗："你是那个写小说的关情吧？"

关情应下了，他听上去确实很兴奋。

也许他还沉浸在杀人的兴奋里。关情写的就是主角杀人的小说。《烂苹果》就是关情正在连载的小说。

小说作家杀害恶评读者。想到这里小柳也有些兴奋了，他只知道演员有体验派，没想到作家也有体验派，他的胆子大了些，旁敲侧击地说起："其实我在追你的新连载，网上的小说。"

"是吗？你喜欢吗？"

"我觉得……很真实,就好像你真的杀过人一样。"

"哎呀,你这话说得,我们写小说的,就是想象力比普通人丰富一些,更有逻辑一些。"

"您的灵感来源是什么啊?小说是 8 月 4 号开始连载的吧,前期应该准备了很久吧?"

关情笑了笑:"就是前阵子突然想到的。"

小柳笑了笑,提出:"你是想打听我爸的案子吧?我们聊聊?"

关情连声应下:"好,好,那你什么时候有空?现在吗?"

"明天中午吧。"小柳马上又改了口,"还是后天吧,忽然想起来明天我有事。"

"12 点?"

"嗯,12 点吧,地点你定。"

"那就在春风路上的黑梦咖啡馆吧。"

"好。"

小柳又说:"叫你那个朋友一起来吧。"

"啊?"

那个男的是关情找的杀手吗?关情给了他多少钱?是从哪里找来的?他还很年轻,是职业杀手吗?还是只是为了钱?小柳实在有太多问题了。他就说:"就是说不相信我爸杀了人的那个愣头青。"小柳轻声笑,"你们认识的吧?"

电话那头,关情的声音一下干了:"你怎么会这么认为?"

小柳说:"直觉。"他用手指饶有兴致地绕着电话线圈,电话那头的关情会是什么表情呢?他会害怕杀人的事情败露吗?他会和自己见面吗?他会怀着什么样的心情和自己见面?

还有那个年轻人，他是怎么认识关情的？

关情没有再说什么就挂了电话。关情的兴奋似乎通过电波转移到了小柳的身上，他一时眩晕，有些无法控制自己的呼吸了，勉强做了几个深呼吸，稳定了情绪后，他问电器店老板："有录音笔吗？便宜一点的，我要一个。"

## · 丁 小 倩 ·

那个女人又开始说话了。"还想搬出去，你的工资够你租什么样的房子啊？狗窝，廉租房，城中村那种破地方。蟑螂满地爬，到处都是老鼠。读什么大学，考什么硕士？我们享过你什么福？又来要钱，你给你们老板做狗啊，老板把你当狗啊。你看你穿的是什么，谁会想和你谈恋爱？谁会想和你结婚？你看你的痘痘，和你说不要吃炸鸡了，不要吃夜宵了，你看你肚子上的肉。减肥，减肥，以前嘴上还说说，现在说都不说了，别人去健身是去锻炼身体，你去健身是去被人骗钱。你看看你的样子，哪个男的会想和你在一起啊？

"你这么看着我干什么？我说错了吗？你就是贱啊，没见过男人是不是？男人对你招招手，你就狗一样跑过去了。你穿成这样要去哪里，去做鸡啊？"

男人什么也不讲，女人去了厨房，男人开始讲。

"你妈也是为你好。"

男人讲："我去上夜班了，不要整天看小说了。"

外面有狗叫了一声。丁小倩也出门了。她想如果她真的是一条狗,她就去咬别的狗的玩具,她就追着人跑,她就跳进河里游到对岸。

但她不是一条狗,她是个人。她坐在往南山去的公交车上,删掉了和一个网友的所有通话记录。

那个网友说:活着真的好没意思,天天被家里人PUA①。我胆子小,不然你陪我一起吧,小倩。

丁小倩从来不喜欢她的名字。中学的时候大家就都开她玩笑,说她是鬼。她剪短了头发,他们还说她是鬼,男生说,丑鬼。女生偷偷笑。

她要是一条狗,她就一口吃掉一个男的,再一口咬断一个女孩的脖子。她飞上天,踩着云,再一口吃掉月亮,一口吃掉太阳,全世界都在她的肚子里,她饱得打出一个嗝,这个嗝响了七天七夜。

丁小倩不是一条狗,她是一个人。

她在终点站下了车,天已经很黑了。但是她知道不远处有一个和她同病相怜的女孩在等她。她在这个世界上不是孤零零的一个人。

---

① 网络用语,多指在一段关系中一方通过言语打压、行为否定、精神打压的方式对另一方进行情感控制的行为。

八月
二十五日

August

25th

# 八月二十五日
August 25th

## · 竹 心 仪 ·

竹心仪坐在电脑前头,一只手撑住额头,看着摊在桌上的证词。那是麻定胜从青郊二院带回来的,他和惠莹询问了和小木同病房的几个病人,又和医院里的医生护士打探了下他入院那几天的情况。

可没看几眼,电脑音响里就传来一声凄厉的哭声,竹心仪不得不放下额前的手,赔着笑瞅着屏幕里正和她视频通话的男人。

男人身穿孝服,头绑白带子,唾沫乱飞,情绪激昂:"竹警官,我知道你们都是大忙人,要帮助那么多受灾的人民群众!可是这案子都过去这么多天了,我爸尸骨未寒,他们就要把房子给别人住了,这案子还没结呢!万一屋里有个什么线索没被发现的,他们这一清理,我们怎么办?我爸这案子还能破吗?!"

"我舅公死得好惨啊!"

男人身后喊冤声此起彼伏。

"竹警官！有冤情啊！"

"竹警官，我大舅虽然爱喝，但是真不至于把自己喝死！"

"竹警官！我姐夫年轻的时候那是千杯不醉啊！区区十几瓶二锅头怎么可能喝死他啊？"

"有人下毒！"

"养老院不干人事！"

"对，对！都是养老院的问题！"

"这不是他们第一次掩盖真相了！之前说有人自杀，怎么可能用个门把手自杀啊？！演电影呢？"

"草菅人命！"

竹心仪的耳朵里嗡嗡响，她做了个安抚的动作，说："大家的诉求我都知道，都明白……"

竹心仪的手机响了，是技侦办公室打来的电话。

她便举起手机，特别抱歉地赔不是："不好意思，实在不好意思，这也是查了好一阵的案子了，我接个电话。"她苦口婆心："说实在的，哪个案子的被害者家属不难过、不伤心、不急着想求个真相？你们的心情我特别理解，我自己也曾经是被害人家属，2018年的3·18案，大家都知道的吧？"

视频那头的男人脸色一僵，安静了。

办公室里也安静了，在躺椅上打盹的宋平安爬了起来，玩手机吃泡面的麻定胜关了手机，靠在窗口抽烟的黎刚扭头朝她看了一眼。

竹心仪的手机还在响，她也不着急接了，劝道："案子肯定会查，一定会给你们一个结果，案发现场的证据我们都搜集齐了，大家要相信我们分局的法医和其他技术人员的职业操守，院方有生意就做，这也无可厚非不是吗？养老院是打开大门做生意的地方，又不是做公益、搞慈善的，大家互相理解理解，好吧？"

"反正我爸的事，我一定要搞清楚……"男人再开口时，声音轻了不少。

竹心仪口干舌燥："你们要是觉得院方有失职的地方，那就走诉讼的路子，再闹下去，他们告你们妨碍经营，那你们也是得不偿失啊。"

听她这么一说，徐家那些家属终于不再哭喊了。竹心仪趁机挂了视频，接了电话。原来技术那边又去排查了关情家，找到了几个针孔摄像头，还破解了关情家那台台式电脑的密码，可硬盘里除了几个装机必备的软件，什么都没有。一个技术人员通过电脑型号编码找到了卖家，确认了这台电脑是关情在8月20号新购入的。至于关情的手机信号，23号那天他就关机了，通信公司终于发来了定位信息，手机信号最后出现在观澜苑。

技术说："估计他早就把手机扔了。"

关情至今下落不明。

竹心仪捏着眉心挂了电话，那边，宋平安点了根烟，问她："吃点东西去？"

竹心仪摇了摇头，拿着麻定胜给的笔录，起身道："我想去关情家再看看。"

她便在微信上联系关情的房东，跟她约了半个小时后在小区里碰头。她刚要出门，外头却有人敲门，宋平安离门近，起来开了门，嘴里迎着人："哎，小舒，你怎么来了？来，来，进来坐啊。"

他回头瞅了竹心仪一眼。

竹心仪看到舒亮，也有些意外，接着就瞟到跟在他身后的一个穿警服的年轻人，她认出这人来了，正是 8 月 17 号那天救下小木，送他进医院的派出所片警小蒲，她和陈涛已经联系过他，确认他救下小木当天的一些情况了。

竹心仪说："事情不是已经在电话里确认过了吗？你们也挺忙的，不用特意跑一趟吧？"她又道："我约了人，要查案去。"

宋平安来来回回看竹心仪和舒亮，先和竹心仪说："去关情家是吧？技侦、法医都去过了，也没什么特别的发现啊，不着急吧。"他不停地在裤腿上擦手，客气地说道："我现在正好要出去吃点东西。"他还喊上了其他人："麻子、黎刚，去不去啊？"

麻定胜立即应下，黎刚也慢悠悠地朝门口走过去了。

舒亮赔着笑说："正好路过，这事还是得走个程序，留个档案比较稳妥。"

竹心仪想了会儿，把和房东约定的时间推迟了半个小时，开了电脑，又坐下了，说："那行吧，我这儿采一下。"

宋平安就拽着麻定胜他们走了，临走前不忘叮嘱竹心仪："养老院的案子别忘了签啊！"

竹心仪信誓旦旦："马上签，马上就签。"

她示意小蒲坐下，看了看舒亮："你们那儿挺多险情，路面上也挺多事的吧。"

小蒲说："所长说还是来一趟比较好。"

舒亮清了下喉咙，把竹心仪按在椅子上，道："我去泡茶，你们忙。"

竹心仪瞅着他，有些想笑，嘴上问着小蒲："那你再说一下当天的情况吧。"她看到舒亮走到饮水机那儿东翻翻，西看看，找不着水杯。

竹心仪说了声："在门后头的柜子里。"

舒亮抓了下后脑勺，去门后头的柜子里翻出两只纸杯，倒了两杯热水拿了过来。

小蒲忙要起身，一迭声道："谢谢所长，谢谢所长。"

竹心仪低头看纸杯，说："不是说泡茶吗？"

舒亮叹了声，摸了下额头，拉了张椅子坐在了她边上，指挥起了小蒲："从头说，好好说啊。"

竹心仪瞥了他一眼，摇摇头，笑了出来。舒亮正目不转睛地盯着小蒲，那样子认真极了。

小蒲就道："8月17号下午，接上级命令，就是我们所长的关照，我跟同事去南山巡山，因为之前几次因为天气封山，多次发现有一些民众不顾险情上山……"

舒亮这时打断了他，扭头对竹心仪道："南山隧道那片不是一直传说闹鬼嘛，现在那些小年轻就喜欢去那种地方拍视频赚流量，而且最喜欢挑那种封山的时候去，一是没什么人，二嘛，就是很有那种阴间的氛围感。"

竹心仪拿起纸杯握在手里，默默点头。

舒亮还看着她，道："你又几天没回家了吧？"

竹心仪露出个客套的微笑，往小蒲那儿看："继续吧。"她开始在电脑上打字。

"下午2点多的时候，我和我师父还有所里的另外一个前辈一行三人上山，分头去几个危险多发地点巡查，我去了南山隧道那里，那儿也是领导关照我们要重点排查的地方。那时候已经开始下雨，风也很大，虽然感觉有些危险……"

舒亮道："我们也是担心老百姓的安全。"他指着小蒲："你别看他这样啊，读警校的时候拿过攀岩冠军，还拿过野外求生急救大奖一等奖。"

竹心仪点了点头，问小蒲："然后就在隧道口发现了小木，看到他脑部受伤，手上也有伤。"

舒亮道："很明显那是抵抗伤！我看了陈涛传来的照片，一眼就看出来了！"

小蒲道："对，当时他已经昏迷了，喊不醒，我在他身上没找到证件、钱包，连手机也没看到。他头部受伤，我不敢贸然移动他，就联系了我师父他们，还打了电话找救护车，救护车没法上山，我师父说让他们在山下等，我们把人抬下去。等师父他们过来的时候我观察了下周围，因为雨下了有一阵了，看不清有没有别人的足迹……"小蒲拿起纸杯喝了一大口水："姐，我其实才上岗三个月……"

舒亮伸手揽了下小蒲的肩："没事，那个隧道塌方过，当时风雨交加的，有点怕也是正常的，你又没什么经验，对现场的观察不足不赖你。"

竹心仪把电脑屏幕转过去给小蒲看："你的同事赶到之后你们就先把人抬下了山，救人要紧，对吧？"

"对，本来我师父说要进隧道里面看看，可是那时候台风已经刮起来了，不知道是风太大还是怎么的，就感觉整个隧道都在摇晃，我们都觉得太危险了……"

舒亮道："人民警察也是人哪。"他还解释说："之后台风就大了，我们派出所的人都去抗洪救灾了，一直忙到现在，也顾不上去医院核实情况，这一点是我们疏忽了，不过也实在是人手不够啊，你也知道的。"

竹心仪颔首："理解，明白。"她指着屏幕："你看没什么问题的话，我打印出来，你签个字。"

舒亮凑过来一起看，捏着小蒲的肩："没问题，没问题，我看看啊，巡山遇到那个男的，没看到别人，也没发现什么打斗的痕迹。"他笑了笑：

"不好意思了啊，也没给你们帮上什么忙，现场我们又去勘查过了，拍的照片你收到了吧？也没什么发现就是了。"

"照片收到了，"竹心仪道，"别这么说，要不是他巡山遇到小木，叫了救护车，或许这个人就死在那里了。"

舒亮听了，欲言又止，等文件打印出来了，小蒲签了字，他道："你先回吧，我还有些事要和你竹姐商量商量。"

小蒲乖乖退了出去，关上了门。办公室里只剩下舒亮和竹心仪了。舒亮忽然一阵长吁短叹："刚才我没好说，这人虽然救下来了，可是……听说，是个变态杀人犯啊？"

竹心仪问他："你有什么事要和我商量？"

舒亮从裤兜里摸出一张名片，递给她："我前几天和老殷他们吃了顿饭，聚了聚。"他说："我就知道你还是放不下。"他又说："这个心理医生挺好的。"

竹心仪接过名片收好了，起身看了下手表，说："没其他事的话，我先走了，要去见一个当事人，刚才已经往后延了半个小时了，再推迟就太晚了。"

舒亮跟着起身，动作太大，撞到了竹心仪堆在桌上的档案卷宗，两人赶紧一块去扶，手碰到了一起，舒亮抬眼，看着竹心仪，声音低柔了："那什么，有空就回家吃个饭吧，你爸妈都挺担心你的……"

竹心仪抽出了手，说："我这儿案子挺多的，你们派出所也挺忙，我们就不要把时间浪费在这些鸡毛蒜皮的事上了好吧。"

舒亮瞬间瞪大了眼睛："这怎么是鸡毛蒜皮的事呢？你爸妈不也是关心你吗？你现在怎么变得这么不近人情呢？"他的眼神一闪，又道："我知道那件事改变了你很多，你要离婚，要搬走，我都理解，睹物思人，小孩出了事，夫妻俩谁都不好过，你干刑警不也是为了查……"

竹心仪抓了下头发，往门口走："真赶时间。"

舒亮的脸色一凶："你别搞得好像全天下你最忙一样行不行？"他横眉站着，胸膛剧烈起伏："你以为我闲着没事干带人过来找你叙旧，找你聊天呢？你整天问这个找那个，整天跑去看柳秉真，他见你吗？他愿意见你吗？他有脸见你吗？整天往他们家那个垃圾场跑，我看你才是闲得没事干！"他一咬牙："当年查案子的都是我们的同学、校友，谁不是尽心尽力？！你这样怀疑他们，你这样……我知道你是看他们孤儿寡母的可怜，但你这叫同情心泛滥，你知道吗？你不能这么感情用事，你知道吗？现在你成了他们家的法律顾问了是吧？进了局子就找你？"

竹心仪拍了拍他："这误会真是越闹越大了，这样吧，回头我请大家吃个饭解释解释……"

舒亮大手一挥，越发激动："你过不去这个坎，你以为我就好过啊？你是不是觉得我特别薄情，特别没心肝？我相亲也是去了那地方才知道是相亲，我妈给我安排的！我一去相亲你就非得搞出些什么动静，非得提醒我这件事是不是啊？她是你身上掉下来的肉，但她也是我的女儿啊！"

竹心仪坐下了，揉着太阳穴："你别这么激动……你相亲的事我一点意见也没有。实话和你说吧，我经常去看黄莺也是为了和她搞好关系，柳秉真不肯见我，我就想能不能通过他老婆影响影响他，好和他见一面。"

"非得见这一面？非得把他的动机，把他是怎么杀的人搞个清楚明白？"

竹心仪还是心平气和的："你误会了，我对他的动机没有一点兴趣，现在去追寻他的动机毫无意义啊，就是有些细节想搞清楚。"

她的平和却让舒亮更为光火："你怎么这么冷血？动机怎么会是毫无

意义的呢?!"

竹心仪撑着额头，坦诚吐露心声果真毫无用处，她对和舒亮继续对话已经失去了兴致，干脆不说话了，做沉思状。舒亮也沉默了一阵，忽然身子颤了颤，由愤怒转为了郁闷，转为了惋惜和无奈："你以前不是这样的。"

竹心仪点了根烟，这话她已经听了无数次了，耳朵生茧，实在懒得搭腔。可舒亮还在那里说个没完，细数她以前的温柔善良、善解人意，还用余光瞥着她，说她以前多讨厌烟味，多厌恶烟酒这些会致人成瘾的东西，又是一个多么体贴的女友，一个多么孝顺的女儿。

竹心仪又看了两眼手表，心急要走，就又站了起来。舒亮看她起身，目光闪烁了下，仿佛要落泪了，竹心仪无意再和他纠缠，索性直白地说："可能现在的我才是真正的我，女儿死了，我反而活明白了，所以我遇到的每个案子，不管大小，我不明白的地方都想弄得明明白白。"

舒亮周身一震，没话了，干站了会儿，又积了些怨气，可又似乎无处也无法发泄这些怨气，点了根烟，抽了一大口，先竹心仪一步走出了办公室。

门砰的一声关上了。竹心仪也走了。她到关情家的时候已经是晚上9点了，房东在楼下一见到她就迫切地和她打听关情的下落。

"警察同志啊，竹警官是吧？"房东捏着竹心仪的名片，满面愁容，"这个关老师怎么突然搞起人间蒸发了啊？你说他要是当二房东，也不是什么大事情，我也不至于去告他什么的。再说了，他房租付得很爽快的，之前嘛，是欠过一两个月的租金，后来我听说他是在网上写小说发达了，来钱特别快，那次我来，他一口气给了我一年的房租，我是蛮担心他的，你说好好的一个大活人，怎么说失踪就失踪呀？"

房东又问:"这个人失踪多久就算那什么……就算不在了啊?哎呀,我也不是咒他出事,我也不是说要租给什么别的人,就是我女儿马上要回国了,我想这套房子给她住一住也蛮好的……我们家有空房的呀,就是孩子大了,回来几天还好,亲亲热热的,久了嘛,她看我不顺眼,我看她也不顺眼,一肚子气,你有孩子的吧,你清楚的吧?"

竹心仪听着,电梯到了,她先出去,问房东:"你说关情拖欠房租是什么时候的事情?"

"就是今年六七月的时候。"

"突然拖欠的吗?"

"对啊,他之前每个月都交得很准时的,我看他也不是个寒酸的人,穿着打扮都蛮讲究的,他那副眼镜我女儿也配过,很贵的!他说什么手头紧,家里出了点急事,我想他们写小说,每天对着个电脑,连出去玩都没时间,每天就是写写写,来钱多归多,也不容易的,多伤眼睛啊。

"他那个时候在写什么杂志稿吧,我看家里经常有那个杂志的样刊寄过来,他还说要送我几本,我也不爱看这种,就没要。"

房东开了门,领着竹心仪进屋,屋里打扫过了,地上的泥脚印已经不见了。房东说道:"他这个房子再租出去一间嘛,估计一个月能收个两千多块吧。"

"您平时经常过来吗?"

"不常来的,就是他欠房租的时候我来过两次,我也不好意思啊,我这个人脸皮薄,电话里说不出狠话,见了面,看他阴阴沉沉的,瘦得很厉害,想说他也不容易,就更说不出什么了,坐了坐就走了。当时真的看不出来他当了二房东,他保密工作做得还真不错,我听说他是写什么侦探小说的,是不是有点那种反侦查能力在身上啊?"

"您现在怎么这么确定他出租您这屋子了啊?"

房东指指门口:"隔壁说的啊,还说一开始以为我租了两间出去,因为他们看到一个陌生男人进出过,问关老师,关老师说不认识,说这个男的是新房客,他们还以为我违规出租。你不知道吧,我们小区有规定的,什么户型只能租给多少人,就是怕一间房子隔了很多房间租出去,人一多一杂,小区安全就没保障了。"

竹心仪点了点头:"听说了。"她道:"那我自己到处看看?"

"看……看,随便看啊,你说他是不是回老家了啊?不过我看他身份证了,他是本地人呀。"房东还跟着竹心仪。

"嗯,对。"

"联系他父母了吗?有他的消息吗?"

"他爸前几年过世了,妈妈在开房车环游世界呢,一时半会儿也联系不上。"

"哦……都没听他说起过啊。"

竹心仪进了书房,房东站在门口,往里瞅着。竹心仪对她笑了笑,房东跟着笑,还是没进来。竹心仪看着书架上按照出版年月整齐罗列的《惊心》杂志,从2020年7月开始到2021年10月没有间断,之后有两个月的空白期,从2022年1月开始直到2023年2月,关情的名字持续出现在该杂志上。

竹心仪坐在了书桌前,在微信上联系《惊心》杂志的责编园子,她一边打字一边翻杂志,房东还戳在门口,东张西望,不时问几句:"您爱看小说吗?"

"您看过他的小说吗?"

"出事之后,我去网上看了看,哎哟,血糊淋拉的,怪吓人的,竹警官，你说……写这种小说的人是不是本身心理就有点……异于常人啊?"

竹心仪道:"您是想说变态?"

她笑了笑,指着书架上一堆的托尔斯泰、陀思妥耶夫斯基,说:"好多人写很多不正常的人,倒也不见得自己就是变态,只是在给我们展示人性的一面吧。"

房东缩了缩肩膀,看着手机道:"竹警官,我还有个牌局,我先走了啊,您走的时候把门后那个锁拧一下,再关门就行了。"

竹心仪这时找到了小木的照片,问房东:"等会儿,这个人你见过吗?"

房东看了好久:"没见过。"她眨了下眼睛,问:"谁啊?"

竹心仪没回答,房东也就走了。

书房里,乃至整间屋子一下就安静了。

书房里的窗帘拉着。园子回信了,确认关情从 2020 年 7 月开始在他们杂志社发表稿件,2021 年 8 月,他父亲过世了,他就停了一段时间。2021 年底重新交稿,排了 2022 年 1 月上刊,一直合作到 2023 年 2 月,关情交稿之后似乎陷入了创作瓶颈。

"关老师那段时间交的稿子质量都不太好,我们没给过,2 月的稿子用的是他 1 月时交的。"

竹心仪心道:怪不得 6 月、7 月交不出房租了,原来是收入断了。

她询问:"打听一下,你们杂志社给他开的稿酬是多少啊?他还有别的收入吗?我看他好像只给你们杂志社写稿子。"

园子发来语音信息:"千字两百五,算多的了,我们主编认识他父亲,给得挺大方的,他在本地也算小有名气,他每一篇差不多能拿六千到八千吧,其他收入嘛……据我所知他没给别的杂志写过稿子,其实写小说还是挺耗费精力的一件事，一个月写一篇不算少了。"

竹心仪道："他父亲以前是当记者的，在圈子里估计人脉挺广吧？"

园子发了个尴尬的笑脸："关老师其实不太喜欢提他爸爸，可能也是怕别人拿他们做比较吧，作家还是有些傲气在身上的。"

竹心仪翻开2022年刊登了关情作品的第一本杂志，粗略扫了一眼，又翻了翻接下来的几本，这些故事竟然都涉及葬礼、父亲的死亡之类的情节。

竹心仪问责编："你说他2月交的稿质量不太好，能具体说说吗？他给你们写了这么多稿子，应该不是稿件内容和杂志风格不符之类的吧？灵感枯竭了？他是那种从生活中汲取灵感的类型吗？"

"这个嘛……我也说不好。不过他父亲过世后的稿子，我印象很深，好几篇都是死了父亲的侦探啊，或者大家族死了父亲，大家参加葬礼之类的故事，多少有点重复了，我一直建议他塑造一个让人印象深刻一些的侦探或者警察的角色，就做系列文嘛，但是他一直不同意，他的故事属于文笔绝对有保证，比较擅长剖析人物的，大概是跟他之前的写作风格有关吧，但是要说情节曲折和接地气，我觉得有些欠缺。"

"之前的写作风格？"

"他之前写的一直是严肃文学那一类的，也不知道为什么突然转来写悬疑小说了。"

竹心仪半开玩笑："可能赚得比较多。"

她看着书架上成排的托尔斯泰，手机另开了一个页面，搜索俄罗斯文学三杰的所有作品简介。

关情有陀思妥耶夫斯基全集、屠格涅夫全套，至于托尔斯泰，每一套合集都是来自同一个出版社，封面装帧属于同一种风格……

竹心仪看了好几遍书架上托尔斯泰的那些小说，似乎少了一本什么。

她核对着出版篇目，单单少了一本《复活》。

竹心仪坐下了，翻出关情的银行流水，信用卡他很少用，都是从借记卡上过账。她在桌上找了半天没找到笔，只好盯着手机用手指在桌上算账："今年5月到7月他一直没有收入，这里的房租要四千一个月，加上生活开支，他一直在消耗不多的存款……平时生活就靠稿费，也没人给他打过钱，稿费说实在的也不算高，租这个地方算是很奢侈了，购物也都是用借记卡，算是月光族……"

竹心仪敲打着下巴，去了关情的卧室。关情的衣橱里衣服不多，但每一件都是名牌，卧室也打理得干干净净的。

整间屋子确实看不出有第二个人生活的痕迹。

竹心仪重新调出了小木的照片。照片是在审讯室里她给他拍的，他的眼睛瞪得很圆，看着镜头，脸色有些白，头发乱七八糟，鸟窝似的团在他的瘦窄脸上，他的眼睛黑漆漆的，不透光，很像动物。

她拿着这张照片去找了关情的邻居，开门的是个圆脸的男人。

她问他："您好啊，又见面了，不好意思啊，这么晚了来打扰，我想找您了解下情况，前几天那个男的，就是照片里这个，你们之前见过吗？"

圆脸男刚要说话，一个扎着马尾辫的女人从他身后钻了出来，抓着竹心仪的手机盯着："没见过，他到底是谁啊？关老师失踪了是不是？这男的和他失踪有什么关系啊？"

男的问："那房子，王姐现在收回去了？"

竹心仪道："王姐说你们之前还见过租住在里面的另外一个人，是吧？那人长什么样子，你们有印象吗？"

女的抢着说:"那天很奇怪!老公,你也记得的吧,我们从地下车库上来,关老师和那个男的在一楼等电梯,关老师我们见过的啊,认识啊,他看到我们按了楼层就没动了,那个男的一开始也没动,后来按了个10楼,我就觉得很奇怪啊。我后来到了家,就偷偷观察啊,我发现那个男的,他当时戴了个鸭舌帽,我也看不清他的样子,他从安全通道那边上来了,去开了关老师家的门,他有钥匙的!"

男的补充道:"16号,我记得很清楚。"他拿出手机:"本来我老婆每天下午3点出门去市区找我,等我下班,我们在公司附近吃点东西再回来,我们自己也不会做饭,这个开放式厨房实在没办法做饭,一做,一屋子油烟味,真是花钱买罪受,早知道就买湖东那边的别墅了,厨房还能开门通风,外面就是花园。"

竹心仪笑着听着。

"那天我们大老板正好从纽约来巡视,说晚上一起吃个饭,那天中午我们就下班了。我想给老板买点东西送个人情,我老婆和我一起去逛的街,逛完大概2点多,我们回来,打算换身衣服再出门,就是那时候碰到他们的。"

"他们两个在电梯里看上去不认识?"

"对啊,看上去完全就是陌生人嘛,结果进了一家门,所以才说奇怪啊,我后来还问关老师了。"女人道,"他说那是他室友,确实不熟,这个室友古怪得很,不爱出门,也不爱和人说话,他也不知道他当时干吗按10楼。"

"后来还见过吗?"

"后来没见过了。"女人说,"其实关老师也很少出门的。"

竹心仪笑了:"看来你平时观察得不少啊。"

女人讪笑了下,退到男人身后去了。

"没问他这个室友是怎么来的?"竹心仪问道。

男人说:"想问啊,当时物业和我们保证了隔壁是一样的户型,租也只会租给单身的人,我们怕吵嘛,也注重隐私,但是这个事情吧……也不好问,你说是不是?"他悄声说:"王姐是开棋牌室的,在外面有点关系的,我们也惹不起啊……"

女人的声音又冒出来了:"我们不是说王姐那些棋牌室存在什么违法乱纪的事情啊,不是我们的本意啊。"

男人就摸着额头笑,竹心仪也笑,问道:"附近哪儿有书店你们知道吗?"

夫妻俩给她指了条路,她找到一间即将打烊的书店买了一本书。

列夫·托尔斯泰的《复活》。

八月二十六日

August

26th

# 八月二十六日
## August 26th

### · 小 木 ·

今天他们还没有来找他。已经是晚上了,他们还没出现。

这有些反常。

难道又是警察的什么审讯伎俩?而且他们还把他送进了这么一个新的地方。

一个大牢笼。

一些穿灰色制服的人检查了他的身体,给了他一件橙色马甲,又把他塞进一个小一些的笼子里。

在这里,人像咸鱼干一样一条条摊在一张很长很硬的床铺上。

这地方可能就是"看守所"。

被关进看守所的人就类似等候发落,一把铡刀已经悬挂在他们头顶了,铡刀落下,身体和脑袋分离:身体会被带去监狱,脑袋会飞去外面的世界。

小木看着那把不存在的铡刀。

达摩克利斯之剑。他的脑海里闪过这样一个词。

这几个字怎么写呢？他不知道。从哪儿学来的呢？他也说不清。就是记不得，想不起。失忆就是这么回事。知道一些东西，但说不清是怎么知道的。可能是因为他以前的人生经历，可能是道听途说。

道听途说这几个字又怎么写呢？

他还是不知道。

他只知道他知道的还不少，连那个一开始无精打采，对他没多大兴趣，后来总是凶巴巴，问题很多，会用很多审讯伎俩的警察陈涛都说过他能说会道，逻辑清晰，分析起事情来一套一套的，不像个文盲。陈涛这么偷偷和竹心仪讲过。

难道他失忆前真的认识不少字，学历还挺高？

不然怎么解释他知道那么多事情？警察的事啊，风景画能让人心情放松，抽象画能唤起人内心的欲望啊，还有什么道德啊，法律啊——这些理论性很强的概念大概率是他从课堂上或书本上学来的，也可能是具备了一定的逻辑思辨能力后自己总结出来的——总之，关于这些事情，他相信是必须具备一定知识储备才会在一个人心里变得清晰的。那这不就和文盲的身份矛盾了吗？除非他不识字，但是有个人读书给他听，给他上课，教会了他这些。

那人要么是跟他关系很近，很疼爱他的家属，愿意花大把时间教他，要么是私人教师，有钱人用金钱买时间。

至于水龙头一个星期不用，水管里流出来的第一股水会是黄色的，会有一股难闻的气味，还有什么番茄在冰箱里放一个月都不会坏，蒜头要在湿润的空气里才会疯长——这些经验大概率是生活观察所得。那就和他可能是个有钱人的身份矛盾了。

看来一直有一个关系亲近的人在教他。

那看守所的事也是那个人教的吗？

那个人怎么会无缘无故教别人看守所里的情形呢？教他的人自己待过看守所？

小木坐在角落思考着。

几个同在牢笼里的人朝他投来意味深长的一瞥。

他心里有个概念：在看守所里住了一段时间的人喜欢给新进来的吃点苦头，好在他们面前树立起一个权威的形象，好昭告众人老子不是好欺负的。

至于这形象树立起来要干吗，这里既没有读者也没有观众，多半是出于一种动物的本能。就像在狼群中生活久了狼会害怕新入伙的狼抢夺它们的口粮和生殖繁衍的权力。尽管看守所里管吃管喝，没有女人。

小木并不害怕皮肉上将要遭受的苦痛，他迎着那些眼神，毫不退缩。从这些老狼里走出来一个人，他个子不高，人很壮实，肌肉很明显，脖子很粗，一双嵌在肉里的眼睛，眉毛淡得几乎看不清。小木对这样的面貌产生了一种印象：不好惹，脾气暴。

这个粗脖子的男人一屁股坐在了小木面前。

"喂。"男人粗声粗气地开了口，嘴里一股怪味，他的眉毛上挑着，显得凶悍、霸道。看来果真是个说一不二的狠人。

小木警惕地耸起了肩膀，摆出了防御的姿势："你想干什么？"

穿灰色衣服的男人们齐刷刷地看着他们，有人露出了看好戏的神情。

小木又问了一遍："你想干吗？"

粗脖子的男人拍了下大腿，眼尾一飞，伸手拍了下小木，这一掌很轻地落在小木的腿上,他笑得也很轻,语调更是轻快:"小帅哥,紧张什么?听说你失忆了?哎,我问问,失忆是什么样的感觉啊?"

粗脖子男人往身后一指:"我们哥几个都觉得你这事挺稀奇的!"

男人听上去友善极了。

这推翻了小木的所有推测,颠覆了他的所有既定认知。为了确定男人没有恶意,小木道:"你不是想来给我吃点苦头的吗?看守所里不都会教育教育新进来的吗?"

男人哈哈大笑:"谁和你说的啊?你电视剧看多了吧!"

小木猛然意识到他的"常识"或许是有误的。

或许"误"还很大。

一种奇妙的违和感油然而生——他懂得很多,但其实根本一无所知。

难道他是个电视儿童,根本不存在什么亲近的教师,他所知的一切全是从电视上学来的?这倒能解释为什么他不识字还能懂那么多理论知识,有那么多生活经验……电视上不都有吗?看电视只要听人说,看画面演就行了,不需要能看懂字。

他的老师是电视。

那粗脖子男人又问了:"不好意思啊,要是这个问题让你不舒服了……唉,我们就是特别好奇……"男人扯了下小木的衣袖,悄声道:"不然你找隔壁的气功大师看看?"

"气功大师?"

"对啊,我们隔壁住了个大师。"

一个男人就喊了:"老杨,你别祸害人小伙子!老田那儿都是坑人的玩意!"

粗脖子的老杨扭头,摸着后脑勺:"死马当活马医呗,万一呢!"

一群人就讨论起了那气功大师的绝活。

"听说老年痴呆、失忆健忘他都能治。"

"还有什么小儿麻痹、多动症,也能给看好了。"

"他说这些人都是脑壳太厚,只要每天去上他的课,也不用吃药,就是让他摸脑袋,脑壳便能从厚变薄,正常人的脑壳都是薄薄的。"

"你们说,是不是就是因为脑壳太薄了,摔了碰了,就容易伤到大脑啊?"

"我去,这都有人信啊?"

"信的人还不少呢,说什么没病没灾的让他摸一摸,能积功德。"

"什么话都让他说尽了是吧?"

老杨拉着小木去和他们坐在一块,道:"你也别一个人闷着了,想不起来自己是谁是挺烦人的,虽然失忆这病不好治,但警察要结你的案,就肯定会给你一个身份的,耐心点吧,可能过几天你的家人什么的就来了。"

小木说:"我分析自己应该是个孤儿,每天看不少电视,学了不少有用没用的。"

老杨冲他笑了:"孤儿也没事,你的照片可都上了新闻了,全中国十几亿人呢,总有人见过你,知道你的来历吧?"

小木又说:"警察就只想定我的罪,他们知道我的一些事了,也不告诉我。"他懊丧地垂下了脑袋:"身份是身份,身份不过是身份证上的一串号码,要想知道我是谁,究竟是个什么样的人,怎么长到现在这个年纪的,还是得靠我自己。"

那些男人静了一瞬,一个男人起了个新的话题:"昨天的新闻你们看了吗?就是山里发现的那具尸体,说那人以前是个搞诈骗的……"

小木决定不去听男人们的闲话了，他得好好回忆一下那些警察说过的话。他被困在这座牢笼里，哪儿也去不了，被困在没有过去的"现在"，只能从警察给出的信息里找他的"过去"。按照时间梳理，他目前所掌握到的"过去"是这样的：

7月23号，他在袁天南被害的案发现场留下了足迹。

当晚7点45分他在一家叫作大碗牛肉面的店里吃牛肉面，8点半来到大世界浴场。这两个时间点和他一起出现在这两个地方的是关情，因此警察怀疑他们认识。可是看警察出示的截图，在面店里，他们不坐同一张桌子，进浴场也是前后进的。他先进，关情再进，对了，吃面也是，是他先进的面店，关情再进去的。

7月23号晚上10点半，他换了身衣服，离开了大世界浴场，关情在十分钟后离开。两人是往不同的方向走的。关情上了一辆出租车，去了市里的电台。没有监控拍到他的踪迹。

又是前后脚……

认识的人会不坐在一起吃面，不一起进浴场，不一起走吗？

搞得像特务接头一样，特务接头的话接一次，在面店交换信息不就好了，干吗还要跟着去浴场？要交换的秘密一时间说不完？非得去浴场说吗？他们要真是特务，要真是交换什么秘密，真不想被人发现他们认识，那就选个没监控的，不会被人拍到的地方啊，这样才能掩盖行踪，才能保护那个秘密啊。浴场里人那么多，也很难找到单独相处的空间，小木不太认同警察的说法，他推测23号的时候他和关情还不认识。他怀疑关情在跟踪他。

那关情的动机呢？

8月4号，他去过一家养老院，被一个老太太当成了外孙。

他为什么会去那家养老院？

关情以他为原型创作的小说从8月4号开始在网上连载。内容他还不清楚，听陈涛的意思，里面涉及很多杀人案。关情写了一个叫作"小木"的杀人犯。

8月14号，有人见到他出现在月亮公寓，当晚，月亮公寓303室内一女性死亡，案发现场再次发现了他的足迹。

是他杀了那个女人吗？

听那个女警察的意思，因为足迹吻合，他们是这么怀疑的，对，他们只是怀疑，只是在套他的话，因为足迹并非直接性的证据，警察还需要指纹、DNA这些更明确，更独一无二，能代表某一个人确实出现在案发现场的证据。他没有指纹。

早前他们就提取过他的DNA了，看来，他也没在案发现场留下任何生物信息，要么就是现场的生物信息和他的不吻合，不然警察不会只围着足迹说事。

8月17号，一个民警在巡山时，在南山隧道内发现了昏迷的他，将他送医。

8月23号，他从昏迷中苏醒——他昏迷的这段时间，关情假扮的王警官经常出入医院打探他的情况，他醒来后，关情带他回了自己家，还试图说服他，他才是关情。他吃了一顿饺子后就睡着了，醒来后看到一个陌生的年轻男人，遇到了那两个警察。

如果14号的案件是他所为，那关情知情吗？对啊，14号死的那个女的老是在网上骂关情。

难道杀人是关情指使的？还是根本就是关情动的手？

17号是台风天，政府提前通知了，他怎么会在那天上山？太危险了。

他去隧道干什么？因为他知道关情杀了月亮公寓的那个女人，关情找他去了隧道，要杀他灭口？结果没能成功，知道他昏迷入院后，关情为了打探消息，假扮警察。

那条隧道看上去确实像一个杀人埋尸的好地方……

可是关情为什么要说服他，他才是关情？

太多疑问堆积在小木的脑袋里了，还有更多疑问不断涌现：

如果关情的小说写的都是真的，他真的是个杀人犯，那关情不应该报警吗？杀人是不对的，知情不报那是包庇。

他到底杀过什么人，哪些人？动机是什么？

关情写这个小说的目的又是什么？缺乏素材？单纯的记录吗？普通人会这么做吗？

难道关情疯了？

关情现在不知所终，又是去了哪里？

## · 关 情 ·

关情气喘吁吁地把小柳丢在了一边，摸到掉在地上的眼镜戴上，单手叉着腰歇了好一会儿，左右一看，找到一棵大树，拖着小柳过去，捡起掉在地上的一条麻绳，把他和那棵大树结结实实地捆在了一起。确认结打得很死，小柳也昏得很死，人还有气，停在不远处的轿车车胎还有气，油也半满后，他走进了那幢外墙焦黑的小楼。

天才亮，楼里光线昏暗，他擦了擦眼镜片，绕进了一面写着"男宾区"的帘子后头。

这男宾区里铺的是地毯,到处都没有窗户,灯是早就不能用了,走了没几步,地毯就不见了,地上随处可见玻璃碴。

去往二楼的路被一些家具堵住了,家具堆得很高,几乎顶到天花板了。关情看了看地上的玻璃碴,隐约能看出一条玻璃比较少的小径。

他沿着这条小径往男宾区的深处走去。

他走进了一间厨房。厨房很大,沿四面墙壁能看到一些设备曾经存在过的痕迹。这里以前想必摆满了金属水槽,备菜桌,炉灶应该至少有四个。

厨房里如今空荡荡的。

就在这里,关情看到了一具黑猫的尸体,他就想起来另外一只黑猫了。

那是他大学毕业,回到灵城的那一年遇到的一只黑猫。

那天,在他匿名发出的稿件第三次被《新作者》退稿后,他决定出门散步。

退稿信将他的小说批评得一无是处,编辑说他的小说充斥着小资产阶级的无病呻吟,充斥着对底层人民生活的不切实际的臆想,刊登这样的小说是对《新作者》和文学的亵渎。

这个编辑在五年前可不是这样说的,五年前,编辑带着水果来拜访他父亲,看到他的稿子,夸奖他的才华,赞美他生在这样一个书香世家,还能体恤到劳动阶层的苦难,说他是个善良的、悲悯的作家。

那时候他的小说在灵城市级刊物上一直有发表,那时候他逐渐意识到,所谓文学不过是圈内人的游戏。他不甘心成为这样的游戏的代言人。

所以他在大学四年里一个字都没有发表,专心学习,他意在磨炼,毕业后他满怀雄心壮志地再度投稿，隐姓埋名，得来的却是这样一个结果。

不切实际。

小资产阶级。

可笑。他连阶级都不是。

就是在那个时候他遇到了那只黑猫。

准确地说，他遭遇了那只黑猫的死亡。

他看到一个人在杀猫，他喊了一声，那人慌里慌张地跑开了，猫咪在呻吟，或许还有救，只要及时送去附近的宠物医院，他知道他们家附近是有一家宠物医院的。

但是他没有动。他什么都没做。

他看着那只黑猫死去。然后，他靠近它，伸手抚摸它的毛发，直到它的身体僵硬、冰凉。

隔天，他去看它，老鼠开始吃它的身体。多讽刺啊，猫抓老鼠，如今老鼠吃猫。

第三天，那具被老鼠啃啮过的躯壳长出了蛆。当时的气温偏低，蛆虫只冒了三四条。

他每天都会路过那家宠物医院。

他一个字也没和别人说，包括父母。他决定写真实的、不含任何臆想成分的小说。写虐猫的人，死去的猫，吃尸体的老鼠，尸体身上长出来的蛆，蛆变成的蝇，蝇落在人的头发上。

他给悬疑杂志投稿，没有用真名。

他的稿件一下就被采用了。

之后他才告诉编辑，用关情这个署名。

203

主编还来找他了，吃惊地表示："原来你是老关的儿子啊，欢迎你给我们写稿啊！"父亲也很吃惊，表面上和主编相谈甚欢，背地里数落过他不少次：写什么不入流的小说，难登大雅之堂！你这属于自暴自弃！从小到大都是这样，做事虎头蛇尾，有始无终！一辈子都改不了了！

所以他搬了家，搬去了一间豪华公寓，每月光租金就要花掉他一大半稿费，但是没关系，他就是要用自己不入流的小说换来的收入过上名作家的生活。

他可以通过写小说养活自己，还可以过得很好。

他不写杂志稿了也没关系，他在网上连载小说，第一篇就有几万人收藏，每天都收到无数评论，他眼花缭乱，根本看不过来。

他有这个能力。他在哪里写小说都有人看。有很多人喜欢他的小说，有很多人看他的小说！

想到这里，关情的鼻子发酸。他能想到他被人追捧的名作家生活，但他没想到的是，他写不出一部小说的结尾。

他几乎要大笑出来了。

谁能想到一个作家离开了自己的人物原型竟然会才思枯竭，竟然不知道要怎么提笔了。好像怎么写都不对，好像什么台词都不是那个人物会说出来的话。

关情抽了自己一个耳光，他必须振作起来。小木不在了，他没能杀掉他，在隧道里他失了手，他到底不是那个野人的对手，那野人命也是真的大，在那么偏僻的地方，在那个台风就要席卷整座城市的时机，竟然还会有人经过，那个人竟然还是个警察，他没办法，只好放弃，只好躲起来，只好溜了。现在小木被警察抓了，他要向警察告密也好，他还失着忆，什么都想不起来也好，不管他了。不管那些警察了，随他们去吧，事已至此……在他们找到他之前，抓到他之前，他必须写完他的小说。小说可以烂尾，但不能没有结尾！

没有了小木又怎么样，他现在有新的素材，他有新的故事可以写！《烂苹果》的主视角是该换一换了，总是看这个无知无畏的杀人魔为非作歹，读者们也该腻了，那就换那个和警察斗智斗勇的连环杀人犯吧！给他加戏！用他来结尾！

关情看着自己身处的走廊，两边有不少卷帘门和挂锁，以前可能是用来储存物资的地方。

他摸出一串钥匙，笑了出来。他会写出结尾的，他能写出来，没有小木，他的小说也能完结。他会想到办法的！

## ·丁小倩·

门上有个很小的洞，吃的和喝的会从那里送进来。那个人就这么关着她。不管她叫"救命"，不管她撞墙，不管她撞门。每次她撑不住了睡着了，一觉醒来，吃的和喝的就会出现在那个洞后面。

洞口的直径很小很小，大约只有小孩的手臂能穿过去。她试过把手塞进那个洞里，使劲塞。一开始的时候，心一狠，能塞下三根手指，后来她瘦了些——有一顿没一顿地吃着，不知道今夕是何夕地吃着，没着没落，害怕、恐惧地吃着，能不瘦吗？

她最瘦的时候能往洞里塞进四根手指。

但很快这个时候就过去了，因为扔进来的食物变多了。食物是包在塑料薄膜里扔进来的,有时候是米饭包着些榨菜、辣条,有时候是米饭包着香蕉。起初只有一小团,给她塞牙缝都不够,但当她能塞四根手指进洞里的时候,饭量一下变多了,内容也变得丰富了,和外头买的捏好的饭团一模一样,吃上去还怪香的。她忍不住,一口接着一口吃,一个吃完了,没过一会儿竟然还会有第二个扔进来。喝的一开始是水,是塑料瓶子包装的,包装纸撕掉了,只有瓶子,瓶盖是红色的,扔进来的时候盖子就是拧开的。说不上来是什么牌子的,喝起来有股铁锈味,不像矿泉水。吃的变好了之后,喝的也变好了,瓶子里装的不是汽水就是牛奶。这么吃着喝着,丁小倩先前瘦下来的那些斤两一下又都长了回来。

　　她也后悔过,每次吃饱喝足之后都瞅着那个破洞的方向后悔。干吗要吃这么多,喝这么多呢?吃得多,拉得多,这巴掌大的、没有窗户的地方已经满是排泄物的味道了,下次绝不吃了,不吃不喝再瘦下来,瘦到能伸四根手指,五根手指,直到能把整只手伸出去。

　　可她又想,把手伸出去又能干吗呢?她试过抓住食物被扔进来的瞬间,借着光从洞口往外看。那洞口开得很低,她需要趴在地上才能看到外面,她看到过一只戴着手套、穿着长袖的手,还看到过一双踩着黑皮鞋的脚。还看到过一条走廊,看到对面的一扇卷帘门,卷帘门边上隔得不远又是卷帘门,往左看是,往右看也是。

　　她想,那就是每次食物和饮料被送进来之前她听到的怪声音的来源。哗啦啦的响声,就是卷帘门被拉起来的声音。卷帘门不会被完全拉起来,只会拉到洞口上方。

　　那也是每次食物和饮料被送进来后她会听到的声音。

　　丁小倩抓了下后脑勺,那里的伤口大约在愈合了,总是很痒。

　　她以为她是去见一个也想要自杀的网友的。

她不知道她的父母会不会找她。她离家出走过,得有好几十次了,她自己也记不清了,最后一次据说警察都不想理会了。父母也根本不联系她,父亲以为她被骗去了东南亚,母亲说"你还有脸回来"。

丁小倩低下了头,攥紧了手里吃到一半的饭团,不由得想,干脆死在这里算了。不吃了,不喝了,真的再也不吃一口了,饿死在这里算了。

饭团发出诱人的香味,那香味甚至盖过了屎尿的臭味。

丁小倩吞了口口水,还是咬了一口饭团。

她想,那个袭击她的变态早晚会杀了她。她早晚会死,她不想饿着肚子死。但有时候,她也怀疑那个变态不会真的杀了她,又或者他只是一个享受观察被囚禁起来的人的各种丑态的变态。可能这里有什么红外线摄像头,她在这里生活的一切细节,吃喝拉撒都正在被暗网直播。

她读过一些小说,都说世界上存在着一个藏污纳垢,专门进行各种不法交易的网站,在那里,只要给钱,人的任何欲望都能被满足。

至于为什么那个变态是"他",丁小倩的记忆有些模糊了。她只记得那天她到了和女网友约好的河边,没见到人,就拿出手机发微信联系对方,就是在那个时候,她感觉有人靠近了她,走到了她后面,她扭头去看的时候,就被什么东西击中了后脑勺。她瞥向后边的一瞬看到的是一个瘦高的身形。当时周围很黑,对方又是一身黑,印象中那人还戴了帽子和口罩,她根本想不起那人的样子。

或许是个女的。

关情的那篇三次反转的短篇小说最后的杀人凶手不就是个女的嘛。想到关情,丁小倩忽然打了个哆嗦。她和那个也想自杀的女网友就是在关情的粉丝群里认识。关情是个写悬疑小说的,她们甚至还一起兴高采烈地讨论过他小说里主角所讨论的"完美谋杀案"。

她坐在往南山来的公交车上的时候还在重温小说的片段。

她很喜欢这篇小说。

小说采用双线叙事的手法，有两条线，两个主人公，其中一个是生来缺乏道德感的年轻人小木，他身世成谜，不识字，经常因为一些微不足道的小事就杀人。有一次，他在火车站里睡觉，有人在他边上看直播，讲电话，大声吵嚷，不听规劝，搞得他睡不好，他就跟着那个人进了厕所，把人杀了；比如他肚子饿了，想吃东西，翻窗进了一户人家家里偷吃剩菜，被主人发现，主人和他争执起来，他一不做二不休，就把人杀了。这样一个年轻人，在街上流浪，随意地杀人，每每都因为各种巧合，各种机缘，没有在案发现场留下一点证据。总有几个坏掉的监控，没有办法拍摄到他出现在案发现场的行踪；总有一场大雨会冲刷掉他来过的痕迹；总有一个不报警的家属；总有那么几只流浪狗，啃食了尸体，使得死者的相貌都无法被辨认。总有那么几个人死得不明不白，但又无人在意。

有一天，小木目击了一场命案，杀人凶手也看到了他，想要杀他灭口，可年轻人对命案的态度让凶手十分惊讶，年轻人甚至透露出自己也杀过人——很多人。这让凶手对他的经历产生了兴趣。而这个凶手便是另外一条叙事线里的主角，林肇，一个深受杀人冲动困扰的上班族，为了缓解那无时无刻不啃啮着他的杀人欲望，他成了一个职业杀手，受雇于各种非法组织、个人、财团，为他们清理发展道路、人生道路上的障碍。他也杀过想自杀却没勇气的男女老少。

吸引丁小倩的是这篇小说里所描述的各种各样的杀人委托，还有两个主人公亦敌亦友、亦师亦徒的关系：年轻的杀人者从职业杀手身上学到了很多东西，他学会了一些文字，开始读书，具备了一些基本的道德观念，这些观念的出现逐渐动摇了他对杀人这种事的观感，他开始质疑自己的前半生，他甚至开始质疑职业杀手的所作所为，而职业杀手打从一开始就明确地知道杀人的错误性，它既违法，也违背基本的社会道德准则，但是他无法战胜那种践踏人命的渴望，于是他杀人。

关于完美谋杀案的讨论就发生在这样的两个角色之间。

老练的职业杀手说过，假如要制造一场完美的谋杀案，他会选择潜入一个心理医生的治疗群，因为那些需要找心理医生的人通常意志薄弱，想结束生命，但又缺乏勇气。他提出，最好找那些有多次离家出走经历的人，一来，就算他们的家人会因为被害人的失踪去报警，但是因为被害人有过多次离家出走的经历，警察也不会重视；二来，被害人的家属说不定早就想摆脱这个累赘了，被害人失踪对他们百利而无一害。

回忆到这里，丁小倩不寒而栗。当时看到这段的时候她就心有戚戚，所以记得这么清楚，此时此刻，她捂住胸口，落下了眼泪。

她不就是一个活生生的例子吗？

她时常想，她活着到底是为了什么？她更常想，她要是死了，她父母说不定能过得很开心。她的存在让那个家充满了争执，充满了痛苦，她的存在对社会也毫无益处，她只是一架巨大机器上的一个不起眼的螺丝钉，可有可无……

就像《烂苹果》里那些死在小木手上的人一样。他们都是被人嫌恶的、不被需要的存在……

这或许也是她这么憎恨这篇小说的原因。

它把她赤裸裸地剖开了给她自己看。

所以她攻击它，诋毁它，试图让它在网络上消失。

就像《烂苹果》里那个表面看上去温和斯文，私下却双手沾满鲜血，脑袋里无时无刻不充斥着杀人的念头的林肇一样，每个人似乎都有一个疯

209

狂变态的内核,都在等待着引它爆发的导火索。

想到变态,丁小倩又开始疑惑了,那个变态到底为什么要关着她?到底什么时候才会动手?长痛不如短痛,她也算来人世间走过一遭了,也交过一两个真心的朋友了……

这里到底是哪里?

她还在南山附近吗?

这里是什么仓库吗?这里该不会隶属什么犯罪组织吧?他们要卖她的器官?一直在等买家交钱?器官移植还是新鲜的最好!

丁小倩已经泣不成声,她咽下嘴里的最后一口饭团,对了,这些饭团……每次她吃完就会犯困,难道里面加了安眠药?想到这里,丁小倩把手伸进喉咙里抠了好几下。她吐了些食物出来,可是,她在这个密不透风、伸手不见五指的地方无处可逃,无法呼救,那个囚禁她的变态为什么还要用安眠药弄晕她?

她又有些困了,但是现在还不能睡!

她还是想活下去!还是想再吃上一口热乎乎的饭菜,想在随便哪张床上舒舒服服地睡上一觉,还想去看电影,去希腊看海,《烂苹果》的连载她也还没追完!她还那么年轻……只要这回她能活着出去,她一定多做善事,去做义工,去看望孤寡老人,她一定要活得更有意义!

丁小倩趴在门后面,她好像听到了外面传来钥匙晃动的声音。又有人来了。

## ·竹心仪·

"根据我们的排查,目前锁定了以下案件。

"解放路便民超市 1 月 3 号的火灾,大火烧死了一个老人,因为火势太大,烧得难以辨认,家属,也就是老人的妻子周老太没有要求进一步尸检,消防判断火灾是烟头掉落在床单上引起的,邻居和之前照顾过老人的护工也做证,老人很喜欢在床上抽烟。我们正在联系那位周老太。

"安福居养老院 1 月 21 号,三楼 5 号贵宾室一名老人机械性窒息过世。

"还有在北边的狮子山上,发现了一具很符合小说中某段描写的男性尸体,现在在等法医的报告。小说记录的这些案件里,最离奇的要数植物园案件,而且,经过排查,我们确实找到了那位父亲,不过……"

宋平安突然打断了陈涛的报告,指着竹心仪道:"多亏小竹的坚持,我们还真的在一个犄角旮旯里找到了那个阮大仙,顺便帮当地派出所把这个封建迷信的地方给收拾了。"

竹心仪谦虚地欠了欠身子:"那要多谢大家信任我,陪着我到处转,功劳是整个队伍的。"

宋平安朝她直摆手,竹心仪仰起脸来望着陈涛:"还是继续听小陈这边的吧,这部分比较重要。"

陈涛客套地一笑:"没有,没有,都很重要,都是重要线索。"他便继续说:"那位父亲怎么也不肯承认自己的女儿已经死了,就算我们在无名女尸档案里找到了符合条件的女尸,尸体有被性侵的痕迹,但是家属拒绝配合做 DNA 检测,这……宋队,也没办法强制执行吧?"

陈涛说:"出于社会影响的考虑,我们已经联系了新新网站,责令他们下架这本小说,网站编辑还在那儿和我讨价还价,说什么这文热度其实也不高,一问之下,他承认了,《烂苹果》的数万收藏量里有一部分是他帮关情买的,为了造势,指望靠这些虚假热度抬高影视改编版权的售价或者其他方面的收益,这个网站上不少小说都这么干,而且关情是知情的。"

"我就说嘛,现在谁还上网看这种装腔作势的小说啊,看看爽文不好吗?那他到底靠什么赚钱啊?"麻定胜问道。

陈涛说:"反正看银行流水,他的生活还算没大问题,就是'月光'吧。"

宋平安问道:"那还有其他疑似案件吗?"

"目前没有了。"麻定胜说,"和小说里写的一样啊,没有人报案,我们也没办法啊……"

宋平安就发脾气了:"做事怎么这么死板?!小说里写的就都是真的吗?小说是会进行戏剧化处理的!你们要多动脑筋!被一篇小说牵着鼻子走,说不定他也是道听途说,都是捏造的呢!"

他道:"还是专注袁天南案和丁小倩案。"

竹心仪插话了:"宋队,比对结果出来了,真的不是丁小倩……"

"是吗?什么时候出的报告?"宋平安喝了一大口茶,一看时间,"他妈的,又要去开会了,惠莹,你把那个抗洪救灾的报告给我。"他提着水杯,再三要求:"别被一篇小说牵着鼻子走!找关情,挖地三尺都要给我把他找出来!"

他一走,一群人都没声音了,大家目光都有些呆滞,看上去都很累了,过了半天,陈涛说:"这专案组能成立起来吗?"

麻定胜说:"我们现在也没有任何确凿的证据,就只有一篇小说。"

他鼻子里出气:"还真成了完美谋杀案了。"

陈涛支着脑袋看着贴满案情线索的黑板:"听说那个周老太经常被那个老头子打,虐待……"

黎刚就出声了:"杀人肯定是不对的。"

陈涛说:"我没有支持他这种行为的意思。"

麻定胜把一颗口香糖扔进嘴里,说道:"蝙蝠侠都不杀人呢。"

惠莹敲了他的桌子一下:"我们这儿还没到哥谭市的程度吧?"

麻定胜又说:"小木的原型是小木,那小说里那个和小木亦敌亦友的林肇的原型又是谁?"

"他自己?"惠莹猜测道。

麻定胜分析道:"要真是他自己,他心理肯定有问题,多半是个疯子,林肇这名字取得,肇事的肇,而且我记得他是个职业杀手吧?这不就是想搞事情吗?"

惠莹笑了:"哟,麻大师,回头去心理咨询室竞争上岗吧。"

麻定胜朝她挑了下眉毛:"说正经的,我们要不要排查一下最近的失踪人口啊,小说里面林肇不是一直念叨着要绑架什么离家出走的人,制造完美谋杀案嘛……"

陈涛摸着下巴:"排查,排查……"

大家也都应声,可都坐着没动。

"还是先吃个晚饭吧!"惠莹起身道。

竹心仪的微信响了,是先前认识的一个导游发来的信息:姐,八成是了,那儿还是个卖点呢,之前我们组织过什么万圣节探秘游,还去了那里呢。

竹心仪便举起手,说:"小说里小木的身世就是个谜,他自称第一次杀人的地方是一个有山有水的地方,就是他走出树林的地方,那里有个村子，村子里有一棵长得像手的大树，我找一个导游朋友问了问，觉得小说里写的这个地方很可能是离灵城50公里的銮县。"

"銮县？靠近温泉度假村的那个？不是说没人住了，一直闹鬼什么的吗？"麻定胜的声音越来越轻，"那地方挺邪门的……"

陈涛听了，看着竹心仪，手伸进了口袋里。

竹心仪对他道："要不我们一起跑一趟？"

麻定胜说："不然我和你跑一趟吧！看小说看得我头都大了。"他撸起衣袖，一挺胸脯："说不定在山上的什么土坑里一口气挖出十来具尸体！"

惠莹道："你希望发现更多死者？"

"我不希望啊，这不是没死人没案子就没资源嘛！"

黎刚站着翻桌上厚厚的小说文本："你们说这篇小说要怎么结尾啊？"

"写的人都失踪了，结不成了吧？"惠莹说。

陈涛叹了口气，拍了两下脸颊，和竹心仪对上了眼神，两人一同起身。陈涛道："从头到尾没个正面角色，总不能天降个警察来个一网打尽吧？"他想了想："正义战胜邪恶在这儿不适用啊，这里就是纯粹的邪恶，可能更恶的一方获胜吧。我看就算我们不干预，这小说也早晚得下架，太负能量了。"

他把麻定胜按回椅子上，麻定胜突然举起手机，欢呼了声："那个黑梦咖啡馆的老板回我信息了！我的天，我还以为他的店倒闭了，人跑了呢，原来是去度假了！他说他16号见过关情！因为是台风来之前那天，关情点了咖啡和另外两个人坐了好久，走了之后还回去找手机了，他们店里人一向少，他记得很清楚！"

八月
十六日

August

16th

# 八月十六日
August 16th

· 关 情 ·

关情和小木先到了黑梦咖啡馆,两人找了个角落的位置坐下。这个咖啡馆没有监控,店员也很闲散,就算客人点单也只是一边看手机一边回话,都不用正眼打量客人,店里的装修也很简单,没什么拍照打卡的价值,每天客人都不多。关情每每路过这家咖啡馆都很好奇这地方是怎么维持下来的。

12点了,小柳还没出现。关情喝着黑咖啡,不禁自问:他不会放我们鸽子吧?他还很好奇,小柳找他是要聊什么呢?小柳认出了他,好像对他的身份很感兴趣,难不成是想找他给他爸著书立传?

小木打了个哈欠,摸着肚子很是无聊。关情说:"你是出版社那边过来的人,记住了吧?少说几句。"

小木点头,关情还是盯着他,他懒懒地答应:"记住了。"

关情问小木:"你觉得他主动联系我想干吗?"

"不知道。"

关情说:"他说他在看我的连载。"

小木揉了揉眼睛。关情又说:"刚才在家说了一半,那你觉得完美谋杀案是什么样的?"

小木指着自己:"我这样的?"

"你这属于没人去报案,没案件,"关情摸着下巴,"不过应该也算是一种。"他掰起了手指:"还有一种情况,没有尸体就没有案件,一开始就不存在的谋杀案就是完美的谋杀案。"

小木来了兴趣:"有点道理,但是杀了人总会有尸体吧,你说的没有尸体指的应该是尸体没有被发现。"

关情说:"要么杀人的人抛尸的地方很偏僻,要么就是分了尸,把尸块随意丢弃,或者……"

"或者?"

"尸体被人发现了,甚至警察也贴出了公告找人认领尸体,但是无人认领,"关情苦笑,"这种情况下,虽然警察也会立案调查,但是这种案件很容易因为缺乏被害人家属的坚持,加上有限的警力而无疾而终。没有结果的案子,就只是档案库里的一份卷宗,找不到加害人的被害人也仅仅是一个死人……"

关情的思路忽然打开了,又提出了另外一种可能:"将谋杀伪装成自杀也是一个思路。如果一个人只是单纯地想杀人,又不想被抓,而且他没有什么变态的特定的取向,他也不热衷在受害人身上留下签名,这种人最难抓,FBI都没办法给他画罪犯肖像啊……

"我要是这样的人,那我就加入一个心理医生的病人群,或者什么抑郁症患者群聊群组,那里有大把的人活够了,想死又因为各种各样的原因死不成，也有大把的人就算死了，也不会有人觉得蹊跷，在这里他会很顺利地寻找到一个目标、猎物。

"那些需要找心理医生的人，很多都是想死但又没胆子的，凶手可以以协助自杀的理由诱惑这些人，记得让他们自己准备好遗书，也要记得删除聊天记录。最好是选那些已经有过离家出走经历的人，一来，就算有人因为被害人失踪去报警，但是因为被害人有过多次离家出走的经历，警察也不会重视；二来，被害人的家属啊，身边的人啊，说不定已经习以为常，心里早就想摆脱这个累赘，人走了不回来了对他们来说反而是件好事。

"在养老院找猎物更容易了，久病床前无孝子啊，而且活成只能瘫在床上的样子了，他自己也痛苦啊……"

小木说："你不是一直和我说现在监控很多吗？养老院那些地方应该都有监控吧？"

"恰恰是因为监控太多才有漏洞可钻啊，而且监控会覆盖，只要过了监控覆盖的时间，就万事大吉了。"

关情信心十足地继续说道："我们相信监控会拍到一切，能追溯一切；我们还沉迷手机，走在路上看手机，进了电梯看手机，坐在地铁上看，吃饭的时候看，等车的时候看，我们相信有一双双电子眼睛会帮我们记录下身边的危险人物。而且下雨天的时候，伞一遮，监控还有什么用？什么都拍不到啊。"

小木听得很认真，仿佛要记下他说的每一个字。

"而且你要是去医院杀人，那就装扮成护士或者搞殡葬的，去公寓楼就装扮成水管工、装修工人，最简单的，装成送外卖的，那你戴个头盔进出哪里都不会有人怀疑你了，反正伪装的样子必须是能为别人提供便利的，这样别人就不会质疑你的存在。"他斩钉截铁地说，"况且，杀一个想自杀的人，最多只能算协助自杀，并不算谋杀。"

小木说："不过有个问题我不明白。"

"什么？"

"为什么杀人要追求完美的谋杀案？你也说了吧，这年头，杀人还不想去坐牢的，是懦夫。"

"那么聪明的人你也觉得他是懦夫？"

"聪明和是不是懦夫有什么关系？"

关情笑了："也是，那些卖国的高级知识分子难道还少吗？"

不等他们再讨论下去，小柳出现了，他看着手机从外面找进来，迷茫中看到了关情，眼睛一亮，指指柜台。他去点饮料。

小柳拿着一杯冰咖啡过来坐下了，他坐在小木对面，看了小木几眼，关情便先介绍："见笑了，这是出版社的助理编辑，和你说实话吧，我们对你父亲的案子很感兴趣，很想写一写，那天的伪装实在是有些……"

小柳摆了下手，并不在意："关老师，你都没有微博什么的，也没张真人照片，要不是我听你的声音实在觉得耳熟，也没法认出你来。"

关情哈哈笑："社交网络是给在社会上没有社交的人的。"

他又说："我也不是什么大作家，没必要搞那些，安安静静写故事就好了。"

小柳说："就是你最近的这个新连载，有些……"

"变态？"关情还是笑，"不知道是变态的人变态，还是喜欢看变态故事的人变态。"他拍了下小柳的肩："我不是说你啊。"

小柳说："倒也不是，我是觉得世上有各种各样的人，变态也好，什么样的人也好，有人写一写他们的故事也不赖，社会这么安定，还是需要一些这样的小说来提高一下人的警惕性的。"

关情道:"我的初衷也是这样的,对了,你找我是想聊些什么?不会真的是只想和我探讨下我的新连载的道德问题吧?"

"您遇到了这方面的困扰?是不是一直有个人,我记得网名叫什么清风的一直投诉您的小说啊?说什么违反法律法规。"

小木抬起眼睛盯着小柳,关情喝了口咖啡,搓了搓手:"好像是有这么回事,不过编辑让我别担心,说那个人是疯的,把榜单上的小说都投诉了一遍。"

"不会下架吧?"

"不至于。"

小柳看了眼小木:"那天听这位编辑小哥的意思,当年的案子,你觉得凶手另有其人?"他摸着桌子:"其实我也是这么觉得的。"

关情摸出了手机:"不介意我录音吧?"

小柳道:"那个案子你们了解多少?"

关情说:"也不多,我搜集了些剪报,也看了网上的一些说法和分析,有好几个那种分析罪案的博主都做过解说案件的视频,我也都看了看。"

小柳瞥了眼小木,关情道:"资料这位助理也帮我收集了一些,没事,您有什么就说吧,他是自己人。"

小柳道:"那几起案件的大致情况你们应该已经了解了吧,我就说说我觉得很可疑的一些地方吧。首先是导致我爸被捕的最后一起案件,受害者是一个10岁的女孩,是溪流街城中村一家打印店的工人的女儿,放暑假从老家过来玩的,人是8月13号失踪的。"

小木忽然插嘴:"你觉得你爸不是凶手?可是他自己也认罪了,你觉得他是屈打成招?而且他被抓之后就再没有案子出现了,这又要怎么解释？"

小柳就回答说："他认罪我觉得很大一部分原因是受了当时的律师的误导，我是从我妈那里听来的，律师说这案子几乎没可能赢，证据确凿，认罪的话还能算态度良好，不会被判死刑。"

关情道："那个律师你还联系得上吗？"

"他出国了。"小柳哀叹了一声，"律师费花光了我们所有的积蓄，结果……"他马上就收拾好了心情，道："说回案子本身吧，你们有没有发现案子都集中发生在暑假放假的这段时间里？也就是说很可能真凶也是放暑假回来的人。本地人，但是在外地读书的大学生；本地人，但是在外地任教的老师——你觉得这两类人的嫌疑难道不大吗？做完这一系列案件他就回学校了。"

关情摸着下巴说："不怕你笑话啊，我自己还给这系列案子画了一个罪犯肖像。"

"哦？"小柳很感兴趣的样子。

关情歪了歪头："我觉得这个凶手一直在做试验。你们看啊，第一起案件的被害人是被绳索勒死的；第二起的呢，是被砸死的；第三起的，身上多处致命刀伤；第四起的，又回到了用绳索勒死。四起案件均无性侵迹象。我推测，凶手应该在犯下第一起案件之前没有杀过人，第一次犯案后，就开始找寻最适合自己，最能让自己获得心理快感的杀人方式，一般连环杀人犯追求的其实都是这种快感，就像吸毒上瘾的人一样，他们尝试不同的毒品只是为了找到第一次吸毒时获得的那种快感。

"又因为这个案件主要针对青少年，我想这个凶手应该很容易接触到这一类人，或者说凶手接近这些人不会让周遭的人产生怀疑，同时，凶手对自己的体力其实没那么自信，因此对青少年而非成年人下手，他杀人并非有什么欲望要发泄，就是单纯地把死者当成一种试验品，不，也可能是祭品。"

小木插嘴："纯种变态啊？"

关情说："同时凶手应该受过什么心理创伤，青少年象征着生活的希望和朝气，凶手杀害他们是因为他们勾起了他对没有得到过的东西的渴望，这些死者都是他向他未曾有过的美好青春的献祭。"

小木又插嘴："说得这么文艺，不就是孬种、变态？"

关情没理会小木，继续对小柳道："我觉得凶手是一个有轻微残疾，青少年时期遭遇过霸凌的在校人员，在暑假期间来到灵城犯下了这一系列案件。"

小柳道："那我们的想法不谋而合啊！"

小木说："心理残疾也算残疾的一种不？"

关情皱起眉头，道："让我有些迷惑的是，像这种连环杀人犯是很难按捺住内心杀人的渴望的，因为他们的动机就是一种有违常理的、不合逻辑的冲动，也可以说是疯狂，他们被捕前一定会持续作案。如果真凶另有其人，先不说是什么让他犯下第一起案件，"他看着小柳："你父亲柳秉真被捕后，不管他身在何处，肯定会忍不住作案的，但是之后也没听说全国哪里出现过类似的案件啊。"

小柳说："可能比起杀人，他更怕被抓，我爸给他当了替罪羊，他觉得是时候收手了。"

小木环抱起胳膊，若有所思地附和："那真就是一个孬种。"

小柳干笑了下："杀了人还能逍遥法外，那也挺聪明的，不就是那种电视、电影里上演的高智商犯罪啥的吗？"

小木盯着他，道："有这智商干点啥别的不好？"

"也许吧……"关情没有加入他们的讨论，幽幽地叹了一声，还是觉得不合理，"一般这种人很难收手的，而且试验已经做完，勒死是最能让他满足的杀人方式，难道他会就此打住吗？"

小木看着他，不耐烦地咂嘴："你都说了是做试验了，也可能是他觉得试验做完了不就结束了嘛，没必要继续下去了呗。"说起杀人来，他滔滔不绝："用绳索勒死人其实特别不方便，既花力气，还费时间，还容易勒着自己的手……"

关情怕他再说下去就要露馅了，在桌下踢了他好几脚，小木这才闭了嘴。所幸小柳好像没注意到他的这番说辞，还沉浸在对"真凶"的分析里呢。

小柳道："2018年之后没多久不就有疫情了吗？想出个门都成问题，别说杀人了，我估计他只能在家杀杀猫、虐虐狗泄愤了。"

关情道："继续说说你说的疑点吧。"他看着小木，警告般地注视着："你别打岔了行吗？"

小柳笑着说："没事，大家讨论讨论，集思广益。"

但小木真的就不吭声了，双手插在口袋里打起了哈欠。

小柳继续说："那天警察怎么会找上门的我想你们也知道了吧，新闻上描述得绘声绘色的，因为警察在16号早上接到了一个群众举报电话，说看到我爸推着个小车进了我们家的垃圾处理场，还说那个小车上盖着块雨棚布，看到一条小胳膊垂下来。警察后来追查打电话的人，查到电话是从一个香烟店内打出来的，诡异的是，这家香烟店离我们家十几分钟的路程，谁都知道看店的是个瞎子，你敲两下桌子，他就知道你是要打电话，就把一台座机从柜台里面拿出来给你，那周围也不像现在，到处都是监控。问那瞎子，那瞎子也说不出什么。找一个瞎子借电话打，肯定是熟悉这一片的人才干得出来的事情，对吧？而且……"

小柳吞了口唾沫："我爸被抓的时候，我就在现场。我们家确实有很多推垃圾的独轮车，也有雨棚布，哪家收垃圾的没有啊？警察冲进来的时候我在屋里，听到声音我就出去了，看到我爸在后院，面前是一个小女孩，他就站在那里，地上有个浅浅的坑，警察说怀疑我爸当时是要埋尸体，但是我不记得有看到铁锹之类的东西，垃圾场里到处都是浅坑啊，一些垃圾收进来就直接在厂子里面挖坑埋了是常有的事情。"

"你怀疑有人陷害你爸？把尸体放在了你们家，然后去打电话举报了？"

小柳点头："当时这个案子闹得很凶，我妈到现在还不让我晚上出门，关老师，你应该有印象吧，小孩子都不准出门的。"他看向小木："你是本地人吗？按你的年纪推算，晚上大人不让小孩出门这事你应该也有印象吧，你2018年的时候也就十几岁？"

"他不是本地人。"关情忙说话。"我也有印象，"他干笑，"要不是我大学四年都没回来过过暑假，那我就是你画的罪犯肖像里的犯罪嫌疑人了。"

小柳道："凶手可能看案子越闹越大，怕不好收场，就盯上了我爸。网上不是有各种分析吗？说看第一起、第二起案件的弃尸地点，怀疑很可能是那种收垃圾的人干的，一是这种人经常会去各种废弃工厂收东西，二是他们有运输工具，身上也总是有股味道，能很好地掩盖搬运尸体时带来的臭味。"

小木说："而且很多人看到收垃圾的就会避开，不会正眼打量他们。"

小柳点头称是："所以我怀疑真凶是看了网上的这些分析，加上他住在溪流街，起码对这个片区有一定的熟悉度，才锁定了我爸，决定嫁祸在我爸身上。"

关情说:"警察虽然着急结案,但是也不会冤枉一个无辜的人,我看了当时的庭审记录,其实你们找的那个律师的选择已经是最优解了,态度良好的认罪,争取从轻处理比纠结无罪有胜算多了,毕竟你父亲确实拿不出不在场证明,而且当时还在你家里发现了一些关于捆绑、连环杀人犯、犯罪心理方面的书籍。"

"我和警察说了,那些都是收旧货收来的啊!我爸收过不少书,一般书他都会留下来看图书馆要不要,他说书是不能轻易处理掉的。"

小柳又说:"我觉得第一起案件很重要,真凶如果真的心理变态,说不定想杀人很久了,但是瞻前顾后的,没有施行,为什么呢?又是什么导致了他第一次的痛下杀手,他的爆发?"

关情说:"是,第一起案件确实值得重点分析。"

小木耸肩:"我听你们的意思都觉得杀小孩的是个大人是吧?也有可能是小孩杀掉小孩啊,为什么非得是大人干的?因为是小孩杀的,对抛尸什么的完全没概念,杀完人就走了,不行吗?"

关情瞪了他一眼:"你这话怎么听上去像抬杠?"他苦笑了下:"你昨天刚看完我给你的《X的悲剧》是吧?"

小柳有些尴尬了:"这么一说……也不是没有可能……但是小孩想不出来要陷害人吧……而且记者也爆料了啊,最后打电话举报的人是成年男性的声音。"

"为什么你觉得举报的人一定是凶手?可能真的有人看到了你爸推着个小车,小车上垂下来一条胳膊,进了你们家的垃圾场啊。有两种可能,"小木忽然推理了起来,"你爸一大早出去收垃圾,老眼昏花的,看到具尸体,以为是个人偶,就收回了家,第二种可能,你爸和杀人凶手是一伙的。"

小柳说:"你刚才还说杀人凶手是孩子,所以我爸和一个孩子是一伙的?"

"我说可能是小孩,没说一定是啊,你爸会不会有什么把柄在杀人凶手手上?他必须帮着凶手打掩护?"

关情摸着下巴:"会不会是个女的?刚才说起凶手可能是小孩,我想到了,要杀孩子,那需要的力量不是很大;要和孩子套近乎,如果不是孩子的话,女性其实比男性更容易接近孩子和让孩子轻信,你们说呢?"

小木直言不讳:"不会是你妈吧?我看她古古怪怪的。"

小柳清了下喉咙,咬着吸管喝咖啡。关情觉得尴尬,又觉得有些好笑,憋着没笑,斥责小木:"你还是少说两句吧!"

小柳又说:"那几个被害人的身份,你们也都知道吗?"

关情搓了下手:"这倒不是很清楚,因为受害人都是小孩,有两个用的是化名,只有那个女警的女儿,记者当时爆了料,大家都知道,还有第二个死者,那个家长闹得很厉害,天天去公安局门口静坐,我记得……"他看着小柳:"你爸被抓之后他是不是还去你们家静坐了?"

小柳点头:"第一个被害人是个男孩,其实警察会定我爸的罪,我觉得很大一部分原因是这个男孩和我家有点亲戚关系,是一个很远的亲戚,他们家也住在溪流街那一片,不过他爸是楼霸,街上一整栋楼都属于他们家,他算个小霸王吧,平时嚣张跋扈的。"

"你认识他?"小木问道。

"认识啊,我们年纪差不多,一起玩过,还一起报过一个武术学校,就在溪流街上。他是家里的独生子,奶奶和妈妈宠得很厉害,他爸觉得怎么也教不好他,就报了个武术学校,让老师收拾他去。"

"你也是因为是独生子,家里管不好,你爸让老师收拾才去的武术学校？"小木道。

"不是，我是老师去小学里挑学生挑中的，老师说我天赋异禀。"

"你会武功？"

"13 岁的时候摔断了右腿，天赋断了。"

"你哪一年的啊？"

"2002 年的。"

"2018 年的时候 16 岁？高中生？"

关情就在一边看着他们你来我往。小柳摸出一张照片："我在家找到了一张以前上体校时的旧照片。"

那照片却是残缺的，像被烧过。小柳解释道："翻出来的时候我妈正好在边上，她受了刺激，拿照片要烧，她就是不想陷在过去的泥潭里……我抢救了下来。"

他指着那张残照上一个坐着的男人说："这个是我们体校的校长。"

他看了看关情和小木，小木抱着胳膊瞅着那张照片，撇着嘴角，提不起兴趣的样子。

"体校隔壁是个足球俱乐部，就是那个女警的女儿踢球的地方，也是最后有人看到过她的地方。"小柳说。

关情拍了下脑袋："这么一来，被害人一个个都联系起来了！"他说："第二个死者，男孩，14 岁，最后被人看到是在溪流街上的一个网吧里，那个网吧不查身份证就能让未成年人上网，出事之后就被查封了。你住那一带，你有印象吗？"

"有点印象，那一片的小孩都知道那个网吧，给钱就能去玩。"

小木问小柳："你去过吗？"

"去过。"

"玩什么？"

"游戏啊。"

"什么游戏？"

"吃鸡[1]什么的，你平时也爱玩电脑游戏？"

"玩啊，玩扫雷。"

小柳笑了出来，关情冲他摆摆手，示意他别理会小木："我们继续聊案子吧，我本来要去走访那个网吧的，现在变成了个奶茶店。"

"对。"小柳说，"第一个死者你们就知道他的化名是吧，我记得媒体用的是小亮还是什么名字。我记得他叫周勤勤，是我妈那边的亲戚。"

"又是你妈？"小木冷不丁插嘴。

"反正现在我们家和近的、远的亲戚都不来往了。"小柳挠挠鼻尖，"应该说是他们不和我们来往了。"

关情摸着下巴，盯着那张照片，照片的背景似乎是一幢小楼，两排孩子和校长在楼前合照，前排的坐着，后排的站着。

"这个校长为人怎么样啊，你了解吗？"他拿出手机搜索，"南洪武术……也是在溪流街上，靠近北河区那里，不过现在没了啊……"

关情在照片里认出了小柳，指着站在后排最右边的高个少年说："这是你吧？"

小柳笑着点头，指出了第一个受害人："这是我刚才说的周勤勤，我们校长挺喜欢他的，经常找他单练。"

那男孩坐在前排，就坐在校长的右手边，脸上的笑容有些僵硬。

小柳还说："校长人挺好的，你怀疑他？"

---

[1] 即《绝地求生》。因获胜时游戏界面会出现"大吉大利，今晚吃鸡"字样，所以通常被玩家称为"吃鸡"。

关情牵了牵嘴角:"我们也不是警察,手上掌握的线索很少,庭审记录上公布的也都是些检方能拿来定你爸罪的线索。警察断案嘛,都是从海量的线索里挑有用的,抓了你爸,那给出的线索肯定是要能定他的罪的,我们看到的肯定不是所有线索。"

忽然,小柳一拍脑袋:"我记得这个校长好像有些跛脚!"他抓住关情的手,激动地道:"好像是以前拍什么电视剧摔伤的,这不就是你画的罪犯肖像里推测的残疾吗?"

小柳又问:"您说警察查过他吗?您爸爸是记者对吧,我记得您在粉丝群里透露过,您又是作家,还是写悬疑类小说的,您说有没有可能……"

关情忙道:"现在管得可严了。"

"这案子已经结了,也不能搞些卷宗出来看看?"

"这种高关注度的案子,就算你是警察,只要不是当年参与追捕的,要看卷宗也要上级批准啊!"关情说完,小柳还抓着他的手,眼里闪过一丝落寞。

关情又说:"我爸要是活着说不定还有门路,可他已经走了……他那些朋友我也都不熟啊,他那些门路我也不清楚……"

小柳脸上的失望越发明显。关情不太好意思了:"不好意思了啊,让你失望了……"

关情又说:"我觉得这个南洪的校长值得调查调查。"

小柳说:"但我觉得最好不要打草惊蛇,这个人我比较熟,要是你们想了解什么,我可以带你们去找他。"

讲到这里,小柳收起了桌上的旧照片,道:"我还有事要先走了,不打扰了。"

关情喊住了他,道:"这照片我能拍一下吗?"

小柳没拒绝。用手机拍下那张照片后,关情就和小柳道了别。过了会儿关情和小木也走了。两人赶着往小区里走,关情说:"你跟在我后面进去就行了。"

小木点头,关情问他:"你说小柳干吗突然找我们聊这些?"

"觉得他爸没杀人,想找人申冤?"

"我总觉得有些古怪,你不觉得吗?你这杀人犯的直觉,感觉出什么了吗?"

小木抓了抓手掌心:"你说练武功好不好玩啊?练了武功是不是能当武打明星?"他比了几个动作,关情懒得搭理他了,眼看两人就快到小区门口了,关情一摸口袋:"哎,我手机刚才忘拿了,我回去找一找啊,你在这儿等我。"

小木答应了。关情往回走了一阵,远远地看见个人影在咖啡店门口,很像小柳,他闪身又进了店里,关情刚想过去打个招呼,转念一想,躲了起来看着。他看到小柳从他们刚才坐的卡座边上的一排景观花盆里捞了个东西出来,离得太远,看不清是什么。像手机,也像录音笔。

关情吞了口唾沫,紧紧盯着小柳,心里七上八下,难道小柳知道了什么?知道了小木的事情?不可能……但是小木在他身边,始终是个不小的隐患。看到小柳离开,关情回到咖啡店找到了手机,他这么进进出出的,咖啡店前台的工作人员一句话都没有,仍旧低着头刷手机,仿佛他根本不存在似的。

关情的心稍安了一些,回到公寓楼下,小木老实地在原地等他。天很热,小木站在树荫下,满头大汗。

他想再给小木一次机会。

关情问他:"10号那天你去吃水煮鱼了是吧?"

"对啊。"小木回答得很干脆,"冰箱里还有可乐吧,热死了。"

"没有被其他人看到吧?"

"没有。"

"没干别的事情吧?"

"没有。"小木打岔,"你说咖啡馆的人会不会记得我们?"

"我看他玩手机还来不及,再说了,不要把自己想得太重要,没有人会记得一个陌生人的。"

"你去找手机,他可能会对你有印象。"

"那也不一定记得我和你一块出现过。"

"那个姓柳的怎么知道我们认识?怎么看出来的?"

关情翻起眼皮:"可能有些人演技太差了。"

小木抿起了嘴,不说话了。

蝉在树上叫,一口气好长,热浪滚滚。

关情仰头看天:"明天台风真的要来了。"

小木说:"适合毁尸灭迹。"

他看向关情。

关情一下慌了,眼神却没移开,强作镇定:"最近没什么人得罪你吧?"他指着自己:"你对我有什么意见?"他突然说:"你不会是想……干掉小柳吧?"

关情这下也有些不确定了:"我觉得他不至于到处乱说什么,但是……"

"但是?"

关情一笑:"可能他看出我们认识也是直觉吧。"他道:"你最近还是在家待着吧,还是少让别人看到我们在一起为妙。"

小木安静了会儿，快进小区时，他道："我好像在哪里见过他。"

"不就是 14 号吗？"

"不是，可能是在更久之前，记不清了。"他伸了个懒腰，"真的还有可乐啊？你别骗我啊。"

关情说："对了，刚才编辑发消息给我，找我晚上一起吃饭，我过会儿上楼换个衣服就出门了，应酬应酬。"他补了句："可能很晚回来，你别乱跑。"

有些事情，他想先自己去确认一下。

## · 小 柳 ·

10 点的时候，小柳打算出门了，他照例和母亲告别，拿手机。母亲照例叮嘱他："路上小心，上班的时候好好工作。"

小柳出了垃圾场，搭公交车去了图书馆。他找到一台电脑前的空位，放下背包，坐下，边上的女孩对他笑了笑，取下一边的耳机，说："你每天都这么准时啊？"

小柳也笑了笑，他打开网页，搜索成人高考、专升本之类的信息。他还去书架上抽了些参考书，拿回位置上看。窗外洒满热烈的阳光，他看了一眼，眯了眯眼睛。

他又搜索：氰化物，法医现场，正常人注射胰岛素，马钱子的毒性，屠夫纪录片，用斧头和锤子分解猪，用猫砂和木炭除臭。

他一边浏览这些信息，一边还打开了个网站，快进着看了几个新出的罪案纪录片，有国外的，也有国内的。和他听过的、了解过的许多真实罪案故事一样，这些纪录片里的罪犯还是几乎都拥有悲惨的童年，而纪录片的制作者也格外热衷于聚焦他们的往事，似乎是那些酗酒嗜赌的父母，颠沛流离、寄人篱下的经历，社会福利系统的不作为使得他们失去了感受"爱"的能力，失去了被爱的希望，再也无法和人进行正常的交往，他们的心理逐渐扭曲，多多少少都有些精神疾病，有的会出现幻听，有的患上了分裂样人格障碍，有的在疯狂的状态下犯下罪行。到了法庭上，他们的精神疾病就成了一道免死金牌。当然这其中也有一些人生活幸福，却因为遗传性的精神疾病作祟而犯罪。

忙了近一个小时，小柳看时间也不早了，就清空了除了成人高考以外的浏览记录，和女孩打了个招呼就走了。

11点半的时候他赶到了黑梦咖啡馆。

他在外面等了会儿，发现店里的员工只有一个，店外头也看不到监控，没有客人，那员工一直靠在吧台上玩手机。

小柳戴上兜帽走了进去，员工并没有阻拦他。他观察了一阵，咖啡馆不大，有一圈卡座的位置隐蔽，他便悄悄过去，拿出录音笔开了起来，把它放进了卡座边的景观植物花盆里。

接着，他回到了咖啡馆对面，在能看到咖啡馆入口的位置藏着。

11点50分，关情和那个年轻男人出现了。小柳忍不住自问：这个男的和关情到底是什么关系？他们是怎么认识的？

八月二十六日

August

26th

# [ 八月二十六日 ]
August 26th

## · 竹 心 仪 ·

  銮县名义上虽是个县城，可地小人少，因为靠近原南山温泉度假村，度假村的大火蔓延到了县里，烧了不少人家。突发的大火也被人们视作不祥，当初已经搬走了一拨人，度假村出事后，原本在度假村谋职的年轻人也都去了南方打工，因此现在还住在县城里的不过几十户，多是行动不便的老人和留守儿童。

  竹心仪坐在一辆警车后排看书，又是一个转弯，窗户外就是悬崖峭壁，她往外瞅了瞅，把书放进了皮包里。

  "不晕吧，姐？"开车的人笑着问。

  为了办事方便，她和陈涛在来銮县的路上联络了当地的派出所，銮县位于两峰交界处，进出都只靠一条山路。山路盘旋，临渊而建，派出所特意委派了熟悉该路段的民警严臻开车带路。

  "还行。"竹心仪说。陈涛坐在副驾驶座，一路上都在打盹，竹心仪此时也有了些睡意，打了个哈欠。

"看什么书呢？"

"外国名著，你看过吗？托尔斯泰的《复活》。"

严臻道："这……对查案有帮助？"

一直睡着的陈涛动了下，换了个姿势，双眼仍旧紧闭。

"也许吧，不知道啊，查案就是这样，大海捞针。"

"是，是，说得是。这书和这个案子有关？"

竹心仪只是笑。

车到县城，陈涛醒了，严臻就东一句西一句地和他打听起了他们在办的案子。

"现在找失踪儿童都用上刑侦的骨干啦？是不是抓了个大人贩子啊？"

和小木有关的几起案件还在侦办，案情扑朔迷离，牵扯到不少"不存在"的案件，竹心仪他们队上早就商量过了，暂时还不方便透露太多关键信息，加上两人确实是来找寻与小木身世相关的线索的，就打着寻找多年前失踪儿童的名目和派出所通了通气。

陈涛应了声，放下车窗，指着不远处一棵怪模怪样的大树说："就是那儿吧，长得像手的树。"

竹心仪跟着望出去，确实看到了那棵大树。

关情在小说里写过："在那棵大树边上有一间绿顶的屋子。"

"绿顶的屋子！"竹心仪一下就看到了那矮矮的平房。

严臻把车开了过去，停在了绿顶小屋门口。这是间黄土砌出来的小屋，门口停着一辆自行车，门前挂着好几串红辣椒。一扇同样发绿的木门微微开了一道缝。

"琪婆婆！在不？"严臻推开了门往里走，招呼竹心仪和陈涛跟上，说:"这儿住着个老太太和她孙女,她儿子和儿媳妇在深圳打工。"

关情的小说里还写着:"从绿顶的屋子里走出来一个瘦小的老太太,不等小木看清楚她的长相,他就昏了过去。"

陈涛已经准备好了小木和关情的照片。

木门后头是个院子,一个瘦小的老太太正在那儿晾衣服。

陈涛上去就和她打招呼,严臻帮着说明了情况,老太太站在晾衣绳前端详小木和关情的照片。

老太太说:"都见过。"

她指着小木:"不过是好几年前啰。"

她指着关情:"这个几天前才又来找过我,就是闹台风前那天嘛,挺晚了呢,也给我看照片呢。"

陈涛道:"您确定?"

老太太嘿嘿一笑,一张嘴里没剩下几颗牙了:"这地方能有多少人来找我这个老太婆说话呀,记得,都记得。"

竹心仪站在一旁,新洗过,才晾起来的衣服在阳光下滴水。她看了一圈,没看见洗衣机,院子里堆了不少瓶瓶罐罐、木桶盆子。

"这些都是您家的?"竹心仪问道。

老太太道:"山上捡来的,能卖几个钱。"

"您孙女呢?"

老太太从脚边的木盆里捞起一件黑色短袖在空中抖了抖,说:"上山玩去了。"

严臻道:"没再去度假村那里了吧?"

老太太嘿嘿笑:"小丫头被吓得不轻,不敢去了。"

竹心仪问道:"怎么回事啊?"

老太太刚要说话，陈涛又问了："你说你几天前见过的这个男的，他来给你看什么照片？"

陈涛挥舞起小木的照片："是看这个人的照片吗？"

老太太头摇得像拨浪鼓似的："不是，是给我看一张他拍的，手机里的照片，就半张，问我见没见过上面的人。"

陈涛皱起了眉头："手机里的半张照片？"

老太太一指那件黑色短袖："那张照片里的人都穿着这样的衣服。"

她道："那天珍珍就穿着这件呢，他看到的时候吓了一跳，然后又很高兴，那人看着斯斯文文的，笑起来有点疯，怪吓人的呢……"

竹心仪凑过去看了眼，看见了那件黑色短袖的正面。

正面印着四个小字：南洪武术。

大约因为洗了许多次，这几个印刷字已经显出裂纹。

老太太又说了："这衣服就是他的啊。"她指着小木的照片："也就五六年前吧，我从山上回来，才进家门呢，就听到外头狗叫得厉害，出去一看，就看到这孩子倒在我家门口，我就把他带进了屋。他睡了好久才醒，问他名字吧，不知道，问家里人吧，也不记得，我想拉着他去派出所，一眨眼人就没了，我当时看他浑身都脏兮兮的，就给他换了身衣服，那换下来的衣服就给我闺女穿了，现在传给我孙女啦。"

竹心仪拿了关情的照片，又问老太太："您刚才说他几天前又来找过您，之前他也来过吗？"

"来过啊，问了我好多事情呢，什么记不记得搭救过一个人啥的，我说我好几年前确实遇到过一个，就是这个啊。"她戳了戳小木的照片，"到底是什么事啊？这孩子怎么了啊？"

陈涛给竹心仪使了个眼色，要走的意思。竹心仪又想起件事，问道：

239

"再没别人找您打听过什么事情吧,最近?"

严臻扫视着她和陈涛,竹心仪也问他话了:"最近没见什么生面孔吧?"

老太太和严臻都摇头,陈涛就催着竹心仪走了。严臻送他们下山,竹心仪在后排问他:"山上最近不太平吗?那婆婆的孙女遇到什么事了?"

严臻不太好意思了:"这说起来就有点迷信了……"

陈涛不咸不淡地搭话:"还是度假村闹鬼的事情吧?我看老太太那些垃圾都是在度假村里捡的吧?"

"估计是遇到网上那种探险的什么博主了,我们抓过几个,小孩老爱去度假村那儿玩,说了也不听,有一天,说是大白天的撞见鬼了,那鬼还跟着她下了山,回了家。"

"台风天之前的事?"

"是,是之前的事情了。"

"最近没见过了?"

"最近也没去了,吓坏了。"

车到派出所,陈涛和竹心仪谢过了严臻,马不停蹄地赶往南洪武术学校。可武术学校早就停办了,原址成了个美容院。

看到那个美容院,竹心仪想起来了,看着边上的一片绿茵场,说:"这个儿童足球俱乐部倒还在,我女儿以前就常来这里踢球。"

陈涛说:"我感觉还是得找到关情,我去查查进出銮县的路面监控。"他一抬头,对着那美容院的招牌说:"现在探索小木的身世,可能没多大帮助。"

竹心仪道:"两手抓吧,万一呢?我去找那个校长聊聊。"

两人便在美容院门前分开了。竹心仪找到美容院的院长,好不容易联系上了南洪的校长，这人还在灵城，就住在附近的居民区。

竹心仪立即登门拜访。校长在家，拄着拐杖来开的门。她道："想和您打听您以前的一个学生。"校长让她进了屋，沏茶倒水，请她在客厅坐下了。

站在客厅就能望见足球俱乐部的草场。此时有一群孩子正在跑道上练习加速跑。

"会吵吗？我记得他们以前每次比赛都会播那个主题曲。"竹心仪笑着回忆，"就是那个动画片的主题曲。"

她想到了："怪不得他觉得那个旋律耳熟……看来以前真的是武术学校的学生……"她便出示了小木的照片给老校长看。老校长戴上老花镜，在阳光明媚处端详了半天，说："没什么印象，我这记性啊……"他叹了声："不过我这里有一些以前的照片，你看看。"

说着，他就在客厅大大小小的柜子里翻找起来。

校长家窗明几净，墙上贴着好些足球明星的海报。竹心仪看着那张梅西的海报，和他闲话家常："是不是有小孩两边跑啊，又练武术又踢球？"

"是，是有，离得多近啊，方便。"

校长站在客厅和餐厅的交接处，往身后的过道喊："我那些照片你妈给塞哪儿去了？"

竹心仪伸长脖子张望："您孩子在家呢？"

校长摆摆手，愁眉不展："宅女一个。"

他慢慢地走到过道上，歪着身子又喊："没给我扔了吧？"

一个女孩抱着两只铁皮盒子露了脸，没好气地说："不就在你屋里嘛！喊什么喊呀，好好找找啊！"

女孩瞥了竹心仪一眼，气鼓鼓地走开了。

241

校长拿着那两只盒子，慢悠悠地、一瘸一拐地往回走："她以前不这样，你说孩子吧，长着长着就变了样。"他露出一个苦涩的笑容："你说这孩子要是不会长大该多好……"

竹心仪给他搭了把手，接过一只铁皮盒子，打开了，翻出一堆旧照片，看了几张，在里头看到了一张熟悉的脸孔："这是柳家那个小孩吧？"

她和校长在沙发上坐下，拿起一张在武术学校门前拍摄的合照，校长看了一眼，揉搓着左腿，若有所思："你是说最右边的那个吧？"

"对。"

"是小柳，那会儿警察还问我要这张照片了呢，后来……"校长低下头，来回搓手，"后来他爸就被判了。"

他又说："小柳这孩子天赋不错，在我们那儿算是师兄，是个人物，最厉害的是脚法，可惜他有一次在学校玩，从单杠上摔下来，后来下盘就不稳了，一身本领算是废了，脾气挺倔的。怎么说呢，有些心高气傲吧，他和我女儿挺熟的。""莹莹，"校长唤了声，说道，"你还记得小柳吧？你的小追求者啊！"

没人回应。校长讪笑了下，甚是无奈。竹心仪还要问什么，先前那个生气的女孩又出现了，她拿着个水杯进了厨房，道："没印象。"

校长道："怎么没印象呢？他那会儿还追着你送你梅西签名卡啊。"

"真不记得了，签名卡不是你送的吗？"

竹心仪的心一跳："签名卡还在吗？"

女孩说："那得找找。"

老校长又犯起了嘀咕："上次别人要看你也说找，找到现在都没找出来。"

竹心仪笑了笑。女孩一甩头发，大步从厨房里出来，嘀咕着："啰里啰唆的，烦死了。"她真的翻箱倒柜地找寻起来，没一会儿，她从电视柜下面的一只抽屉里翻出了一包球星卡，拆开看了看，抽出一张卡片扔在了他们面前的茶几上："这不就找到了嘛！"

竹心仪忙伸手要去取，转念抽了几张纸巾包起那张卡片捏着，又问老校长："你家有密封袋吗？给我拿一个吧。"

女孩的眼神一闪："这是什么证物吗，这么小心？"

竹心仪的心跳得更厉害了，就快要跳出嗓子眼了，声音颤抖："说不好，不好说……可能是很重要的物证……"

她的手都跟着发了抖。

老校长拿来一个密封袋，不知怎么有些慌张了，不小心打翻了一只放照片的铁皮盒子，他忙着收拾，竹心仪一瞥，伸手按住了他的手，从他手里抽出一张照片。

还是合照。

里面还是能看到小柳。

她还从里面看到了一个熟悉的轮廓……竹心仪屏住了呼吸，几乎不敢相信自己的眼睛，目光摇摇晃晃，有什么答案就要呼之欲出了……

老校长的女儿凑了过来："神神秘秘的……"

她忽然指着照片上一个手背在身后，瞪着镜头的男孩道："这不是那个多动症嘛。"

她瞅着她父亲："就是那个爸妈带着来找你，说什么医生说练武能帮助集中注意力的，那会儿他都十几岁了，大字都不认识几个，我记得他啊。"

她指着的正是竹心仪觉得眼熟的男孩。

那男孩像极了小木。

竹心仪把梅西的签名卡放进密封袋里收好，拿了有小木的那张照片，她的心绪难定，很多想法、很多念头一个劲地要往外钻，她必须沉淀一下，好好整理一下这些繁杂的想法。

就在这个时候，她的手机响了。女孩耳朵尖，马上说："《足球小将》啊？"

来电话的是黄莺。她急得要命，开口就说："竹警官！孩子不见了！"

"什么？您慢慢说。"

"柳苗没回家！"

"失联了？"

黄莺有些语无伦次了："他每天下了班就会回来的，他现在不会让我多操心的！他知道我怕他出事！他自己也害怕的啊！

"我知道他白天会去图书馆，去图书馆是好事啊，我跟了两天就没跟了，他晚上下了班就会回来的……"

竹心仪也有些着急了："他有什么朋友之类的吗？您知道吗？要不先问问他们？"

"他就是家里和汽修厂两点一线啊！最近也就多了个图书馆。"

"哪家图书馆啊？"

"就是平门桥那里的大图书馆。"

竹心仪拿上东西就去了大图书馆，一查监控，确实看到了小柳。他几乎每天上午 10 点 15 分都会来图书馆待上个把小时，一直坐在同一个位置，其间在成人高考区借阅过不少书籍。可是 8 月 25 号中午 12 点他离开图书馆后再没出现，也正是在 25 号下午 1 点多的画面上，在小柳经常坐的那张配了电脑的小桌前，竹心仪看到了一个他们一直在寻找的人。她倒抽了口冷气。

她看到了关情。

关情坐在小柳坐过的位置上，用小柳用过的电脑，他在键盘上面敲敲打打了好一阵，从下午1点待到了1点20分。二十分钟，说长不长，说短不短。

竹心仪马上联系指挥中心和附近的派出所，排查关情的行踪。她则找到了图书馆的那台电脑，搜索起了8月25号下午1点左右的浏览记录。那个时间只有关情使用了这台电脑，她发现他点开过136邮箱的登录界面，但是在竹心仪的印象中，在调查关情的时候，并没发现他有过这个联络邮箱，他和责编都是通过QQ或者QQ邮箱联系的。关情还搜索了从大图书馆怎么搭公交车去南山温泉度假村。她还原了路线，地图网站显示搭公交车过去需要两小时四十分钟。

"又是这个已经废弃的温泉度假村，他去那里干什么……"这引起了竹心仪的注意。

与此同时，通过人脸识别摸排到的关情的行动轨迹也有了线索，他从大图书馆出来，去了附近的超市，买了一把水果刀，之后上了辆轿车，据查，是辆黑车，司机带着他出了城，送他到了南山山脚下，因为那里缺少路面监控，线索在此断了。关情再次消失。

"既然要包车过去，干吗查公交车路线……还是本来决定搭公交车过去，后来改变了主意？因为太远了？想一想就很远吧……从这里到南山……得两个多小时啊。"

竹心仪坐在台阶上，再次翻出关情的银行流水。关情一个月能有六千至八千不等的稿费收入，四千交了房租，根据刷卡记录，他每个星期去一次超市，开销大约一百，一个月就是四百。四千四。两百话费，两三百用在支付宝和京东充值上，支付宝和京东也就是买买书和生活用品。这就四千八百左右了。偶尔他会提一些现金，一个月提两到三次，一次提三百到五百不等。这就破五千了。稿费六千的月份，他这就快见底了。而且从 3 月开始往后的一段时间，他没有了稿费收入，买书的事停了，现金也只提了一次，尚能度日。可到了 6 月的时候，突然每个月 20 号的时候他会固定取一笔五百五十元的现金，网络连载得 9 月才会给他结算，正是这五百五十元让他几乎入不敷出了。

这五百五十元是用去哪里呢？

不同于其他提现金的地点不固定，这三笔提款都是在同一台中国银行的 ATM 机上提的，并且时间也都差不多是在中午时分。竹心仪立即搜索了那家中国银行的地址，地处工业区，附近不是工厂就是出租给个人使用的货仓。

她跳了起来："仓库！"

这五百五十元最有可能就是给仓库的租金！

现在的仓库租赁也都采取实名制了，通过运营方的系统就能查到租赁人的信息。竹心仪立即联系上了地图上显示的三家仓储公司，希望他们能协助调查。三家仓储公司都很配合工作，但其中一家"省心仓储"表示已经终止了在该工业区的业务，现在那里的业务是一个私人老板在做，他们的系统里也查不到。而另外两家的系统中并没有关情的信息。

竹心仪驱车前往工业区的省心仓储。

路上，她经过了那家中国银行。路上，她还看到了省心仓储巨大的广告牌：个人仓储，节省您的收纳空间！现金支付更有八折优惠哟！

省心仓储门前停了辆小面包车，前台只有一个青年男人，看到竹心仪进门，他悠悠闲闲地开口："现金八折，身份证登记一下。"

竹心仪出示了证件，青年站了起来，眼神一下畏缩了："警察同志……我们这儿都是走正规流程的,要登记身份证的。"

"读卡器呢?"竹心仪扫了他一眼,"身份证读卡器呢?"

青年笑了笑,竹心仪就说:"查一个人,关情。"

青年马上麻利地开了电脑,噼啪打字。

关情确实在他们这里租了个仓库。

6月起租,每月20号交租,现金交易,租的是他们这儿面积最大的、密封性最好的仓库,每月租金五百五十元。顾客需要的话,这个仓库还能开启冷藏功能。至于关情多久会来仓库一次,青年支支吾吾说不上来了。

"我们那个读卡器时好时坏的,反正人到了,身份证没问题,就让人进去……"

青年还打印了一份关情的承租合同给竹心仪,竹心仪看着合同上的身份证号,灵光一闪,拿出了小木的照片,问青年:"这个人你见过吗?他来过这个仓库吗?去过关情租的仓库吗?"

青年面露难色,竹心仪眼神一狠,他就老实交代了:"他身份证上写的是关情嘛……我和他说,只要这个证件没问题就行了……就是证件和人对得上……"

原来小木办假证是为了来这个仓库。

这个仓库里到底有什么?

青年又说:"我什么都不知道啊,警官,不如你自己去问问那个姓关的吧,他刚才过来了,一直没出来呢。"

· 关 情 ·

这是最后的章节了。关情很想大喊出来。于是,他真的呐喊了出来:"你闭嘴!

"我没有疯!我的小说还没写完……我要写完它……现在最要紧的事情就是完成它。

"最后一章,标题就叫最后的挣扎!不,不,应该叫最后的决斗!像动物一样为自己的地盘,为自己的荣誉进行决斗!为了选出新的狼王,为了昭告天下,灵城到底是谁的领地!

"这世界上本来没有人,这世界上现在还是没有人,没有一个人,都是动物,是狗,是猫,是鸡,是老鼠,是蛮牛,是羊,任人宰割的羔羊,我告诉你……

"女士们,先生们,让我们欢迎一个失去过两次记忆,不知道自己是谁,不知道自己要去哪里,为吃饭杀过人,为睡一次好觉杀过人,为一次口角杀过人,杀人如麻,游荡在灵城周围,游荡在灵城里的隐形杀手小木。女士们,先生们,不不,哈哈,不是女尸,不是女尸,是女士……让我们欢迎,欢迎……

"他是野人,求生是他的本能,而你怎么可能会让自己死在他的手上?你们两个一定会斗得你死我活,你们两个一定要斗得你死我活,让我看看到底谁才是那个真正的魔鬼!

"那天你为什么不杀了小木?我给了你那么好的机会,你可以用花瓶砸死他,可以用刀捅死他,现场有鞋套,有手套,监控还是坏的,我可以一个星期不去报警,这样你的踪迹就一点都追查不到了,你为什么不杀了他?!你难道不想杀了他吗?

"我给你创造了那么好的条件,我还帮你下好了安眠药,他睡得像死猪一样,他什么都知道,你知道吗?别看他言听计从,这个不在乎,那个不在意,实际上像蛇一样狡猾!我到那天才知道他不光知道了仓库的事,他还办了张假证,他还进来过!不要被他骗了!

"他和你一样都是绝顶的骗子!

"我给你的机会你为什么不好好把握?你不想杀了他吗?你怎么会不想杀了他!你在图书馆装模作样地查什么成人高考呢,你是不是在研究怎么杀人,怎么不留痕迹地杀人?你这样的人,我早就看穿了,你知道吗?你以为自己很聪明?自己没露出过马脚?推理小说里没有闲人!出场的角色只有那么几个,稍微想一想就知道了,凶手就是你!

"太容易猜到了,不够曲折,不够离奇!所以,所以你们要决斗!

"我要安排你们决斗!我要吊读者的胃口到最后一刻,让他们投票,花钱投票,有很多人愿意花钱读我的小说的,有很多人愿意在一文不值的东西上花钱,我赚死了,我赚翻了,我会靠我的小说赚到很多很多钱,我就成捆成捆地烧给我爸,像一个毒贩一样,我不在乎这些钱,我还要得奖,我全烧给他,他看不起的这些不入流的东西会让我名垂史册!

"所有人都会来看我的小说,不看怎么知道3·18案的真相:不看怎么知道世界上还有小木这样的人?不看怎么提防你这种人面兽心的人?你在你妈面前装得够乖的啊,你有什么企图?你这种人不是因为想要得到母爱吧?

"呵呵,母爱,呵呵,哈哈哈,妈妈……

"你不在乎的,你这种天生的反社会分子,法医打开你的脑袋就会发现你的脑袋是缺了一块的,你就是想让她帮你打掩护,你利用她,你利用所有人。

"我问你,你为什么要用安眠药?干吗不勒死那个女的?五年前你做了那么多试验,终于找到了让你满意的杀人手法。啊,我懂了,为了和五年前的案子区分开来,为了重生,我懂了,你又在做试验吧,测试安眠药的剂量?你看,只有我懂你,只有我能走进你的内心世界。

"所以大家都要来看我的小说。

"不看怎么知道世界上还有这样离奇的事情,哈哈,小木因为你变成了杀人魔,你又因为看了关于他的小说重新拿起屠刀,重新找回了杀人的感觉,重新找到了杀人又能逍遥法外的灵感,是不是?不然你沉寂这么久是为了什么,你也在质疑自己吧,你也怕过吧?我说过我早就看穿你了,作家最会察言观色,最会读人,你就像一本书一样摊开在我面前,我写你,我抄你这本书,太容易了。一个少年因为父亲被捕,他……他遭受了一点精神上的挫折,而且还被母亲看得很紧,他没有办法施展拳脚,他压抑了自己心底的欲望,他有点害怕,同时他还质疑自己是不是真的异于常人,但是一部小说的出现让他豁然开朗,解开了他的心结,他坦然接受了自己的异常,因为他知道世界上就是有这样的人,世界上还有完美的谋杀案,世界上有人能做到杀人又不被追捕。

"完美。

"太完美了,我要塑造的就是这样矛盾、充满张力的人物关系。

"抽象画能逼疯人你知道吗?我给你机会让你做培根的模特,让你做复仇的女神!厄里倪斯飞过灵城的天空!

"我也想放下一切,做一个无欲无求的人,可是我不能虎头蛇尾,你知道吗?做人要有始有终,警察抓住了他,他们会发现的,一切都会暴露的,我不够小心,是我大意了,我应该要小心你,螳螂捕蝉,黄雀在后,我要特别小心你,小心你窃取我的胜利果实!总是有黄雀在人身后,你是黄雀，我也是黄雀。

"这就是事实，编不出来的，这就是现实，这就是小说家无法编造的事实，不是所有人都会按照小说家的剧本来推进剧情，人们就是会做蠢事，愚蠢！

"小木也是黄雀。

"我必须杀了他，一定要下手了，铁锈风吹起来了，你知道吗？你不知道吗？你没听说过吗……真的有这种风吗？是我编的吗？我想不起来了，我也失忆了。

"托尔斯泰写过……他写过吗？人们为了便利才信仰了宗教，托马斯·曼也写过，托马斯·曼也在贩卖二手理论，眼见不一定为实，我告诉你……

"我知道你又要说什么，你闭嘴吧，我来说，我是动手了，怎么样，我是砸死了那个女人！那件事赖不到小木头上，因为她是魔鬼，她是从地狱来的，你知道地狱的入口在哪里吗？就在这里，就在这里！在这些文字里，在这些墙壁里，在你看不到的网络信号里！

"嘘，你听，这些魔鬼在说话，他们看了那么多了，他们还要看更多，他们是贪婪，是贪欲，是满足不了的欲望，小丑一个接着一个登场，浓妆艳抹，他们拍手，他们唾骂，他们看我杀人，他们还想看我杀更多人，我没有办法，我是为了他们！干吗这么看着我？你又有多无辜？你比我还坏！你是个……你是个彻头彻尾……你是纯粹的邪恶！小木不是，小木他是……

"他是深渊！

"我被凝视了！

"不，不，在这之前……在这之前……不是因为他，我怎么可能会被这样一个野人……会因为这样一个野人动摇……

"我是我自己的主宰!

"对啊,我是杀了人,不是因为小木,不是被小木影响的!是我自己的决定!主导权一直在我手上!不是他!他没有办法控制我!你才是被他控制的人!我杀人是因为……为什么要纠结我的故事?没人会想看我的故事。你干吗这么看着我?你想说什么我知道,你想说我抄袭别人,模仿别人是吗?我只是和你一样在做试验,你知道吗,我只是好奇……我好奇啊,作家就是要好奇,就是要做试验,要身体力行……这就是作家存在的意义,我存在就是为了验证,为了代替你们去体验一切疯狂,一切不可能的事。

"我再说一遍,我没有抄袭!

"我是彻头彻尾的原创!

"我没有偷任何人的人生!他是我创造出来的!我有自己的创造力!我能创造出来!我还没有走到死路……我还有办法……我有办法……

"你就是我的办法,没人会料到你的重要性,你一开始只是陪衬,一开始你只是我的投射,现在你不一样了,你完整了,你知道吗?你有血有肉了。

"一颗苹果几粒籽,里面含有能置人于死地的氢氰酸,你收集了多少了?你是不是拿猫做过试验,你给那只猫吃了多少?人的灵魂只有21克,人的灵魂足足有21克!聪明,你是聪明的,你和我一样聪明,但是聪明的人都没有好下场,傻人才有傻福!傻子开始思考的时候会变得不幸!小木会变得不幸!

"你干吗这样看着我?我告诉你了,我没有疯……

"你懂什么?我是在做科学研究!我在研究用高压锅煮人肉是不是真

的可行，我还研究了木炭是不是真的能吸臭！我是个科学家，哈哈哈，我还研究了人的尸体放多久会变干，会长蛆，会变臭！尸体是怎么腐败的，不用查资料我就能知道，人被囚禁多久会死，我现在知道了，人多容易被骗，我现在也知道，只要有同病相怜的人招招手，人就成了狗，狗都是一群群活动的，像狼一样，你知道吧，这些都是我的研究结果，我都给你们看，都告诉你们！现在你们满意了吧？"

## ·小 柳·

小柳看着边上一个没有胳膊，已经完全腐烂了的女人。关情发疯似的拍打着自己的脑袋，小柳使劲想要挣脱绳索，他的手被反绑着，他的边上还躺着一个女人，这个女人已经僵硬了，也正在发出难闻的气味。

绑住小柳双手的是一条充电线，在他的活动之下已经有所松动，他一边继续扭动手腕，一边盯紧关情。可关情只是疯狂地拍打脑袋，他似乎已经完全无视小柳的存在了。他的眼里只有那厚厚的一沓纸。

他的手边放着一把明晃晃的刀。

关情忽然回过头："你在干吗？"

他的声音冷酷。

他拿起那把刀，站了起来。

"你现在还不能走，我要带你去见一个人，这是你们的决斗，你要去见小木。"

小柳大喊："你疯了！"

小柳好像听到了脚步声,他希望能吸引别人的注意,他在这里,就在这扇被拉上的卷帘门后面!

"我为什么要去见他?"

关情狞笑起来:"别和我装傻了!你这个魔鬼!让我来撕下你的伪装!"

说着,他朝小柳扑了过来,小柳打着滚躲开,就在这个时候,卷帘门被人拉开了一点,一道光漏进来,小柳忙大喊:"救命!"

关情一个箭步过来抓住了他的胳膊,刀尖对着他的脸,小柳的手已经松脱,两人扭打在一起。

小柳大喊:"他有刀!"

关情也喊:"你别乱动!"

外面响起人声:"关情,你冷静一点!"

小柳一下认出了这个声音。是竹心仪!

## · 竹 心 仪 ·

竹心仪半蹲在外面,不敢轻举妄动,听到小柳说关情有刀,那管理仓库的青年后退了半步,缩在一旁瑟瑟发抖。竹心仪已经打电话叫了外援,可人不会这么快到,她一边试着抬起卷帘门一边往里看,可里面太暗了,光照不进去,什么也看不清,她只好试着安抚关情:"关老师,我们有事好商量,有事出来说,你不是还有小说在连载吗?还有你妈妈……"

"他杀了他妈!"小柳在里面哀号。

竹心仪更着急了,她尽量保持冷静,就在这时,里面安静了,没一会儿,小柳从里面滚了出来。他浑身都在发抖,脸上有些血,竹心仪赶紧搂住他安慰他。

小柳小声说:"他杀了他妈妈还有一个女的。他打晕了我,把我绑架来这里。"

"你先别说话了。"竹心仪试探着喊了一声,"关老师?"

没人应声,她拉起卷帘门,光涌进去。

关情倒在了地上,脖子是抹开的,他手里抓着一把刀,血还在涌出来。小柳又一阵反胃,扭过头,说:"他自杀了……"

八月

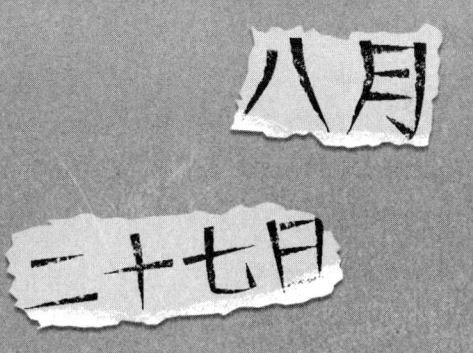

二十七日

August

27th

# 八月二十七日
August 27th

## · 竹心仪 ·

这是竹心仪第二次看到这个总是这么镇定的女人了。因为女人先前提供了生物信息，所以这次他们是等到匹配结果出来了，确定了死者是她的女儿丁小倩之后才通知的她。

警方在关情租借的仓库里一共发现了两具女尸，一具少了条胳膊，已经高度腐烂，被保鲜膜裹着，臭味才不至于那么浓烈，那是关情所谓正在环游世界的母亲。很像某个新闻里轰动全国的案子，关情用母亲的手机，模仿母亲的口吻更新母亲的朋友圈，回复信息，营造出一种母亲正在环游世界的错觉。

而另外一具尸体是丁小倩的，分局的技术同事解析了月亮公寓303房间电脑里的聊天记录，丁小倩早前在网上结识了一个和自己有一模一样的胎记的女孩。8月1号，她再一次离家出走时去了女孩家，两人碰头后一起住进了月亮公寓。女孩的父母都是赌棍，成天泡在麻将桌上，也不管她。女孩还没成年，没证件，也没钱，所以房子是丁小倩出面租的，丁小倩经常会去那里找女孩玩，有时候一待就是一整天。

死在月亮公寓里的是那个女孩。而丁小倩在 17 号再度离家出走，她先和女孩碰了头。电脑记录显示，她删除了一些聊天记录，目前还无法恢复。没人知道那之后她发生了什么。只是 26 号，她的尸体出现在了关情租借的仓库里。

她瘦了一些，胃里还有没消化的食物和过量的安眠药。

这一次女人很确定，死的是她的女儿。

她签了字，认领了尸体，询问了如何和殡仪馆交接的事宜后就走了。

根据小柳的证词，那天他从图书馆出来后打算去上班，接到了关情的电话，说是关于他父亲的案件，关情有重大发现，约他见面，见面的地点颇为诡异，在南山那个废弃的温泉度假村。虽然觉得很可疑，但是小柳还是去了，为了快些赶到，他是开了汽修厂的面包车去的——正是竹心仪在省心仓储门口看到的那辆。到了那里之后他就被关情袭击了，模模糊糊觉得手被绑起来了，醒过来人就已经在仓库里了。

据查，关情当时是开的这辆面包车回的灵城，也在车后座找到了属于小柳和丁小倩的生物信息。

在仓库里，警方找到一本烧了一大半的书——《复活》，另外还找到了一沓白纸。

上面什么都没有。

根据法医的尸检结果，关情自杀，没有疑点。

新闻也出了，记者们都写他是畏罪自杀。他们写，一个疯狂的作家，模仿了一起全国知名的弑母案杀害了自己的母亲，事情败露后畏罪自杀。他们再次把一个人如何杀害自己的母亲，处理尸体的方式公布在各大版面。

因为案件影响较大,《烂苹果》在全网已经全线删除。可关联案件里,还有很多头绪没理清楚,解放路便民超市的周老太始终联系不上,幼儿园的所谓失踪儿童也无人在意。

没有案件就没有谋杀。

但是袁天南案和月亮公寓案,他们都掌握了足够的证据可以指控小木。案件已经移交检察机关了。

小木的失忆并不能帮他逃脱罪责。

他们也确认了小木的身份。他是五年前在灵城失踪的一名外地儿童。

竹心仪站在外面抽烟,腋下夹着今天的早报,养老院的顾院长又在微信上找她,旁敲侧击,问的还是结案的事情。竹心仪叹了口气,陈涛也出来抽烟,看她一筹莫展,猜测道:"养老院的案子?"他很费解:"这案子到底哪里还有问题?"

竹心仪说:"就是觉得挺奇怪的。"

她把报纸塞进了垃圾桶里,陈涛瞥到了,说:"宋队也打电话去杂志社了,这种耸人听闻的细节让他们以后少写。"

竹心仪默默抽烟。陈涛拍了下裤腿,点烟,忽然问她:"还是坐办公室轻松吧?"

竹心仪主动和他提起:"我和你说过我为什么当刑警吗?"

陈涛摇头。

竹心仪义正词严:"我想直面罪恶,想抓住每一个破坏社会安定、家庭幸福的犯罪分子。"

陈涛眨动眼睛,说:"每个人哀悼的方式不一样。"

竹心仪看了看他,陈涛低头挠眉心:"也不是所有人都要歇斯底里地怎么样的，化悲愤为动力也是个办法……"他清了下喉咙，话锋一转，"难道人真的是小木杀的，他不记得了？关情也没在书里写，他书里倒是写了怎么潜入养老院，是他们一起干的？然后伪造了现场？"

"小木杀人会伪造现场？月亮公寓那次他们伪造现场了吗？"

陈涛抱着胳膊："我看就是酒精中毒，喝高了。"

竹心仪左思右想："我再去养老院一趟。"

陈涛跟着她走，竹心仪颇意外，陈涛指指停车场，不无自嘲意味地说了句："相信你的直觉。"

竹心仪笑了，两人上了车，到了养老院，还没下车，竹心仪就看到了老熟人，老言。

竹心仪停好车，和他打了个招呼，两人许久没见了，不免寒暄几句。

老言道："先前他们这儿的两台面包车坏了，台风来了，没停到室内，两辆挨一起，让树给砸了风挡玻璃，我拉回去修，一台修好了，另外一台伤到了车内，院长说是不要了，这不把修好的那台给人开回来了。"

他道："有案子？"

竹心仪道："常来？"

"对啊，常来。"

"小柳过几天应该能回来上班了。"老言说，"我和他妈说了，让他好好歇几天，孩子估计吓得够呛，你说这孩子也太倒霉了，他爸是警察当着他的面抓走的，他现在还遇到什么绑架……"

竹心仪问："他妈妈还好吧？我最近太忙了，也没时间去看看她。"

"还行，就是还是失眠，还是得吃药。"老言问，"你说那人干吗要绑架他啊？"

陈涛插嘴："那人是写小说的，积累素材呢，他的小说里写诱骗有自杀倾向的人出来杀了，就真的这么干了。"

"这么变态？"老言说，"好久没听过这么变态的事情了。"他拿了瓶水，拧瓶盖，一下没拧开，咬牙拧了第二下。

竹心仪如同醍醐灌顶，用力拍了下陈涛："瓶子！"

"啥？"

"一个酒精成瘾的人，他的手会很抖，没力气！他能一口气拧开那么多瓶子吗？！走！我们去买酒！"

说干就干，两人就去了附近的超市一口气买了十几瓶二锅头回分局。陈涛使劲拧了四个手就酸了，他擦了把汗，看着竹心仪："那凶手会是谁？"

"我们得重新捋一捋案子。"

小麻这时递了份文件过来，说："你们的男主角昏迷的时候，关情乔装打扮去看他，这是医院里的护士、同病房的人提供的证词的最终整理版，这次肯定没错别字了。"

"谢谢麻哥，谢谢，谢谢。"陈涛拱手感谢。竹心仪拿了证词翻看，看到里面写到小木20号的时候醒过一次，她站了起来，喊住麻定胜："他20号醒过一次，是这个……隔壁床的林伟说的是吧？"

"对啊，有什么问题吗？"

"20号，关情不是去交租了吗？"

陈涛道："不妨碍他一天干两件事吧？"

竹心仪认真看那段陈述："林伟就说他醒过来一次，人还不怎么清醒，当时来看他的人戴个眼镜，我估计就是关情啊，就站在他床边，看到他醒了就跑了。"竹心仪想到了什么："他说那个去看小木的人戴了眼镜？"

"对啊，关情平时不就戴个黑框眼镜吗？"麻定胜指着墙上贴着的关情的照片。

"关情冒充警察去过医院了,他的乔装是不戴眼镜的,"竹心仪的声音一紧,"按理说,他没必要忽然改变装扮啊。"

"这个林伟现在能联系上吗?"陈涛问道。

"能啊,我有他电话。"

竹心仪忙致电林伟,提起那个戴眼镜的人,林伟印象深刻:"我记得,我记得,这事特别怪,那个失忆的人好像认得他还是怎么的,人一走,他就下了床,在屋里找来找去,就在我们那屋一个疯子的床上找到了一支笔抓着。"

"什么意思?"竹心仪一头雾水,"为了防身?"

"不过后来人就又昏迷了,所以护士后来给他用上了束缚带,怕他又乱动。"

挂了电话,竹心仪推测:"会不会小木那次醒过来时,还没完全失忆,认出了那个来看他的人,觉得这个人可能会威胁到他的生命。他在灵城认识的人也就那么几个,不是关情,那是谁让他这么有危机感……瘦瘦的,一身黑……帽子,眼镜,有一定的反侦查能力。"竹心仪念念有词:"关键是这个人知道小木住院了,他是怎么知道的……"

竹心仪的脑子里乱成一团糨糊,旧照片、新照片摊了一桌。

武术学校的文化衫。

足球俱乐部。

签名卡。

练拳的男孩们……

竹心仪忐忑地给技侦打了个电话:"签名卡上的指纹都提取了吗?有我之前给你们的指纹吗?"

"我才想问呢，小竹，那个小孩的指纹是谁的啊，那张签名卡上有这个指纹啊，你还别说，这卡片保存得还挺好。"

竹心仪站了起来，摸着额头："我女儿的……那是我女儿的指纹……她的一些东西我还留着……"

她感觉到轻微的眩晕，嘴里跟着泛起一丝苦涩。她现在就要去找小柳。

## · 小 柳 ·

小柳跨上新买的自行车，骑了一段上坡路后就是下坡了，他张开双臂拥抱风，无比畅快，无比自由。

到了家门口，正巧遇到竹心仪，两人打了个招呼，小柳下了车，竹心仪关心地问道："手没事了吧？"

小柳转动手腕："没事了。"小柳道："竹阿姨，这次破了这么大一个案子，又要升职了吧？我看网上说那个小说里写的都是真的，那个人真的杀了很多人。"

两人走进了垃圾场，小柳看竹心仪没有立即接话，又说："网上还有不少人夸他呢，说他杀的一个老头子是个很坏的人，杀了他是为民除害，还说他杀那些想自杀的人是在帮别人，说什么一个人想死，出于各种各样的原因自己没办法动手，有个人帮他们实现愿望，那个人……"

竹心仪扭头看他，面色平静："你也这么觉得吗？"

小柳激动地否认："当然不！杀人犯有什么值得赞扬的！这简直颠倒

黑白！"

"但是有时候，一些人或许真的该死呢……"竹心仪的声音轻了些，目光柔和了一些。小柳的立场还是很坚定："那也不应该帮杀人犯说话啊，该死的人还活着，或者说有这样的人折磨着其他人，说明我们社会上的一些机制还不是很完善，我们更要完善社会机制啊，比如那个老头子，说他老是打自己的老婆，老太太很可怜什么的，那我们就应该积极建设社区的社工服务体系啊，多关心这些老人啊，而且可恨之人也有可怜之处呢。"

"不是可怜之人必有可恨之处吗？"竹心仪望向小屋的方向。

"那不能总想着人可恨的地方啊。"小柳乖巧地回道。

竹心仪颇认可地动了动下巴。到了小柳家门口，她看了小柳一眼，拉住了他，道："进去之前，我有些话想和你说说。"

她有些神秘。小柳把自行车靠在墙边，声音跟着轻了："是我妈妈之前的事情吗？"

竹心仪摇了摇头，抓着小柳的手臂："他的记忆正在慢慢恢复。"

"他？"

"小木。"

小柳眨了下眼睛。

"这不是他第一次失忆了，他13岁的时候就因为脑部受伤失忆过一次，那一次他醒过来……"

小柳道："和关情的小说里写的一样，他在一个森林里醒了过来？"

"对。"

这时，房门打开了，小柳的母亲黄莺走了出来，她局促地握着双手，缩着脖子瞅着竹心仪："竹警官，怎么不进来坐啊？"

竹心仪瞟了眼近旁的窗户，松开了小柳，进了屋。

小柳叹息了一声，跟着进去，继续先前的话题："如果他的遭遇真的和小说里写的一样，那他也怪不容易的，十几岁，什么都想不起来，一个人野外求生。"

黄莺道："聊什么呢？"她张罗着泡茶，拿了好些零食出来，拉着竹心仪在用餐的圆桌边坐下。

竹心仪说："哦，没什么，就是聊聊小柳以前上的武术学校的一个同学。"

小柳帮着母亲张罗茶水，问母亲："昨天买的橘子呢，拿几个出来吃吧。"他回头冲竹心仪比大拇指："那橘子特别甜。"

小柳有些迷茫地说："他是我的同学吗？他以前也在南洪待过？我怎么没印象啊……"

竹心仪和黄莺搭话："那黄姐呢，你有印象吗？一个眼睛黑黑的，外地来的，十几岁了还不太识字的男孩子。"

黄莺低着头，给竹心仪上了杯热茶，摇了摇头，没看她，走到了沙发前的一张矮板凳上坐下。

她抽出一把美工刀，拿起一只纸箱，一只手捏着纸箱的一面，一刀割开纸箱的接合线。

竹心仪的手指搭在了裤腰皮带上。她抬起眼皮看小柳，耳边的碎发轻轻晃动。她似乎戴着个无线耳机。

小柳从冰箱里找出了几个橘子，拿去放在了圆桌上。他往屋外看了一眼，窗外静悄悄的，听不到一点脚步声，一点人声。静得有些反常。

小柳也就这么静静地坐在母亲和竹心仪中间。

母亲还在割纸箱，头垂得更低了。

"吃啊，竹警官。"小柳和母亲搭起了话。"不然我去买半只烧鸡，"他看竹心仪,"晚上在这儿吃吧。"

母亲应了一声,身子微微颤抖了一下。竹心仪纹丝不动,只有嘴唇在动,只有眼睛里的光在闪动。

她道:"我还没问完。"

她看着小柳说:"8月14号晚上,你在哪里?"

"刺啦"一声响,美工刀割开了另一道接合线。

小柳看了看母亲,她将美工刀攥得紧紧的,将嘴唇咬得紧紧的。

小柳说:"我去买了一支录音笔,打算去上成人高考课的时候用。"

竹心仪缓缓吸了一口气,手渐渐往后移。

"咔嗒。"母亲把纸箱踩在了脚下,踩得很扁,很扁。

"从买录音笔的地方出来后,你去了哪里?"

母亲说话了:"他那天买完录音笔就回来了,晚上我会把他的门锁起来,我会盯着他睡觉,他受过很大的刺激,睡不安稳。"

母亲又说:"老柳不在了,我有责任把孩子教好,他从小就很乖的,没有和我顶过一句嘴,归根结底是我不好啊,没有早点去接他,不然他也不会去操场上玩,从单杠上摔下来,竹警官,我们小柳是受过很大刺激的。"

竹心仪没出声,小柳笑了笑,回头看了她一眼,温和地说:"妈,以前的事情就别提了吧,过去的都过去了。"

"对啊,对,过去的都过去了,过去的事情已经没有办法改变了。"母亲像是在擦眼睛,像是在哭,但声音异常坚定。

小柳始终看不清她的样子。他塞了一瓣橘瓣进嘴里。他的手上满是橘子的香气。他的指甲缝变得黄黄的。

竹心仪的声音自他前方传来:"8月20号下午,你是不是去过青郊

267

二院？"

她还问："安福居养老院，你是不是去过？他们会找你们汽修厂的人修车吧？住在那里的一个叫徐民发的人你有印象吗？"

母亲的呼吸声在他身后越来越重，小柳又回头看她。

"你妈妈有吃安眠药的习惯，吃了药之后就睡得很沉了，对吧？你晚上出去都是从窗户翻出去的吧？之前来你家我发现你房间里的防盗窗是装在室内的，你说之前被人拆过防盗窗，被人砸了玻璃，扔了好些死猫死狗进来，所以防盗窗装在里面比较能保护到你们。当时你们没有报案，也就没有现场勘查的记录，不过有些记录，比如通讯软件的聊天记录、网页浏览记录，就算删除了也是能恢复的，你知道吗……"

小柳咽下嘴里的橘子，很甜。他扑通跪倒在地："竹警官，我有病，我控制不住自己，我真的有病！你帮帮我吧！"

九月
三日

September
3rd

# 九月三日
September 3rd

小木坐在图书馆里用一根手指敲着电脑键盘。坐在他边上的九哥朝他挤眉弄眼:"你这一指禅有进步。"

九哥往门口瞥了一眼,安静了。小木一看,柳苗从外面进来了。

听说他正在做精神方面的评估。

新闻上说,警察怀疑烧毁温泉度假村的那把火也是小柳放的。而柳秉真,也就是小柳的父亲,还是以沉默应对一切,但是他们有很大的把握当年那通举报的匿名电话应该就是柳秉真自己打的。他们推测柳秉真无意中发现儿子在垃圾场藏尸,想要替他顶罪。

小柳遵循着一般变态的扭曲人生历程长大了:玩火,虐待动物,杀人。

不知道为什么,竹心仪每个星期都会来看小木,和他说会儿话,有时候聊聊他的案子,有时候两人什么也不说,就那么坐着,隔着一块透明屏障互相看着。竹心仪的眼睛会映在小木的脸上,小木身上的橙色马甲会映到竹心仪的脸上。

他们没有聊过小柳。

看守所里倒是有很多人都在讨论小柳的事情，电视上也经常看到什么追踪报道、系列访问。小柳还在电视上看到过一个记者追着竹心仪要采访她，作为当年的被害人家属，又作为如今逮捕了真凶的警察，记者有很多问题想问她。竹心仪却只是回了一句："这个案子已经不是我日常生活的一部分了，没什么好说的，也希望大家不要给犯罪分子太多关注了吧。"

小木还就这句话和她开过玩笑："现在我成了你日常生活的一部分了？"

竹心仪笑得很大方："我同情心泛滥，觉得你无父无母，假如没有发生这些事情，说不定是个可塑之才，所以每个星期来看看你。"

小木嗤之以鼻："最好是，你可千万别因为我是小柳手下的幸存者就试图在我身上找你女儿的影子。"

他说这话时，竹心仪笑了，告诉他："其实我来看你是因为闲着也是闲着，我很爱来这里看我抓进来的人，你不知道吗？你问问你的左邻右舍是不是这样，我就爱看他们被关在笼子里，什么也做不了，哪儿也去不了，我就觉得我这份工作做得很有意义，很有成就感。"

小木被逗笑了，两人的身影都在对方身上晃动。他问她："我会被判死刑吗？"

"怕了？"

小木摇摇头，沉默了会儿，道："死一次恐怕不够。"

竹心仪说："对了，有件事我想问问你的看法，关情和他妈妈的关系还不错吧？"

"他很少提他妈，他比较常提起他爸。"

竹心仪点了点头："之前小柳也和我说，关情那天在仓库里一直念叨他爸来着，这些话他没必要和我说谎。"她瞟了小木一眼，小木对这一眼没什么反应，打了个哈欠，换了只手拿电话听筒，说："可能这就是为什么他会杀了他妈吧。"

"什么意思？"

"他过得挺压抑的，我觉得对他来说，他妈妈是他压抑生活的旁观者，他爸是他压抑生活的根源，病魔先下手为强杀了他爸，剩下这个旁观者，杀了她既能发泄他对现有生活的不满，对他来说也是毫无精神负担的，杀死一个旁观者就不算个事。"

竹心仪听着，道："还别说，你看人有一套。"她顿了下："说不定你真的能写小说。"

小木板起了脸孔："我写小说干吗啊？"

"写一写你自己的故事啊，你不想你的事由你自己说出来吗？"

"无所谓啊，别人怎么看我关我屁事。"

竹心仪道："你写一写你自己的故事，或许会对自己有一些新的发现。"

小木哼了声："我大概率是死刑了，我还发现个屁啊？"

竹心仪撑着脸看着他："小木，你有没有想过你来人世间这一遭的意义？"

小木一愣，用力吸了下鼻子，移开了视线，唾沫星子乱喷："就是遇到这些破事呗！"

竹心仪下意识伸手去擦那几滴落在隔板上的口水污点，却擦不掉，那是在小木那一面的污渍。这个大男孩正侧着脸，抖着腿，气鼓鼓地坐在一面雪白的墙壁前头。他失去过两次记忆，到现在他都想不起来他的任何一段过去。他杀过很多人。

竹心仪敲了下桌子，问他："我和你说过我为什么当刑警吗？"

她道:"我以前是坐办公室的,每天喝喝茶,打打字,很轻松的。"

小木瞥了过来:"太轻松以至无聊了?"

他转了下眼珠,又拿正脸对着竹心仪了,又嘴快地问:"你女儿死了,你受了很大刺激,想把社会上的坏人都亲手抓了,绳之以法!"

他又揣测:"还是说你和你老公是一个办公室的,抬头不见低头见,这日子过不下去了?"

竹心仪笑着看他:"你还玩上瘾了,推理游戏?"

小木翻了个白眼。竹心仪说:"飞来横祸这个词你知道的吧?"

她定定地看着小木,面无表情,声音也是冷冷的。可就是在这样缺乏同情和关心的注视下,小木眼里的浮躁竟逐渐稳定了下来。他握着膝盖坐着,不再抖腿了。

竹心仪道:"人活着,有时候,苦难是没有办法避免的,它来的时候,降临到你身上的时候,眼泪和愤怒是派不上什么用场的,接受它,消化它,不用去想明白它,它是想不明白的。"

"你和我说这个干什么?我又不是你的朋友,也不是你的心理医生!"

竹心仪握紧了听筒,不顾小木的不屑,继续说道:"我女儿出事之后,我回去上班,在办公室里坐得实在太无聊了,不用每天琢磨孩子要上什么补习班,要读什么学校,早饭吃什么,晚饭吃什么,周末去哪儿玩了,真的太无聊了,但同时又有一种解脱的感觉,很奇怪的,那种时候你做什么选择,你周围的人都不会劝阻你,苦难和悲伤就成了最好的借口,它们反而会为你保驾护航。

"我就转去干刑警了,因为刑警特别忙啊,每天都有好多案子,会遇到形形色色的事,肯定不会无聊。然后我就破了不少案子,抓了些坏人,还收到过锦旗呢,你知道吗?我在想,或许我女儿的死是这一切的源头,天将降大任于是人……"

竹心仪笑了笑:"我代表社会感谢她。"

"靠……"小木骂了一声,"你这是阿Q精神吧!"

"你在里面看了不少书吧?"

"那我不是闲着没事干嘛!"

"说不定是老天爷为了让你看书才送你进来的。"

"靠!"小木骂得更大声了,起身要走。

竹心仪敲了下面前的隔板:"好好改造,用有限的时间创造些价值吧。"她问他:"救赎这个词你是从哪里学来的啊?"

小木说:"看电视学来的啊。"

"电视剧?"

"哎呀,你好烦啊!"小木撇过头,人已经要走了,手里还拿着听筒。他道,"你要是办案子遇到什么破事坏人,还有啥想不通的,你就来问问我呗,我也给社会做点贡献……"

他挠了下鼻尖,不由得感慨:"我这辈子好荒诞啊。"

更荒诞的是,他和小柳竟然在囚笼里的图书馆重逢了。

柳苗看了他一眼,对于在这里见到小木也有些惊讶。

小木低下了头,继续研究136邮箱的登录界面。他对柳苗一点印象都没有。但他偶尔也想过,如果不是这个人,他可能已经从一个武术学校学成毕业,可能成了武打明星,当然,也可能只是在街头卖艺;他也可能会学坏,和大街上那些随处可见的游手好闲、无所事事的年轻人一样挥霍自己的青春,挥霍自己的不安定,对一切都提不起兴趣,觉得一切都没意思;和那些汲汲营营的上班族一样,挤地铁、赶早班车、应酬、交际、相亲、存钱买房、找老婆、生小孩,到头来也觉得什么都没意思,很累,很疲惫。

他可能还是不认识很多字。

他的父母并没有因为他的失踪郁郁而终。

他会有家人。

他会拥有一段完全不一样的人生。

他将不再是"小木",一部违禁小说的原型人物,一个为了生存,为了口腹之欲,为了一点鸡毛蒜皮的小事杀过无数人的恶魔。

可是一切都因为一场"飞来横祸"改变了。

小木在浴室洗澡的时候又遇到了小柳。

一切都因为小柳改变了。

小木其实很喜欢洗澡这个环节,尽管每天迎接他们这些囚徒的都是冷到刺骨的水。

他曾和竹心仪说过,他觉得洗澡很好,一个人还能拥有清洗自己的机会是难能可贵的一件事。

竹心仪问他想不想读一读《烂苹果》。她说:"书里说你曾经有过半年没洗澡的记录。"

小木做反胃状,拒绝了她。他更加确信,他必须好好珍惜清洁自己的机会。

竹心仪还问过他,有没有想过他来到这个世上的意义是什么。

他还没有想到答案,是为了得一种无法集中注意力的毛病吗?是为了失去两次记忆,是为了在深夜里和野狼对峙,是为了杀死一只野兔,生吞活剥了它吗?还是为了经历这一切后,写下他自己的故事?这故事又有什么意义呢?让他获得一些同情,一些拥趸?警示大众?邪恶无处不在,灾祸似乎难以避免,人们更应该珍惜眼前的一切,更应该珍爱生活的每一个瞬间，更应该去活着……

他不知道。

浴室里的其他人都走了。

小柳的一只手背在身后。

他带了一支磨尖的牙刷进来，慢慢靠近小木。他想，他不能错过这个机会。

有那么一瞬间，他觉得自己疯了。

比关情还疯。

但他也要感谢这个疯子，是这个疯子的小说让他接受了自己。

这个疯子一语道破天机，这个疯子塑造的一个杀人魔——一个视反常之事为常态的杀人魔使得他坦然接受了自己的反常。

世上就是有形形色色的不正常的人，何必和自己的欲望抗争？他就是想在人身上做各种各样的试验，就是想杀自己不喜欢的人，看不惯的人，阻碍他的人，看不起他的人，想虐待他们，在他们身上烫铁圈，用硫酸烧毁他们的指纹，把他们变得不像人，把他们在这个世界上抹杀掉，变成一个零。又一个圆圈，一个完美的、圆满的数字。

他就是想杀人。

他才不在乎父亲的自我牺牲，母亲对他的袒护，他们和关情那个疯子半斤八两！他们何尝不疯狂？何尝不是生了一种叫作"自我感动"的病？赋予他这么一个危险分子这么多自由，觉得他能被气功治好，被亲情和充实的生活治愈，这些想法本身难道不危险，不反社会，不反秩序吗？

都疯了。

他就是想把之前没有画完的圆画完。

人的一生很短的，不知道什么时候就会因为生病，因为意外死了，不如痛痛快快地做自己。

因此，他必须杀了小木，做人必须有始有终，关情说得没错，一个圆起了笔，就要画完它，这是提笔的人的责任。

他会好好做他的精神评估的。他会照实说出自己的所有隐秘的欲望。小木这样的人都有人吹嘘追捧，社会上肯定不缺为他树碑立传的崇拜者。他是疯子，他是纯粹的恶魔，社会反而会给他这样的人一个机会，反而觉得他们是能够被拯救的。

什么没有尸体就不存在案件，什么没有案件，谋杀就不成立，小木和关情讨论的那些都是天方夜谭，安福居那个老头的事情还是败露了，不是他不够仔细，不够小心，技艺不精，百密一疏，是他一开始的方向就错了。都说杀人要偿命，可如果他杀了人，还不用去死，这难道不算是完美的谋杀吗？这才是真正完美的谋杀！

小柳捏住牙刷刺向了小木的脖子，孰料小木对此早有防备，一闪身躲开了，反而将他踢翻在地，掐住了他的脖子。小木的力气很大，小柳手里的牙刷脱了手，整个人都动弹不得了。小柳不怕死，他身上的这些人命够他死个千百回的了。杀不成小木那就让他死吧！他从牙缝里往外蹦字："杀了我啊……你动手啊……反正我手上这么多人命，你手上也这么多人命，反正我们谁也出不去了，杀了我啊，动手啊。"

小木的目光很沉静，很冷，他的手指冰凉："我知道你想杀我。"

小木松开了手，整张脸上满是不屑："关情告诉我的。"

"他在我的邮箱里给我留了一封信。他早就怀疑你了，他去找过那个校长，看过照片，还知道签名卡的事情，他还跟着你去了温泉度假村，他知道你把人关在里面，但是他是个小说家，写故事的，他不是警察……"

小柳啐了一口："屁话真多！"

小木起身，踢开了那支牙刷，站着冲冷水："你知道一只猫头鹰和一个猎人的故事吗？"

小木关了水，用毛巾擦着脸，娓娓道来："从前有一个猎人，他想杀一只猫头鹰，他为此特意等待一阵大风，那大风一刮，猫头鹰就会很疲惫，就会落在树枝上一动也不想动。终于那阵风吹了起来，风过去，猫头鹰呆呆地停在树上，猎人拉弓，一箭射穿了猫头鹰的眼睛。"

小柳坐了起来："什么意思？你是猫头鹰，我是猎人？还是你是猎人，我是猫头鹰？"

小木光着脚踩着水往外走，满不在乎："我随便编的。"

浴室里安静了，水从各个方向涌向好几个排水口，打着漩流逝了。

小柳抓了一把水甩向小木："你什么意思？你也要写小说，当作家啊？在这儿和我一起等死吧你！"

小木没有回头，他想，也许有一天，他会写一写他的故事，用他知道的一切，用他学到的一切，给自己一个答案。